Sophie Lark

HEREDERA ROBADA

Traducción de
Patricia Mora Pérez

Montena

Papel certificado por el Forest Stewardship Council®

Título original: *Stolen Heir*

Primera edición: mayo de 2025

© 2022, 2023, Sophie Lark
Edición en español publicada por acuerdo con Sourcebooks LLC, a través de International Editors & Yáñez Co, S. L.
© 2025, Penguin Random House Grupo Editorial, S. A. U.
Travessera de Gràcia, 47-49. 08021 Barcelona
© 2025, Patricia Mora Pérez, por la traducción

Penguin Random House Grupo Editorial apoya la protección de la propiedad intelectual. La propiedad intelectual estimula la creatividad, defiende la diversidad en el ámbito de las ideas y el conocimiento, promueve la libre expresión y favorece una cultura viva. Gracias por comprar una edición autorizada de este libro y por respetar las leyes de propiedad intelectual al no reproducir ni distribuir ninguna parte de esta obra por ningún medio sin permiso. Al hacerlo está respaldando a los autores y permitiendo que PRHGE continúe publicando libros para todos los lectores. De conformidad con lo dispuesto en el artículo 67.3 del Real Decreto Ley 24/2021, de 2 de noviembre, PRHGE se reserva expresamente los derechos de reproducción y de uso de esta obra y de todos sus elementos mediante medios de lectura mecánica y otros medios adecuados a tal fin. Diríjase a CEDRO (Centro Español de Derechos Reprográficos, http://www.cedro.org) si necesita reproducir algún fragmento de esta obra.
En caso de necesidad, contacte con: seguridadproductos@penguinrandomhouse.com

Printed in Spain – Impreso en España

ISBN: 978-84-10395-97-8
Depósito legal: B-4.634-2025

Compuesto en Compaginem Llibres, S. L.
Impreso en Gómez Aparicio, S. L.
Casarrubuelos (Madrid)

GT 95978

Este libro es para mis amantes de los cuentos de hadas. Para aquellos que sienten la llamada de lo oscuro, lo monstruoso y lo misterioso. Para aquellos que nunca serían felices con el Príncipe Encantador... y quieren conocer a la Bestia

Besos

BANDA SONORA

1. «Blood in the Cut», K.Flay
2. «Someone You Loved», Lewis Capaldi
3. «Satin Birds», Abel Korzeniowski
4. «Earned It», The Weeknd
5. «Company», Tinashe
6. «Bad Intentions», Niykee Heaton
7. «War of Hearts», Ruelle
8. «As Shadows Fall», Peter Gundry
9. «Latch (acoustic)», Sam Smith
10. «Castle», Halsey
11. «Monsters», Ruelle

La música es una parte importante de mi proceso de creación. Estas canciones me han inspirado para escribir las páginas de esta novela.

1

MIKOLAJ WILK

Varsovia, Polonia

De camino a casa desde el trabajo, me paro a comprar una bolsa de *chrusciki* para Anna. El postre de huevo y crema deja unas manchitas de grasa que empapan la bolsa de papel y está cubierto de azúcar glas, lo cual le viene de perlas a su nombre, que significa «alas de ángel». Anna está haciendo hoy el examen de acceso a la universidad. Sé que tendremos algo que celebrar. Anna es inteligentísima. Estoy seguro de que aprobará con buena nota.

Puede que seamos gemelos, pero nadie lo diría. Ella tiene el pelo castaño, mientras que yo soy rubio como la barba del maíz. Ella devora todos los libros que caen en sus manos, mientras que yo abandoné el instituto a los catorce años.

No tuve elección. Alguien tenía que pagar el alquiler de nuestro piso pequeño y cochambroso.

Nuestro padre tenía un buen trabajo en Aceros Huta Warsawa. Era técnico de mantenimiento y traía a casa un sueldo de casi seis mil eslotis al mes. Lo suficiente para que tuviéramos zapatos nuevos y comida en el frigorífico.

Hasta que se coció como una langosta en una olla mientras trabajaba en un horno de fusión. No está muerto. Simplemente sufrió unas quemaduras tan graves que apenas es capaz de apretar los botones del mando a distancia mientras ve la tele encerrado en su cuarto todo el día.

Nuestra madre nos abandonó. Dicen que se casó con un contable y se mudó a Cracovia. No sé nada de ella desde entonces.

Da igual. Gano lo suficiente en una tiendecilla de alimentación como para mantenernos a todos. Algún día, Anna será catedrática de literatura. Entonces nos compraremos una casita en un sitio lejos de aquí.

Hemos vivido toda la vida en el distrito de Praga, en la ribera derecha del río Vístula. Al otro lado del río se encuentran los prósperos centros financieros y de negocios. Nosotros vivimos en un tugurio junto a edificios altos, rectangulares y sucios que tapan la luz del sol. Son fábricas vacías de la época comunista, de cuando este era el centro de una industria gestionada por el Estado. Ahora las ventanas están rotas y las puertas cerradas a cal y canto. Los drogadictos se cuelan para dormir sobre montañas de andrajos y se inyectan una droga asquerosa de origen ruso llamada *krokodil*.

Anna y yo viviremos en una casa como Dios manda, con jardín, sin nadie que viva encima o debajo de nosotros dando golpes y gritando de madrugada.

No espero que mi hermana llegue a casa hasta dentro de unas horas, así que, cuando abro la puerta de nuestro piso y veo su mochila en el suelo, me siento confundido y sorprendido. Anna es escrupulosa y ordenada. No tira la mochila al suelo ni deja que los libros se desparramen por ahí. Algunos de sus libros de texto tienen barro y están mojados. Igual que sus zapatos, abandonados junto a la mochila.

Oigo agua correr en el baño. También me extraña... Anna no suele ducharse por las noches.

Dejo la bolsa de dulces en la mesa de la cocina y me apresuro a nuestro único baño. Llamo a la puerta y digo el nombre de mi hermana.

No hay respuesta.

Cuando pongo la oreja contra la puerta, la oigo sollozar por encima del sonido de la ducha.

Empujo el hombro contra la puerta y oigo cómo se astilla la madera barata cuando el pestillo cede. Luego me cuelo en el pequeño baño.

Anna está sentada en la ducha, todavía lleva el uniforme del instituto. Tiene la blusa totalmente desgarrada. La fina tela solo se le adhiere a los brazos y la cintura.

Está cubierta de cortes y magulladuras: en los hombros, en los brazos, en la espalda. Veo moratones por el cuello y en la parte superior de sus pechos. Incluso algo que parecen mordiscos.

La cara está aún peor. Tiene un ojo morado y un largo tajo en la mejilla derecha. Le está sangrando la nariz, que gotea en el agua que se acumula alrededor de sus piernas y se difumina como una acuarela.

No es capaz de mirarme. Después de verme, entierra la cara en los brazos, sollozando.

—¿Quién te ha hecho esto? —exijo saber con voz trémula.

Ella frunce los labios y sacude la cabeza, no quiere decírmelo.

No es verdad que los gemelos puedan leerse la mente entre ellos. Pero conozco a mi hermana. La conozco como la palma de mi mano. Y sé quién le ha hecho esto. He visto cómo la miran cuando sale de nuestro piso. Los he visto apoyados en coches caros con los brazos cruzados; ni sus gafas de sol eran capaces de esconder cómo la miraban de forma lasciva. A veces hasta le gritan cosas, aunque ella nunca se gira ni les responde.

Ha sido la Braterstwo. La mafia polaca.

Se creen que pueden tener todo lo que quieran: relojes caros, cadenas de oro, móviles que cuestan más de lo que yo gano al mes. Por lo visto, han decidido que quieren tener a mi hermana.

Ella se niega a contarme nada porque le da miedo lo que pueda pasar.

La agarro del hombro y la obligo a mirarme. Tiene los ojos enrojecidos, hinchados, aterrorizados.

—¿Quién ha sido? —siseo—. ¿El de la cabeza rapada?

Anna duda, pero luego asiente.

—¿El de la barba oscura?

Otro asentimiento.

—¿El de la chaqueta de cuero?

Arruga el gesto.

Es el cabecilla. He visto cómo los demás le rinden cuentas. He visto cómo se queda mirando a Anna más que los demás.

—Iré a por ellos, Anna. Lo pagarán, todos y cada uno de ellos —le prometo.

Anna niega con la cabeza y unas lágrimas silenciosas se deslizan por sus mejillas magulladas.

—No, Miko —solloza—. Te matarán.

—No si yo los mato antes.

La dejo ahí en la ducha. Voy a mi dormitorio y rebusco bajo las tablas del suelo en las que tengo escondida mi caja fuerte. En ella están todos mis ahorros, el dinero reservado para que Anna vaya a la universidad. No ha hecho el examen. No podrá ir este año.

Arrugo un fajo de billetes y me los meto en el bolsillo. Acto seguido, salgo del piso y corro bajo la lluvia hasta la tienda de empeños de la calle Brzeska.

Jakub está sentado detrás del mostrador, como siempre, leyendo un periódico que tiene la mitad de la portada arrancada. De espalda encorvada, calvo y con gafas de culo de botella y montura gruesa de plástico, Jakub me mira como una lechuza que se ha despertado demasiado temprano.

—¿En qué puedo ayudarte, Mikolaj? —dice con voz rasposa.

—Necesito un arma.

Suelta una carcajada ronca.

—Eso es ilegal, hijo mío. ¿Quieres mejor una guitarra o una Xbox?

Dejo el fajo de billetes sobre el mostrador.

—Corta el rollo. Enséñame qué tienes.

Baja la vista hacia el dinero, pero no lo toca. Poco después, rodea el mostrador y se acerca a la puerta delantera. Echa el pestillo para cerrarla. Luego se apresura hacia la parte trasera.

—Por aquí —dice sin volver la cabeza.

Lo sigo a la trastienda. Aquí es donde vive; veo un sofá viejo cuyo relleno rebosa por los agujeros de la tapicería. Una televisión de tubo. Una cocina diminuta con un fogón que huele a café quemado y cigarrillos.

Jakub me lleva hasta una cómoda. Abre el cajón superior y deja a la vista una pequeña colección de pistolas.

—¿Cuál quieres?

No sé nada de pistolas. Nunca he tenido una en la mano.

Miro el abanico de armas: unas de fibra de carbón, otras de acero, algunas elegantes y otras de la prehistoria. Hay una totalmente negra, de tamaño medio, que parece moderna y sencilla. Me recuerda a la pistola que lleva James Bond. La cojo y me sorprendo de lo mucho que pesa.

—Es una Glock —explica Jakub.

—Lo sé —replico, aunque no es cierto.

—De calibre 45. ¿Necesitas munición también?

—Y una navaja.

Me fijo en su expresión divertida. Se cree que estoy de broma. Me da igual, prefiero que no me tome en serio. No quiero que avise a nadie.

Me entrega una navaja Leatherneck con una funda de polímero. Me muestra cómo sujetar la funda para sacar la navaja, como si se lo estuviera enseñando a un niño.

No me pregunta para qué la quiero. Tampoco me da más opciones.

Escondo las armas por debajo de la ropa y me apresuro a volver al piso. Quiero ver cómo está Anna antes de buscar a esos cadáveres andantes que se han atrevido a ponerle las manos encima a mi hermana.

Cuando vuelvo a abrir la puerta, un extraño escalofrío me recorre la espalda.

No sé muy bien qué es. Todo parece igual que antes: la mochila sigue en el mismo sitio del pasillo, los zapatos de mi hermana justo al lado. Todavía escucho la cháchara de la televisión que sale de la habitación de mi padre, un sonido presente día y noche. Hasta veo la luz azul que se filtra por debajo de su puerta.

Pero ya no oigo correr el agua de la ducha. Ni oigo a mi hermana. Espero que esté descansando en su habitación.

Eso espero. Espero que esté tumbada en su cama bajo las mantas. Con suerte, dormida. Aun así, cuando paso junto a la puerta del baño para buscarla, dudo.

Oigo un ruidito del interior. Un goteo constante. Como un grifo que no está cerrado del todo.

La puerta está entreabierta. He destrozado el marco al entrar a empujones. Ahora no se cierra del todo.

Abro la puerta, y la luz fluorescente me ciega por un momento.

Mi hermana está en la bañera contemplando el techo. Tiene los ojos abiertos y fijos, absolutamente muertos, y el rostro más pálido que la tiza. Un brazo le cuelga por el borde de la bañera. Un largo tajo, abierto como una sonrisa estridente, la recorre de la muñeca al codo.

El suelo está cubierto de sangre. Mana de la bañera hasta el borde de los azulejos y me llega a los pies. Si doy un paso más, caminaré sobre ella.

Hay algo que me paraliza. Quiero correr hacia Anna, pero no quiero caminar sobre su sangre. De una forma estúpida e ilógica, es como si le fuera a hacer daño. Aunque está muerta.

Pero tengo que llegar a ella. Tengo que cerrarle los ojos. No soporto cómo está mirando el techo. No hay paz en su rostro, parece tan aterrada como antes.

Con el estómago revuelto y el pecho en llamas, corro hacia ella. Los pies se me escurren por las baldosas resbaladizas. Le levanto el brazo con suavidad y lo meto en la bañera, junto a su cuerpo. Todavía tiene la piel cálida y, por un segundo, creo que aún hay esperanza. Luego miro de nuevo su rostro y sé que soy un idiota. Le cierro los ojos poco a poco.

Luego voy a su habitación. Cojo su manta favorita, la que tiene lunas y estrellas. La llevo al baño y cubro su cuerpo con ella. Hay agua en la bañera. Empapa la manta. No importa, solo quiero cubrirla para que nadie pueda mirarla. Nunca más.

Vuelvo a mi habitación. Me siento en el suelo, junto a la caja fuerte vacía que todavía no he colocado en su escondite bajo las tablas del suelo.

La profundidad de la culpa y la pena que siento es insoportable. Literalmente no puedo soportarla. Siento que me está haciendo trizas la carne, centímetro a centímetro, hasta que no quede más que un esqueleto, huesos desnudos sin músculos, nervios o corazón.

Ese corazón se está endureciendo en mi interior. Cuando he visto el cuerpo de Anna, el corazón me ha latido tan fuerte que creí que estallaría. Ahora se contrae más y más lento, más y más débil.

Nunca he pasado un día entero sin mi hermana. Ha sido mi mejor amiga, la única persona a la que quería de verdad. Anna es mejor que yo en todos los aspectos. Es más lista, más amable, más feliz.

A veces pienso que, cuando nos formamos en el vientre, nuestras personalidades se dividieron en dos. Ella se llevó la mejor parte, pero, mientras estuviéramos juntos, podríamos compartir esa bondad. Ahora se ha ido, y se ha llevado su luz con ella.

Lo único que queda son los atributos que viven en mí: fijación, determinación... y rabia.

Está muerta por mi culpa. Debería haberme quedado con ella. Debería haberla vigilado, haberla cuidado... Eso es lo que hubiera hecho ella.

Jamás me perdonaré ese error.

Pero, si me permito sentir la culpa, me llevaré la pistola a la sien y acabaré con todo ahora mismo. No puedo hacerlo. Tengo que vengar a Anna. Se lo prometí.

Reúno toda la emoción que aún siento y la entierro en lo más profundo de mi ser. Me niego a sentir nada por pura fuerza de voluntad. Nada de nada.

Lo único que me queda es mi objetivo.

No lo llevo a cabo de inmediato. Si lo hago, acabaré muerto sin conseguirlo.

En lugar de eso, paso las semanas posteriores acechando a mis presas. Descubro dónde trabajan. Dónde viven. Qué club de estriptis, restaurantes, discotecas y burdeles frecuentan.

Se llaman Abel Nowak, Bartek Adamowicz e Iwan Zielinski. Abel es el más joven. Es alto, desgarbado, de aspecto enfermizo. Lleva la cabeza rapada, un guiño a su ideología neonazi. Hace mucho tiempo, fuimos juntos al instituto, aunque él iba dos cursos por delante de mí.

Bartek tiene una barba oscura y espesa. Parece que es quien controla a las prostitutas de mi barrio, porque siempre está acechando las esquinas por las noches para asegurarse de que sus chicas le entregan sus ganancias sin tan siquiera entablar conversación con los hombres que buscan su compañía.

Iwan es el cabecilla. O el subjefe, diría yo. Sé quién está por encima de él. No me importa. Los tres pagarán por lo que han hecho. Y no será ni rápido ni indoloro.

Primero voy a por Abel. Es fácil porque frecuenta el Piwo Klub, como muchos de nuestros amigos en común. Lo encuentro sentado en la barra, riendo y bebiendo, mientras mi hermana lleva bajo tierra diecisiete días.

Observo cómo se emborracha cada vez más.

Luego coloco un aviso en la puerta del baño: «*Zepsuta Toaleta*». Váter averiado.

Espero en el callejón. Diez minutos después, Abel sale a mear. Se desabrocha los vaqueros ajustados antes de apuntar su chorro de pis contra la pared de ladrillo.

No tiene pelo del que agarrarle, así que le rodeo la frente con el antebrazo y tiro hacia atrás. Le corto la garganta de oreja a oreja.

La navaja está afilada; me sorprende lo mucho que he tenido que apretar para hacer el corte. Abel intenta gritar. Es imposible. Le he seccionado las cuerdas vocales y la sangre le mana de la garganta. Lo único que puede hacer es emitir un sonido estrangulado.

—Esto es por Anna, hijo de puta asqueroso.

Le escupo en la cara y lo abandono allí, gimiendo y ahogándose en su propia sangre.

Luego vuelvo a casa. Me siento en la habitación de Anna, en su cama, en la que solo queda el colchón. Veo sus libros favoritos en la estantería que hay junto a su cama, los lomos arrugados de tantas veces que los leyó: *El principito, La campana de cristal, Anna Karenina, Persuasión, El Hobbit, Ana de las Tejas Verdes, Alicia en el País de las Maravillas, La buena tierra.* Contemplo las postales que tenía clavadas en la pared: el Coliseo, la torre Eiffel, la estatua de la Libertad, el Taj Mahal. Los lugares que soñaba con visitar, pero que ahora nunca verá.

Acabo de matar a una persona. Debería sentir algo: culpa, horror. O, al menos, una sensación de justicia. Pero no siento nada. Solo soy un agujero negro. Lo absorbo todo sin que escape ninguna emoción.

No tuve miedo cuando fui a por Abel. Si mi corazón no se desboca por eso, no lo hará por nada.

Una semana después, voy por Bartek. Dudo que me esté esperando; Abel tiene demasiados enemigos como para dilucidar quién lo ha matado. Seguramente ni se acuerden de mi hermana. Dudo que sea la primera chica a la que ataca la Braterstwo. Y no le he mencionado a nadie mi deseo de venganza.

Sigo a Bartek hasta el apartamento de su novia. Por lo que tengo entendido, solía hacer las calles antes de que la eligiera como amante. Compro una gorra roja y una pizza, y llamo a su puerta.

Me abre Bartek, sin camiseta y perezoso, oliendo a sexo.

—No hemos pedido pizza —gruñe, y se dispone a cerrarme la puerta en las narices.

—Bueno, no puedo devolverla —respondo—. Así que quédatela.

Levanto la caja, esparciendo el seductor olor a *pepperoni* y queso. Bartek la mira, tentado.

—No pienso pagar —me advierte.

—No pasa nada.

La extiendo, mirándolo directamente a los ojos. No muestra ni la más mínima señal de reconocimiento. Seguramente ya se ha olvidado de Anna, así que dudo que se preguntara si tenía un hermano.

En cuanto tiene las manos ocupadas con la caja de la pizza, saco la pistola y le disparo tres veces en el pecho. Cae de rodillas, con una expresión cómica de sorpresa en el rostro.

Cuando su cuerpo desaparece de mi vista, me doy cuenta de que su novia está de pie justo detrás. Es bajita, rubia y con curvas, lleva lencería barata. Se lleva la mano a la boca, está a punto de gritar.

Me ha visto la cara.

Le disparo también, sin dudar.

Se desploma. No le dedico ni una mirada. Bajo la vista hasta Bartek y observo cómo desaparece el color de su cara conforme se va desangrando en el suelo. Debo de haber acertado en los pulmones. Silba cuando respira, hasta que deja de hacerlo.

A él también le escupo en la cara, después me giro y me marcho.

Tal vez no debería haber dejado a Iwan para el final. Puede que sea el más complicado. Si es mínimamente inteligente, sumará dos más dos y sospechará que alguien les guarda rencor.

Pero era la única forma de hacerlo, la única forma en la que puedo sentir todo el peso de la catarsis.

Así que espero dos semanas más, buscándolo.

Por supuesto, está siendo discreto. Como si fuera un animal, percibe que alguien le está dando caza, aunque no sepa muy bien quién es.

Se rodea de otros gángsteres. Siempre está alerta cuando sube y baja de su reluciente coche, y cuando les cobra sus honorarios a los traficantes de poca monta del barrio.

Yo también estoy alerta. Solo tengo dieciséis años. Estoy delgaducho, a medio crecer, llevo el delantal de la tienda bajo mi abrigo. Soy como cualquier otro niño del barrio: pobre, mal alimentado y pálido por la falta de sol. Para él no soy nadie. Al igual que Anna. Jamás sospecharía de mí.

Por fin, lo pillo saliendo solo de su piso. Lleva una bolsa de viaje de color negro. No sé qué contiene esa bolsa, pero temo que pretenda irse de la ciudad.

Lo persigo, impaciente y algo incauto. Han pasado cuarenta y un días desde la muerte de Anna. Todos ellos han sido una agonía de vacío. He perdido a la única persona que significaba algo para mí. El único punto de luz en mi vida de mierda.

Observo a Iwan caminando por delante de mí, bien aseado con su chaqueta de cuero. No es feo. De hecho, la mayoría de las mujeres lo considerarían guapo: cabello oscuro, barba de tres días perenne, mandíbula cuadrada, los ojos un poco juntos. Con el dinero y los contactos que tiene, estoy seguro de que no le falta atención femenina.

Lo he visto entrar y salir de las discotecas con chicas agarradas del brazo. También de burdeles. No atacó a mi hermana porque quisiera follar. Quería cazarla. Quería atormentarla.

Iwan acorta por un callejón, luego entra por una puerta abierta de metal en la parte trasera de un edificio abandonado. Me quedo en el callejón para ver si vuelve. No lo hace.

Debería esperar. Eso es lo que he estado haciendo.

Pero estoy harto de esperar. Esto acaba hoy.

Abro la puerta y me cuelo en el edificio. El almacén está a oscuras y se oye un goteo constante que proviene del techo agujereado.

Huele a humedad y a moho. En su día sería una fábrica textil o de montaje de lámparas. Es difícil saberlo en la oscuridad. No veo a Iwan por ninguna parte.

Ni a la persona que me golpea por detrás.

Un dolor cegador me estalla en la parte trasera del cráneo. Me caigo sobre las manos y las rodillas. Una luz se enciende, y me doy cuenta de que estoy rodeado de media docena de hombres. Iwan está en primera línea, aún lleva la bolsa de viaje. La suelta en el suelo.

Me ponen en pie otros dos hombres y me sujetan los brazos por detrás de la espalda. Me cachean con brusquedad hasta que encuentran la pistola. Se la entregan a Iwan.

—¿Tenías pensado dispararme por la espalda con esto? —gruñe él.

Sujeta la pistola por el cañón y me cruza la cara con la culata. Es un dolor lacerante. Saboreo la sangre en la boca; creo que me ha sacado un diente.

Seguramente estoy a punto de morir. Pero no me siento asustado. Lo único que siento es rabia por no haber matado antes a Iwan.

—¿Para quién trabajas? —exige saber Iwan—. ¿Quién te envía?

Escupo sangre al suelo y le salpica en los zapatos. Iwan aprieta los dientes y levanta la pistola para pegarme de nuevo.

—Espera.

Un hombre da un paso al frente. Tal vez tenga cincuenta años, estatura media, ojos claros y unas cicatrices muy marcadas a ambos lados de la cara, como si le hubieran disparado perdigones o hubiera sufrido un acné persistente en algún momento de su vida. Cuando habla, todos los ojos presentes se centran en él con un silencio expectante que demuestra que este tipo es el verdadero jefe, y no Iwan Zielinski.

—¿Sabes quién soy? —pregunta con voz grave.

Asiento. Es Tymon Zajac. Más conocido como *Rzeźnik*, el Carnicero. No estaba seguro de si Iwan trabajaba para él, pero podría haberlo supuesto. En Varsovia todos los caminos llevan al Carnicero.

Se planta delante de mí, mirándome a los ojos. Los suyos están blanquecinos por la edad, y tal vez por las cosas que ha visto. Me atraviesan.

No bajo la mirada. No siento miedo. No me importa lo que me haga este tío.

—¿Qué edad tienes, chico?

—Dieciséis.

—¿Para quién trabajas?

—Trabajo en Delikatesy Świeży. Hago bocadillos y limpio mesas.

Aprieta la mandíbula. Me mira con dureza mientras intenta dilucidar si estoy bromeando o no.

—Trabajas en una charcutería.

—Sí.

—¿Mataste a Nowak y a Adamowicz?

—Sí —respondo sin dudar.

De nuevo, se sorprende. No se esperaba que lo admitiera.

—¿Quién te ayudó?

—Nadie.

Ahora parece enfadado. Descarga su rabia contra sus propios hombres.

—¿Un camarero ha perseguido y asesinado a dos de mis soldados él solo?

Es una pregunta retórica. Nadie se atreve a responder.

Vuelve a mirarme.

—¿Pretendías matar a Zielinski esta noche?

—Sí.

—¿Por qué?

Una mínima sombra de miedo aparece en la cara ancha de Iwan.

—Jefe, ¿por qué estamos...? —empieza a decir.

Zajac alza una mano para silenciarlo. Sigue mirándome fijamente, esperando que conteste.

Tengo la boca hinchada por el golpe de la pistola, pero hablo claramente.

—Tus hombres violaron a mi hermana cuando iba a hacer el examen para entrar en la universidad. Tenía dieciséis años. Era una buena chica: amable, bondadosa, inocente. No formaba parte de tu mundo. No había motivos para hacerle daño.

Zajac entrecierra los ojos.

—Si quieres una compensación...

—No hay compensación posible —digo amargamente—. Se suicidó.

No hay compasión en los ojos claros de Zajac, solo reflexión. Está sopesando mis palabras y considerando la situación.

Entonces mira de nuevo a Iwan.

—¿Es esto cierto?

Iwan se relame los labios, duda. Sé que se está debatiendo entre sus ganas de mentir y el miedo que le tiene a su jefe. Al final se decide:

—No fue culpa mía, ella...

El Carnicero le dispara entre ceja y ceja. La bala desaparece en el cráneo de Iwan y deja un agujero redondo y oscuro entre sus cejas. Los ojos se le quedan en blanco y cae de rodillas antes de desplomarse.

Por mi mente pasa todo un carrusel de pensamientos. En primer lugar, alivio porque ya he vengado a Anna. En segundo lugar, decepción porque haya sido Zajac el que haya apretado el gatillo. Tercero, me doy cuenta de que estoy a punto de morir. En último lugar, comprendo que no me importa. Ni lo más mínimo.

—Gracias —le digo al Carnicero.

Este me mira de arriba abajo, de pies a cabeza. Contempla mis vaqueros destrozados, mis zapatos sucios, mi pelo sin lavar y mi cuerpo desgarbado. Suspira.

—¿Cuánto ganas en la tienda?

—Ochocientos eslotis al mes —respondo.

Deja escapar algo a medio camino entre un suspiro y un silbido, lo más parecido a una carcajada que le he escuchado.

—Ya no trabajas allí —dice—. Ahora trabajas para mí. ¿Entendido?

No lo comprendo del todo. Pero asiento.

—Aun así —sigue con sobriedad—, has matado a dos de mis hombres. Eso tiene un castigo.

Le hace un gesto de asentimiento a uno de sus soldados. El hombre abre la cremallera de la bolsa de viaje que hay junto al cadáver de Iwan. Saca un machete del tamaño de mi brazo. La hoja está oscurecida por la antigüedad, y la punta, afilada como una cuchilla. El soldado le entrega el machete a su jefe.

El Carnicero se acerca a una vieja mesa del taller. Es una superficie astillada y le falta una pata, pero todavía se mantiene en pie.

—Extiende la mano —me dice.

Sus hombres me sueltan los brazos. Soy libre de caminar hasta la mesa. Libre de extender el brazo sobre su superficie con la mano abierta.

Siento una sensación de irrealidad, como si me estuviera observando hacerlo a un metro de distancia.

Zajac levanta el arma. Luego la baja a toda velocidad y me parte el meñique por la mitad, justo por debajo del primer nudillo. Me duele menos que el golpe con la pistola. Solo quema, como si hubiera posado el dedo sobre una llama.

Zajac recoge el trocito de carne que antes estaba unido a mi cuerpo. Lo tira sobre el cuerpo de Iwan.

—Ya está —sentencia el Carnicero—. La deuda está pagada.

DIEZ AÑOS DESPUÉS

2

NESSA GRIFFIN

Chicago

Estoy yendo en coche al Lake City Ballet por calles alineadas con hileras dobles de arces, cuyas gruesas ramas casi forman un dosel por encima de mi cabeza. Las hojas son de un carmesí oscuro que caen hasta formar montañas crujientes en las alcantarillas.

Me encanta Chicago en otoño. El invierno es terrible, pero no me quejo mientras pueda ver estos tonos rojos, naranjas y amarillos intensos durante unas semanas más.

Acabo de visitar a Aida en su nuevo piso cerca de Navy Pier. Es una casa chulísima que antes era una antigua iglesia. Todavía se ven los ladrillos originales en las paredes de la cocina y las enormes vigas de madera que atraviesan el techo como si fueran las costillas de una ballena. Hasta tiene una vidriera en su dormitorio. Cuando nos sentamos en su cama, la luz del sol que se colaba nos ha coloreado la piel como un arcoíris.

Hemos estado comiendo palomitas y mandarinas mientras veíamos en su portátil la sexta película de Harry Potter. A Aida le encanta la fantasía. A mí también me gusta después de todas las cosas que me ha hecho ver. Pero aún no me creo que tenga el valor de comer en la cama. Mi hermano es muy tiquismiquis.

—¿Dónde está Cal? —le he preguntado con nerviosismo.

—En el trabajo.

Mi hermano acaba de ganar su puesto de concejal del distrito 43 de la ciudad. Eso además de ser uno de los retoños de la familia más exitosa de la mafia de Chicago.

Siempre me siento extraña cuando pienso en nosotros así, como la mafia irlandesa. No he conocido otra cosa. Para mí, mi padre, mi hermano, mi hermana y mi madre son las personas que me quieren y me cuidan. No los considero criminales con las manos manchadas de sangre.

Soy la más joven de la familia. Intentan ocultarme sus crímenes. No formo parte del negocio, al menos no de la misma manera que mis hermanos mayores. Callum es la mano derecha de mi padre. Riona es la abogada jefa. Hasta mi madre está involucrada en la logística de nuestros negocios.

Luego estoy yo: la pequeña. Mimada, resguardada, protegida.

A veces creo que quieren que permanezca así para que al menos haya algo en la familia que se mantenga puro e inocente.

Eso me deja en una posición extraña. No quiero hacer nada malo; no puedo ni matar una mosca y no sé mentir ni aunque esté en juego mi vida. Las veces que lo he intentado, me ruborizo como una remolacha y empiezo a sudar, a tartamudear, y creo que voy a vomitar.

Por otro lado, a veces me siento sola. Como si no pudiera estar con ellos. Como si no formara parte de mi propia familia.

Al menos, Cal se ha casado con una chica estupenda. Aida y yo nos caímos bien desde el principio. No nos parecemos en nada. Ella es atrevida y divertida, y no acepta gilipolleces de nadie, sobre todo de mi hermano. Al principio parecía que iban a matarse el uno al otro. Ahora no me imagino a Cal con ninguna mujer que no sea ella.

Ojalá se hubieran quedado viviendo en casa, pero entiendo que quisieran tener su propio espacio. Por desgracia para ellos, pretendo seguir visitándolos casi todos los días.

Eso me hacer sentir culpable por no tener la misma relación con mi hermana. Riona es... demasiado intensa. Está claro que eligió bien su carrera profesional; para ella, discutir es un deporte olímpico. Que le paguen por hacerlo es como pagarle a un pato por nadar. Quiero que nos llevemos bien como otras hermanas lo hacen, pero siempre siento que apenas tolera mi existencia. Como si creyera que soy estúpida.

A veces me siento estúpida. Pero hoy no. Hoy estoy yendo al teatro para ver los programas que han impreso para nuestra próxima actuación. Se llama *Bendición*. He ayudado con la coreografía de la mitad de los bailes y solo de pensar que voy a verlos sobre el escenario me ilusiona tanto que apenas puedo respirar.

Mi madre me apuntó a clases de ballet a los tres años. También iba a clases de hípica, de tenis y de chelo, pero solo seguí adelante con el baile. Caminaba a todas partes de puntillas mientras sonaban en mi mente los acordes de *La consagración de la primavera* y *Pulcinella*.

Lo amaba tanto como respirar. Y se me daba bien, además. Muy bien. El problema es que hay una diferencia entre ser buena y ser genial. Hay mucha gente buena, pero solo un puñado son geniales. Aunque dos personas pasen la misma cantidad de horas esforzándose con sangre, sudor y lágrimas, el abismo entre el talento y la genialidad es tan ancho como el Gran Cañón. Por desgracia, yo me encontraba en el lado contrario.

No quise admitirlo. Pensaba que, si seguía una dieta más estricta, si me esforzaba más, podría ser una bailarina ejemplar. Pero, cuando me gradué del instituto, me di cuenta de que no era la mejor bailarina de Chicago, ni mucho menos la mejor a nivel nacional. Tendría suerte si me contrataban como aprendiz en una compañía importante de danza, pero tenía pocas posibilidades de ser un miembro principal.

Aun así, me inscribí en el cuerpo del Lake City Ballet mientras iba a clases en la Universidad Loyola. Quería seguir bailando mientras me sacaba la carrera.

El director y el coreógrafo jefe se llama Jackson Wright. Es un poco gilipollas, pero qué director no lo es. «Director» y «dictador» parecen sinónimos en esta industria. Aun así, es un hombre brillante.

El Lake City Ballet es una institución contemporánea, experimental. Montan espectáculos increíbles de todo tipo, como uno que se hizo a oscuras con pintura corporal fluorescente y otro sin ningún tipo de música salvo tambores.

Nuestro futuro espectáculo trata de la alegría, lo cual me viene genial, porque soy la persona más animada que conozco. Es difícil deprimirme.

Tal vez por eso Jackson me ha permitido participar tanto en la coreografía. Me ha estado dejando hacer cositas por aquí y por allá desde que descubrió que se me daba bien. Esta es la primera vez que he compuesto bailes completos yo sola.

Estoy deseando verlo en vivo y en directo con el maquillaje, el vestuario y la iluminación. Mis propios pensamientos cobrando vida en el escenario. Me imagino a mi familia sentada en primera fila, fascinada por que yo sea la escultora y no solo la arcilla. ¡Impresionados conmigo para variar!

Entro prácticamente saltando al estudio. Hay una clase de condicionamiento en la sala uno y otra de técnica en la sala dos. Reconozco el sonido familiar de los pies cayendo sobre el suelo de madera, el pianista marcando el ritmo en directo, y los aromas mezclados del sudor, el perfume y la cera para el suelo. El olor de mi hogar.

El aire es denso por el calor de tantos cuerpos. Me quito la chaqueta y voy directa al despacho de Jackson.

La puerta está entreabierta. Llamo con suavidad en el marco y espero a escuchar su terso «pasa» antes de entrar.

Está sentado detrás de su escritorio y me mira a través de una pila desordenada de papeles. Su despacho es un desastre, está lleno de fotos enmarcadas, pósters de actuaciones antiguas, carpetas desorganizadas y hasta trocitos de tela de los vestidos en su fase inicial de diseño. Jack lo controla todo en las actuaciones, hasta el último tutú.

Es un poco más alto que yo, esbelto, y está en forma gracias a una estricta dieta vegana. Tiene una espesa cabellera negra con algunos mechones grisáceos en las sienes. Se vanagloria en exceso de ello, siempre se está pasando los dedos por el pelo cuando habla. Su piel está bronceada, tiene la cara estrecha y los ojos grandes, oscuros y expresivos. Muchos bailarines se enamoran de él, tanto hombres como mujeres.

—Nessa —dice levantando la vista de sus papeles—. ¿A qué debo el placer?

—¡Isabel me contó que ya están listos los programas! —digo intentando no sonreír demasiado.

Isabel es la diseñadora de vestuario. Es capaz de coser a mano como si fuera a máquina y gritar órdenes a todos sus ayudantes al mismo tiempo. Tiene la lengua afilada y el corazón de oro. Me gusta pensar que es como mi madre en el ballet.

—Ah, es verdad. Aquí está —replica Jackson señalando con la cabeza una caja de cartón llena de programas que hay sobre una silla plegable.

Me acerco rápidamente y saco el paquete que está arriba de todo. Le quito la banda elástica para ver un programa.

La imagen de la portada es preciosa. Es Angelique, una de nuestras bailarinas principales, con un vestido de seda rojo. Está saltando en el aire con una pierna en un ángulo imposible sobre la cabeza y el pie perfectamente arqueado.

Abro el programa y reviso la lista de bailes hasta los créditos. Espero ver mi nombre; de hecho, pensaba pedirle a Jackson que me dejara llevármelo a casa para enseñárselo a mis padres.

Pero... no veo nada. Jack Wright aparece como coreógrafo jefe y Kelly Paul como ayudante. Yo no aparezco por ningún lado.

—¿Qué pasa? —dice Jackson con irritación al notar mi expresión estupefacta.

—Es solo que... Creo que se han olvidado de citarme entre los coreógrafos —respondo en tono cauteloso.

Me refiero a los que han diseñado el programa. Debe de tratarse de una omisión accidental.

—No —dice Jackson sin más—. No se han olvidado.

Alzo la vista para mirarlo con la boca entreabierta por la sorpresa.

—¿A..., a qué te refieres?

—No se han olvidado —repite—. No estás en los créditos.

El corazón rebota contra mi caja torácica como una polilla contra una ventana. Mi tendencia natural sería asentir, decir «muy bien» y marcharme. Odio la confrontación. Pero sé que, si lo hago, me odiaré más todavía a mí misma. Tengo que entender qué está pasando.

—¿Por qué no? —pregunto intentando mantener la voz lo más tranquila y poco acusadora posible.

Jackson suelta un suspiro de irritación y deja a un lado los papeles que ha estado ojeando, los cuales se pierden en el caos de su escritorio.

—No estás contratada como coreógrafa, Nessa —dice como si me estuviera explicando que uno más uno son dos—. Formas parte del cuerpo de baile. Que hayas dado un par de ideas al tuntún...

—¡He creado cuatro de los bailes! —estallo con la cara roja. Sé que sueno infantil, pero no puedo evitarlo.

Jackson se pone en pie. Se acerca a mí y me pasa el brazo por el hombro. Creo que quiere consolarme, hasta que me doy cuenta de que me está llevando hasta la puerta.

—Te diré la verdad, Nessa —explica—. Has participado un poco. Pero tus ideas no son muy originales. Son simples. Las partes de la actuación que le dan vida, que le dan alas, son las mías. Creo que, si sigues insistiendo en recibir crédito por algo que no te mereces, solo conseguirás ponerte en ridículo.

Tengo la garganta tan hinchada de la vergüenza que no puedo hablar. Intento contener desesperadamente las lágrimas que me arden en los ojos.

—Gracias por pasarte —dice cuando llegamos a la puerta—. Quédate el programa si quieres.

Ni siquiera me he dado cuenta de que sigue en mi mano, arrugado de lo fuerte que lo estoy apretando.

Jackson me saca de su despacho. Cierra la puerta con un leve chasquido y me deja sola en el pasillo.

Me quedo ahí pasmada, mientras unas lágrimas silenciosas se deslizan por mi cara. Dios, me siento gilipollas.

Como no quiero que nadie me vea, salgo corriendo por el pasillo en busca de las puertas principales.

Antes de que llegue, me intercepta Serena Breglio. Forma parte del cuerpo de baile, como yo. Ha salido de la clase de condicionamiento para beber agua de la fuente del pasillo.

Se queda quieta cuando me ve y frunce las cejas rubias, preocupada.

—¡Nessa! ¿Qué sucede?

—Nada —respondo negando con la cabeza—. No es nada. Solo estoy... siendo una idiota. —Me enjuago las mejillas con el dorso de la mano e intento recomponerme.

Serena lanza una mirada recelosa hacia la puerta cerrada de Jackson.

—¿Te ha hecho algo? —pregunta.

—No.

—¿Segura?

—Totalmente.

—Bueno, dame un abrazo al menos —dice rodeándome los hombros con el brazo—. Perdona, estoy sudando.

No me molesta en absoluto. El sudor, las ampollas, las uñas rotas..., por aquí son tan habituales como los alfileres.

Serena es la típica rubia californiana. Tiene un cuerpo esbelto y atlético, y, de alguna forma, consigue mantener el bronceado a pesar de vivir en el Medio Oeste. Le pega más estar en una tabla de surf que de puntillas. Pero es lo bastante buena como para llegar a ser segunda solista dentro de poco.

Es competitiva como ninguna otra dentro del estudio, pero fuera es un encanto. No me importa que me vea así. Sé que no se lo contará al resto de las chicas.

—¿Te vienes esta noche con nosotras? —pregunta.

—¿Adónde vais?

—Han abierto una discoteca nueva. Se llama Jungle.

Dudo.

En realidad, se supone que no debo ir a ese tipo de sitios, sobre todo sin decírselo a mis padres o a mi hermano. Pero, si se lo digo, no me dejarán ir. O enviarán a uno de sus guardaespaldas para que me controle, alguien como Jack Du Pont, que se sentará en una esquina a mirarme y a asustar a todo el que quiera bailar conmigo. Es bochornoso y mis amigas se sienten incómodas.

—No sé...

—Ay, venga. —Serena me aprieta los hombros—. Marnie también viene. Vente con nosotras, nos tomamos algo. Te dejamos en casa a las once.

—Está bien —digo, sintiéndome rebelde solo por aceptar—. De acuerdo.

—¡Sí! —Serena eleva el puño—. Será mejor que entre antes de que madame Brodeur me eche la bronca. ¿Nos esperas aquí?

Niego con la cabeza.

—Estaré en la cafetería de aquí al lado.

—Perfecto —replica Serena—. Pídeme un bollo.

3

MIKO

Chicago

Estoy sentado en mi despacho en la parte trasera de la discoteca, apuntando números en mi libro de contabilidad.

Actualmente gestiono dos discotecas y tres clubes de estriptis. Todos son rentables, incluso este que abrí hace apenas unas semanas. Pero ese no es su verdadero propósito. Solo existen para blanquear dinero.

Cualquier industria que acepte pagos en efectivo es un buen sitio. Lavanderías, concesionarios de coches de segunda mano, servicios de taxi, restaurantes... Todos ellos sirven como cesta en la que guardar tanto los beneficios legítimos como el dinero ilegal que se gana mediante las drogas, las armas, los robos y la prostitución.

Antiguamente, abrías una tienda vacía sin molestarte en llenarla de mercancía. Al Capone tenía una tienda así aquí, en Chicago. Su tarjeta de visita rezaba «Vendedor de muebles usados». Ahora las investigaciones financieras se han vuelto más sofisticadas. Necesitas un negocio próspero de verdad.

El objetivo es que el dinero negro entre en el banco. Se hace poco a poco, con constancia, depósitos diarios que mezclan el dinero sucio con el limpio. Lo mejor es que el efectivo ilegal solo sea el diez o el quince por ciento del total.

Hay que tener cuidado, porque los bancos son unos putos chivatos. Si se dan cuenta de que tu pizzería está ganando de repente un millón de dólares, o si notan que tus beneficios distan demasiado de los cheques que entregas a tus proveedores, te denuncian a Hacienda.

Pero, en cuanto el dinero está en el sistema, puedes mandarlo donde sea. A paraísos fiscales, a bienes inmuebles a gran escala, a la bolsa...

Mis activos valen ocho cifras en total. Nadie lo diría por la pinta que tengo. Mantengo un perfil discreto y obligo a mis hombres a hacer lo mismo. Si se vuelven vagos, torpes y ostentosos, llaman una atención indeseada.

Lidero la Braterstwo de Chicago con mi hermano, Jonas. Es mi hermano legal, pero no de sangre. Somos los hijos adoptivos de Tymon Zajac. Durante diez años, trabajé para Tymon. Me enseñó, me formó y fue mi mentor.

Mi padre biológico murió en Varsovia. No sé dónde está su tumba. No me importa. Nunca volveré a pisar Polonia. No me gusta ni pensar en ello.

Tymon me trajo aquí, a Estados Unidos. Me dijo que construiríamos un imperio más grande que toda la riqueza de nuestra patria natal. Lo creí. Su sueño se convirtió en el mío. Me dio algo por lo que vivir.

Al principio, prosperamos. Empezamos a conquistar esta ciudad, barrio a barrio.

Pero no somos los únicos mafiosos de Chicago.

Nos metimos en conflictos con los colombianos, los rusos, los italianos y los irlandeses.

Aplastamos a los colombianos, nos hicimos cargo de su distribución de drogas. Ahí fue cuando empezó a entrar el dinero que financió otras gestiones.

Después, el Departamento de Justicia nos hizo un favor y cortó el tráfico de armas proveniente de la Bratva rusa.

Eso nos dejó libres para atacar a los italianos, sobre todo a la familia Gallo. Pero Enzo Gallo no era tan viejo y complaciente como parecía. Sus hijos asesinaron a tres de nuestros hombres y los enterraron en los cimientos de sus rascacielos en Oak Street.

Antes de que pudiéramos contratacar, los Gallo formaron una alianza imprevista con los Griffin, la realeza de la mafia irlandesa en la cúspide del crimen en Chicago. Los Gallo casaron a su única hija con Callum, el único hijo de los Griffin.

Fue algo verdaderamente inesperado. Como una alianza entre Israel y Palestina, o entre gatos y perros.

Fue entonces cuando, tal vez, Tymon cometió un error. No era un hombre que cometiera errores. Pero en aquel momento se precipitó.

Cuando Aida Gallo y Callum Griffin vinieron a husmear a una de nuestras discotecas, los drogamos y los llevamos a un viejo matadero en la parte oeste de la ciudad.

Fue una decisión impulsiva que carecía de planificación. Fueron órdenes directas de Tymon y, aun así, me culpo por lo que pasó.

Tenía cuentas pendientes con ambos. Debería haberlos aniquilado sin dudar, un par de tiros ahí mismo.

Pero escaparon por un desagüe.

Fue un error humillante. Me arrodillé delante de Tymon, esperando a que infligiera su castigo. Jamás en diez años le había fallado tanto.

Ordenó que salieran todos los presentes.

Yo cerré los ojos y creí que me clavaría el machete en la nuca. Así impartimos justicia en este mundo.

En su lugar, sentí su mano sobre mi hombro, pesada pero sin rabia.

Alcé la mirada para verle la cara.

Desde que conozco a Tymon, nunca lo he visto mostrar dudas o debilidad. De repente, se me antojó cansado. Solo tenía cincuenta y ocho años, pero había soportado doce vidas de sangre, trabajo duro y lucha.

—Mikolaj —me dijo—. Eres mi hijo y mi heredero. Sé que no volverás a fallarme.

Yo hacía mucho que había perdido la capacidad de sentir algo parecido al amor. Pero sentí el fuego de la lealtad con más fuerza que el amor. Tymon me había salvado la vida dos veces. No tendría que hacerlo una tercera vez.

Me sentí renovado. Tenía pensado trabajar mano a mano con mi padre para aplastar a los italianos y a los irlandeses. Para hacernos nuestro sitio de una vez por todas como dirigentes de la ciudad.

Sin embargo, una semana después, Dante Gallo asesinó a Tymon. Dante le metió un tiro al Carnicero y dejó que se desangrara sobre la alcantarilla.

Todavía no lo he vengado. Cada día que pasa es una vergüenza.

Tengo que considerar dos asuntos:

Primero, mis hombres. Los Griffin y los Gallo juntos son un ejército potente. Les guarda lealtad una docena de familias irlandesas e italianas. Si los ataco de frente, es imposible que salga bien. Por ahora, al menos.

Segundo, quiero que sufran. Podría matar a Callum o a Dante. ¿Pero qué ganaría con eso? Quiero dinamitar todo el imperio. Quiero separar a ambas familias. Para luego ir a por sus miembros uno por uno.

Para hacerlo, tengo que encontrar su punto débil. Su vulnerabilidad.

He estado observando y esperando. Les he dejado pensar que la Braterstwo está derrotada, que cortaron la cabeza de la serpiente cuando mataron a Tymon.

Mientras tanto, gestiono mis negocios. Mantengo seguro mi territorio. Y cada día amaso más dinero y poder.

Alguien llama a mi puerta. Jonas entra sin esperar, cargado con una caja de Żubrówka, un vodka polaco. Saca una de las botellas, me muestra la etiqueta verde lima y hoja de hierba de bisonte que nada en el licor de color ámbar claro.

—Justo a tiempo. —Sonríe de lado—. Estábamos a punto de quedarnos sin nada.

Jonas tiene una complexión ancha, musculosa, y un pelo negro y espeso que se peina hacia atrás desde la frente. Sus ojos son tan oscuros que no se distingue la pupila del iris, y las cejas son tajos rectos que se le curvan en el extremo, como las de Spock, aunque su personalidad no se parece mucho a la vulcana. Jonas no es una persona lógica. Es impulsivo, rápido para reírse y rápido para pelear. No piensa las cosas detenidamente. Por eso yo soy el jefe y no él.

Eso es lo que quería Tymon. Aunque eso no importa; ahora que mi padre adoptivo está muerto, nunca más volveré a ser segundo de nadie.

—¿Cuánto alcohol hemos vendido esta semana? —le pregunto a Jonas.

—Cincuenta y siete mil —responde con orgullo.

Es un doce por ciento más que la semana anterior.

—Bien —asiento.

—Pero hay un problema —añade Jonas con el ceño fruncido.

—Espera… —Le doy un toquecito en el hombro a la chica que está arrodillada entre mis piernas chupándome la polla. Se llama

Petra. Es una de nuestras camareras, la mejor en realidad. Es tan buena con la boca como con las manos. Resulta un acompañamiento agradable a la tediosa tarea de hacer contabilidad. Pero no suelo correrme. Por mucho que se esfuerce, mi polla parece medio dormida, como el resto de mi cuerpo—. Puedes irte.

Petra se pone en pie detrás del escritorio y se sacude el polvo de las rodillas de su pantalón negro ajustado. Lleva un corsé medio desabrochado para mostrarme mejor su generoso escote. Tiene el pintalabios emborronado alrededor de la boca.

Jonas sonríe con socarronería al darse cuenta de que no estábamos solos en la habitación. Le mira los pechos a Petra y también el culo cuando sale del despacho. Aunque ya lo ha visto todo antes.

—¿Cómo se porta? —pregunta—. Aún no he tenido el placer.

—No está mal —digo brevemente—. ¿Qué querías contarme?

Jonas se pone serio de nuevo y vuelve al grano.

—Creo que uno de los camareros nos está robando.

—¿Cómo lo sabes?

—He estado pesando las botellas. Nos falta un litro con doce mililitros.

—¿Estarán sirviendo de más?

—No, tengo topes en las boquillas.

—Entonces están regalando bebidas a sus amigos o embolsándose el efectivo.

—Alguien lo hace, sí —coincide Jonas.

—Estaré pendiente esta noche.

—Perfecto —dice Jonas, que vuelve a sonreír y se cruza de brazos sobre el pecho.

—¿Qué? —le pregunto con irritación.

—¿Puedes guardarte la polla en los pantalones?

Bajo la vista a mi polla, todavía manchada con el pintalabios de Petra. Ya se me había olvidado la mamada frustrada. Me la meto en los pantalones y frunzo el ceño.

—¿Estás contento ya?

—Claro —replica Jonas.

Salimos a la pista de baile juntos.

La noche se está animando: los clientes se agolpan en la barra, la pista de baile está abarrotada, y todos los reservados, llenos. Miro a mi alrededor en este espacio atestado y veo dinero, dinero y dinero: las camareras se meten billetes en el delantal y les sirven bebidas a los clientes por un valor un cuatrocientos por ciento superior y los camareros pasan tarjetas de crédito sin parar. Cada una de ellas añade una porción ínfima a la riqueza de la Braterstwo.

Las paredes están cubiertas de papel pintado verde, los reservados tapizados con terciopelo de color esmeralda. La iluminación es de un tenue verde acuoso con sombras intrincadas, como si los clientes estuvieran paseando entre hierbas altas.

Este club es una jungla y yo soy su rey. Los clientes me rinden tributo sin saberlo, mientras yo les vacío las carteras copa a copa.

Me coloco en un rincón de la pista de baile y finjo observar a la clientela. En realidad, tengo la mirada clavada en mis propios empleados. En concreto, en los camareros.

Hay cuatro detrás de la barra principal: Petra, Monique, Bronson y Chaz. Los cuatro son rápidos y ostentosos, contratados por sus capacidades y su atractivo. No descarto a las mujeres, pero ya sospechaba de los hombres. Petra y Monique ganan muchísimas propinas de los empresarios solitarios de la zona. Bronson y Chaz también ganan lo suyo, pero, en mi experiencia, la codicia masculina no permite que un hombre se sienta satisfecho por trescientos dólares la noche.

Un buen camarero es como un malabarista y un mago, todo al mismo tiempo. Charlan con el cliente mientras cogen vasos, agitan la coctelera y sirven doce chupitos en fila. Hacen desaparecer el dinero y que llueva el alcohol. Siempre están haciendo diez cosas a la vez.

Hace falta un ojo avizor para ver lo que están tramando de verdad.

A los veintiocho minutos, encuentro al ladrón.

No es Bronson, con sus músculos abultados y su encanto de chico universitario. Ha invitado a una rubia sonriente a una copa, pero la anota y usa sus propias propinas para pagarla.

No, es Chaz el hijo de puta traicionero. Chaz, el de los anillos plateados, la barba de hípster y el moñito.

Ese mierdecilla egocéntrico nos está tangando de dos formas distintas al mismo tiempo. Por un lado, acepta pagos de tres o cuatro clientes a la vez, lleva el efectivo a la caja registradora y finge que lo anota todo. Pero, cuando pasa los dedos por la pantalla, me doy cuenta de que solo anota nueve de cada diez bebidas. Teniendo en cuenta el volumen de las transacciones, esto hace que pase desapercibido para los demás.

En segundo lugar, algo de lo que ni Jonas se ha percatado, Chaz ha colado una botella de Crown Royal en la discoteca. Es un licor de primera, a dieciocho dólares el chupito. Cuando alguien lo pide, Chaz utiliza su propia botella, que está en el estante donde debería estar la mía. Luego coge el pago y lo mete directamente en su bote de propinas.

En el tiempo que llevo observándolo, ha robado unos setenta y seis dólares. Calculándolo por encima, significa que nos está birlando más de novecientos dólares cada noche.

Le hago una señal a Jonas para que se acerque.

—Es Chaz —le digo.

Jonas observa a Chaz y su sonrisilla asquerosa mientras el camarero abre cuatro botellines de Heineken y se los entrega a un cuarteto de universitarias revoltosas. Se le ensombrece la cara. Da un paso al frente, como si fuera a coger a Chaz por la camisa para sacarlo a rastras del bar en estos mismos instantes.

—Todavía no. —Le pongo una mano en el pecho—. Deja que termine el turno. No queremos quedarnos cortos de personal. Píllalo cuando salga.

Jonas gruñe y asiente. Se desata una pelea en los baños y Jonas se dirige hacia allí para asegurarse de que los porteros lo solucionan.

Yo me reclino en la columna que hay en el rincón de la pista de baile con los brazos cruzados delante del pecho. La satisfacción de pillar al ladrón empieza a desvanecerse. Mi mente regresa, como siempre, al molesto problema que tengo con los Griffin y los Gallo.

Justo en ese momento, una chica entra en la discoteca.

Veo cientos de mujeres guapas todas las noches, arregladas con sus vestiditos apretados y tacones, maquilladas, recién peinadas, con la piel reluciente de purpurina.

Esta chica me llama la atención porque es justamente lo contrario. Es joven, va con la cara lavada. Está tan limpia que casi brilla. Lleva el pelo castaño claro recogido en una coleta. Sus ojos son grandes e inocentes. No ha intentado tapar las pequitas que le cubren la nariz.

Viste un jersey fino y ajustado y, por debajo, un bodi rosa palo, un color muy parecido a su piel. Un atuendo extraño para ir a la discoteca. Sus amigas van vestidas con tops cortos y vestiditos, como suele ser habitual.

En cuanto la veo, siento un subidón de adrenalina. Los músculos se me endurecen como resortes y noto que se me dilatan las pupilas. Imagino que huelo su perfume, ligero y dulce, por encima del humo, el alcohol y el sudor.

    Es la reacción de un depredador cuando vislumbra a su presa.

    Porque reconozco a esta chica.

    Es Nessa Griffin. La niña querida de la mafia irlandesa. Su preciado tesoro. Se ha aventurado en mi discoteca como una gacela inocente. Idiota. Perdida. Lista para tomarla.

    Es como una señal de los cielos. Pero yo no creo en el cielo, así que digamos que es una señal del diablo.

    Contemplo cómo se abre paso por la discoteca junto a sus amigas. Le piden bebidas a Bronson, el universitario. Este tontea con ellas todo lo posible mientras les prepara unos martinis. Aunque está más interesado en la amiga rubia de Nessa, esta se ruboriza y no es capaz de mirarlo a los ojos.

    Nessa acepta su martini de melón y le da un sorbo con incomodidad, incluso hace una mueca a pesar de que es mayormente zumo. Solo se bebe un cuarto de la copa antes de dejarla de nuevo en la barra.

    La rubia sigue tonteando con Bronson. Otra de las amigas entabla conversación con un chico delgaducho con pintas de friki. Nessa se queda mirando la discoteca, tímida y curiosa.

    Yo la estoy mirando abiertamente. No aparto la vista cuando nuestros ojos se encuentran. Observo su expresión para ver si sabe quién soy.

    Las mejillas se le tiñen de un rosa aún más intenso que el de su bodi. Aparta la mirada, pero vuelve a mirarme de reojo para ver si sigo observándola. Cuando se da cuenta de que así es, se da la vuelta por completo para darme la espalda y beber otro sorbito de su copa.

    Es ajena a todo. No sabe quién soy. Este es el comportamiento típico de una chica que se siente incómoda y prefiere esconderse entre sus amigas con más seguridad en sí mismas.

Vuelvo a paso ligero a mi despacho, pero Jonas me intercepta antes de que llegue a la puerta.

—¿Adónde vas? —me pregunta al notar mis prisas.

—Te toca vigilar la discoteca esta noche. Yo tengo otras cosas que hacer.

—¿Qué pasa con Chaz?

Me detengo. Estaba deseando ver la cara de ese cabronazo escurridizo cuando se diera cuenta de que lo hemos pillado. Borrarle esa sonrisa de suficiencia para dar paso al miedo y, después, al terror más abyecto. Pensaba hacerle suplicar y rogar y mearse encima antes de que rindiera cuentas por el robo.

Pero ahora tengo peces más grandes que pescar.

—Llévalo al sótano cuando acabe la noche —le pido a Jonas—. Rómpele las manos. Luego déjalo en la parte trasera de su piso.

—¿Y el dinero?

—Estoy seguro de que ya se lo ha metido por la nariz.

No creo que ese gilipollas me robara para poner todo el efectivo en una cuenta de ahorros. Tiene cierto hábito.

Jonas asiente y regresa a la discoteca.

Yo entro en mi despacho y abro el cajón superior de mi escritorio. Saco un dispositivo de rastreo GPS que tiene el tamaño, la forma y el color de una moneda. Me lo meto en el bolsillo. Luego vuelvo a la pista de baile.

No tardo más que un segundo en encontrar a Nessa Griffin. Está bailando con sus amigas, meciéndose al ritmo de un remix de «Roses». Ya no soy el único que la está mirando. Atrae la atención de hombres y mujeres, baila de una forma sorprendentemente sensual. Parece que se ha olvidado de su timidez al perderse en la música.

Me resulta demasiado fácil colarme por detrás e introducir el dispositivo en su bolso. Está tan ajena a todo que hasta me permito rozar con los dedos la coleta que le cuelga hasta la espalda. Tiene el pelo fino y sedoso, es una pasada tocarlo. Ahora sí que huelo su perfume, ligero y limpio: un aroma a lirios, orquídeas y ciruela.

Me alejo antes de que se dé cuenta.

Ahora sabré adónde va.

La seguiré. La acosaré. Y la tomaré cuando me venga en gana.

4

NESSA

He ido pocas veces a discotecas. De hecho, no tengo edad para entrar. Serena me da el carnet caducado de su hermana, que no se parece nada a mí, salvo en que las dos tenemos el pelo castaño. El portero apenas le dedica un vistazo antes de dejarnos pasar.

En cuanto cruzamos la puerta, es como si hubiéramos entrado en otro mundo. La luz es tenue y parpadeante, y la música palpita en mi piel con una fuerza tangible. Sé que este sitio acaba de abrir, pero tiene ese aspecto imperialista de otros tiempos, como si lo hubieran hecho los colonialistas británicos para exportarlo a la India. La madera oscura, los apliques gastados de color plata y el terciopelo verde esmeralda parecen sacados de una biblioteca antigua.

Solo desearía haber traído una muda de ropa como las demás, porque ellas lucen sexis y guapas, como todos los que han venido a esta discoteca, y yo... no.

Ni siquiera sé qué pedir cuando nos acercamos a la barra. Pido lo mismo que Serena, que resulta ser un martini de melón con una rodaja de limón flotando en la copa.

Hasta el camarero está buenorro que flipas. Es como si los empleados se sacaran un dinerito extra trabajando como modelos, porque parece que su forma de hacer ejercicio sea recorrer las pasarelas.

A Serena le encanta. Apoya los codos en la barra y coquetea con el camarero, preguntándole cuántos números de chicas consigue cada noche.

—No los suficientes —responde con un guiño—. Tengo espacio para una más en mi móvil.

Le doy un sorbo a mi copa. Es asquerosamente dulce, y, aun así, noto la punzada del alcohol. Me da un poco de asco. No sé cómo es capaz mi hermano de beber whisky a palo seco, a mí todo me sabe a disolvente de pintura.

No quiero emborracharme, así que dejo la copa en la barra y miro a mi alrededor.

Me encanta observar a la gente.

Si pudiera sentarme en un rincón, totalmente invisible, y observar a la gente durante toda la noche, no me importaría en absoluto. Me gusta adivinar quiénes son pareja y quiénes no, quién está celebrando su último día de exámenes y quién ha venido con compañeros de trabajo. Me encanta ver los gestos y las expresiones de la gente, cómo bailan, hablan y ríen.

No me gusta llamar la atención. Así que, cuando veo a un hombre apoyado en una columna junto a la pista de baile, contemplándome, su mirada me golpea como una bofetada. Dejo caer mis ojos, finjo que me interesan muchísimo mis propias uñas, hasta que creo que está pendiente de otra cosa.

Cuando vuelvo a alzar la mirada, sigue contemplándome. Es alto, de constitución delgada y con un cabello tan rubio que parece blanco. Sus rasgos son afilados y la tez clara. Parece como si no hubiera comido o dormido en mucho tiempo, pues tiene las mejillas hundidas y grandes surcos bajo los ojos. Es bastante guapo, como un ángel desnutrido. Pero no hay signos de amabilidad o jovialidad en su rostro.

Me doy la vuelta hacia la barra y vuelvo a coger mi copa. Entablo conversación con Marnie, decidida a no volver a mirar más a ese hombre tan extraño.

Cuando nos acabamos las copas, toca bailar. Cualquiera diría que estamos hartas después de tanto entrenar, pero bailar en una discoteca es algo totalmente distinto. No hay ninguna técnica. Es el único momento en el que podemos movernos sin tener que pensar en ello.

Cuanto más bailamos, más tontas nos volvemos. Hacemos el baile de Humpty, el Cabbage Patch, luego el Renegade y el Triangle. Marnie intenta convencer al DJ de que ponga Lizzo, pero dice que no puede; tiene que seguir la lista predeterminada.

En su misión de seguir tonteando con el camarero macizo, Serena vuelve a por más copas, hasta que está demasiado borracha para bailar. Marnie y yo le traemos agua y nos sentamos en un reservado para descansar un momentito.

—Bueno, ¿me vas a contar por qué estabas tan alterada antes? —me pide Serena, que está tirada en un rincón del asiento.

—Ah. —Niego con la cabeza—. Es una tontería. Creía que saldría en los créditos por los bailes que he coreografiado en *Bendición*.

—¿Por qué no te citan? —pregunta Marnie.

Es alta y delgada, y tiene un huequito monísimo entre las paletas. Es una artista increíble y a veces trabaja en televisión, además de formar parte del cuerpo de baile.

—No lo sé. Seguramente Jackson haya cambiado casi todo lo que propuse.

—No, qué va. —Marnie niega con la cabeza—. Anoche estuve viendo el dueto. Es exactamente tal como tú lo hiciste.

—Ah.

Ahora me siento peor todavía. ¿Es que mi aportación es tan mala que Jackson considera que simplemente no merezco llevarme el mérito? Pero, si es así, ¿por qué usa mis bailes en el espectáculo?

—Te está robando —dice Serena con repugnancia—. Es un gilipollas.

—¿Qué vas a hacer al respecto? —pregunta Marnie.

—¿Qué puedo hacer? Es un dios en el mundo del baile. —Hago una mueca—. Yo no soy nadie.

Marine compone un gesto de empatía. Sabe que tengo razón. Serena se cabrea más.

—¡Y una mierda! No puedes dejar que se salga con la suya.

—¿Qué quieres que haga? ¿Que lo denuncie en la Corte Suprema del Ballet? No hay más autoridad que él.

—Bueno, ¿sabes esos batidos verdes asquerosos que guarda en el frigorífico? —propone Serena—. Podrías ponerle un par de laxantes. Como poco.

Se echa a reír, es evidente que está bastante borracha.

Sus carcajadas imparables me hacen reír, y a Marnie también. No tardamos en empezar a gruñir como cerditos y reírnos por lo bajini hasta que nos caen lágrimas por las mejillas.

—¡Parad ya! —nos pide Marnie—. Que nos van a echar a las tres.

—Venga ya —dice Serena—. Ese camarero y yo estamos ya así.

Intenta entrelazar el índice con el dedo corazón, pero tiene tan poca coordinación que acaba haciendo el signo de la paz. Eso provoca que Marnie y yo nos riamos más todavía.

—Será mejor que te lleve a casa, idiota —dice Marnie.

Marnie y Serena comparten piso en Magnolia Avenue. Está a menos de cinco minutos en taxi.

—¿Quieres que compartamos viaje? —me pregunta Marnie.

—Voy en dirección contraria. He dejado el Jeep en el estudio.

—No puedes ir andando sola —interviene Serena, que intenta recomponerse y hablar en serio.

—Son un par de manzanas —le aseguro.

Solo me he tomado una copa, así que considero que estoy bien para volver caminando al Lake City Ballet.

Nos separamos en la puerta, Marnie ayuda a Serena a mantenerse en pie mientras esperan el taxi, y yo echo a andar por Lowell.

Aunque es tarde, Chicago es una ciudad demasiado bulliciosa como para que las calles estén totalmente vacías. Pasan muchos coches, y las calles se encuentran iluminadas por los edificios altos y las farolas de siempre. Me cruzo con un par de adolescentes en monopatín y me gritan algo que no logro entender.

Sin embargo, cuando giro por Greenview, las aceras empiezan a vaciarse. Hace frío. Me envuelvo con mis propios brazos y aprieto el paso. El bolso rebota contra mi cadera; tengo la correa cruzada sobre el pecho para que nadie pueda quitármelo. Me pregunto si debería sacar las llaves. Llevo un botecito de espray de pimienta en el llavero por si acaso. Aunque es de hace seis años, quién sabe si todavía funciona.

No sé por qué me siento paranoica de repente. Se me eriza el vello y el corazón me late demasiado acelerado para el paso ligero que mantengo.

Tal vez sea mi imaginación, pero creo oír pasos a mi espalda. Suenan demasiado rápidos, como si intentaran mantener mi ritmo.

Cuando llego al cruce de Greenview con Henderson, me atrevo a echar un vistazo por encima del hombro.

Sí, hay un hombre a unos cien metros de distancia. Lleva una sudadera, tiene las manos metidas en los bolsillos y la capucha puesta. Va con la cabeza agachada, así que no le veo la cara.

Seguramente esté volviendo a casa, como yo. Aun así, cruzo la calle y camino más deprisa. No quiero seguir mirando atrás para ver si me está ganando terreno. Siento la necesidad de echar a correr.

Veo el edificio del Lake City Ballet y mi Jeep blanco aparcado delante. El resto del aparcamiento está vacío. Todo el mundo se ha ido a casa hace mucho rato.

Meto la mano en el bolso y busco a tientas las llaves mientras camino. Quiero tenerlas preparadas para abrir la puerta del coche. Encuentro el móvil, el bálsamo labial, una moneda…, pero ni rastro de las llaves. ¿Cómo es posible? Si ni siquiera es un bolso grande.

El estudio de baile está cerrado y a oscuras.

Me sé el código de la puerta. Todos los bailarines nos lo sabemos, porque podemos venir a entrenar cuando queramos.

Cuando estoy a media manzana de distancia, echo a correr. Corro hacia el estudio, no soy capaz de distinguir si los pasos pesados que oigo son míos o si alguien me está siguiendo.

Llego a la puerta e introduzco el código como una loca: 1905. Es el año en el que Anna Pavlova actuó por primera vez en *La muerte del cisne*. Jackson está un poco obsesionado.

Desplazo con torpeza los dedos sobre el teclado. Introduzco los números mal por segunda vez y luego consigo que la cerradura se abra.

Cierro la puerta a mi espalda, echo el pestillo y apoyo la frente en el cristal para escudriñar la oscuridad. Tengo el corazón desbocado, me sudan las manos sobre el pomo. Espero ver a algún loco corriendo hacia mí, armado con una navaja.

Pero… no veo nada en absoluto.

No hay nadie en la acera. Nadie me está siguiendo. Probablemente, la persona de la capucha ha girado por otra calle sin que me haya dado cuenta.

Soy una tonta. Siempre he tenido una imaginación desbordante. Cuando era pequeña, sufría pesadillas terribles, y siempre estaba segura de que eran reales, por muy imposible que fuera que mi hermana se convirtiera en un tigre o que encontrara doce cabezas cercenadas en nuestro frigorífico.

Me dejo caer al suelo y busco de nuevo las llaves en mi bolso. Ahí están... En el bolsillito lateral donde las suelo dejar. Estaba tan asustada que no las encontraba.

Reviso mi móvil también. No he recibido ningún mensaje de mis padres, aunque ya es pasada la medianoche.

Qué curioso. Son muy sobreprotectores. Pero también están tan ocupados que ni se han dado cuenta de que no he llegado.

Pues nada. Estoy en el estudio y no me encuentro para nada cansada después de los diez mil voltios de adrenalina que corren por mis venas. Ya que estoy aquí, voy a entrenar un poco.

Así que subo las escaleras hacia mi sala favorita. Es la más pequeña de todas. El suelo es mullido, por lo que es como bailar en una cama elástica.

Me quito los vaqueros y el jersey, y me dejo solo el bodi que llevo debajo. Luego pongo el móvil en el banquillo y busco mi lista de reproducción favorita. La primera canción es «Someone You Loved» de Lewis Capaldi. Caliento junto a la barra mientras empiezan las primeras notas de piano.

5

MIKO

Me quedo en la acera del aparcamiento, justo donde no me ve, riéndome para mis adentros en silencio.

La pequeña Nessa Griffin se asusta rápido.

Verla correr hasta el estudio me ha entusiasmado de tal forma que casi podía saborearlo. Podría haberla pillado si hubiese querido. Pero no tengo intención de secuestrarla esta noche.

Sería demasiado sencillo relacionarlo conmigo, porque acaba de salir de mi discoteca.

Cuando haga desaparecer a Nessa, será como tirar una piedra en el océano. No habrá ni una sola señal que indique dónde se ha metido.

Espero a ver si sale y se mete en su coche, pero sigue dentro del estudio. Un minuto después, se enciende una luz en el segundo piso y entra en una sala de ensayo diminuta.

La veo perfectamente. No es consciente de que la sala iluminada es como una cajita de luz suspendida en medio de la calle. Veo cada detalle como si tuviera un diorama en las manos.

La observo quitarse el jersey y los vaqueros, dejando a la vista un bodi ajustado. Es de color rosa palo, tan fino y apretado que le veo el contorno de los pechos, de las costillas, del ombligo y del culo cuando se gira.

No sabía que era bailarina. Debería haberlo supuesto, tanto ella como sus amigas tenían esa pinta. Nessa es delgada. Demasiado delgada, con brazos y piernas largos. También hay algo de músculo, se nota en las pantorrillas, en los hombros y en la espalda. Tiene el cuello largo y esbelto, como el tallo de una flor.

Se quita el elástico del pelo y deja que la melena le caiga sobre los hombros. Luego se la recoge en un moño en lo alto de la cabeza y vuelve a apretarlo con la gomilla. No se molesta en ponerse zapatos, ocupa su posición descalza junto a la barra de madera que se extiende a lo largo del espejo. Se mira a sí misma, dándome la espalda. Yo la veo doble: la Nessa de verdad y su reflejo.

La observo doblarse y estirar el cuerpo mientras calienta. Es flexible. Sus articulaciones parecen de goma.

Ojalá pudiera escuchar la música que ha puesto. ¿Es clásica o moderna? ¿Es rápida o lenta?

Una vez que ha calentado, empieza a girar por la sala. No sé los nombres de esos movimientos, excepto alguna pirueta. Ni siquiera sé si es buena.

Lo que sí sé es que es precioso. Lo hace como si no le costara, como si no pesara, como si fuera una hoja en el viento.

La contemplo impresionado. De la misma forma que un cazador contempla un ciervo que entra en un claro. Nessa es preciosa. Inocente. Perfectamente en paz en su entorno natural.

Dispararé mi flecha directa a su corazón. Ese es mi derecho como cazador.

La observo bailar incansable durante más de una hora.

Todavía sigue bailando cuando me vuelvo a la discoteca. Tal vez se quede ahí toda la noche. Si lo hace, lo sabré, porque sigue llevando mi dispositivo en el bolso.

Sigo a Nessa Griffin durante toda la semana. A veces en coche. Otras, andando. En ocasiones, me siento en una mesa del mismo restaurante.

Nunca repara en mí. Y nunca parece percatarse de que la están siguiendo desde aquella primera noche.

Veo a qué universidad va, dónde hace la compra. Veo dónde vive, aunque ya me conocía de sobra la mansión en el lago de los Griffin.

También la observo cuando va a visitar a su cuñada en diferentes ocasiones. Me gusta que se lleven tan bien. Quiero castigar a los Griffin y a los Gallo. Quiero enemistarlos entre ellos. No funcionará a menos que todos sientan la pérdida de Nessa Griffin.

Una semana después, estoy convencido de que Nessa servirá a mis propósitos.

Así que es el momento de dar el paso.

6

NESSA

Echo de menos a mi hermano. Me alegro de que sea tan feliz con Aida. Y sé que ya era hora de que tuviera su propio hogar. Pero nuestra casa es mucho peor sin él durante el desayuno.

Para empezar, él era quien mantenía a Riona a raya.

Cuando bajo las escaleras, mi hermana tiene tantas carpetas y documentos extendidos a su alrededor que tengo que comer en una esquinita de la mesa.

—¿En qué estás trabajando? —le pregunto mientras cojo una tira de beicon crujiente y le doy un bocado.

Tenemos un cocinero que hace que todas las comidas sean como esos anuncios de la tele en los que hay zumo de naranja, leche, fruta, tostadas, tortitas, beicon y salchichas, todo perfectamente presentado, como si la gente normal pudiera comerse todo eso de una sentada.

Somos unos pijos; soy más que consciente. Pero no pienso quejarme por eso. Me encanta que me preparen la comida. Y me encanta vivir en una casa grande, luminosa y moderna, rodeada de jardines y con unas vistas maravillosas al lago.

Lo único que no me gusta es lo malhumorada que se levanta mi hermana por las mañanas.

Ya va vestida con su atuendo de negocios, lleva la melena pelirroja recogida en un moño impecable, y tiene una taza de café solo delante. Está leyendo detenidamente unos documentos y escribiendo en notas de colores. Cuando le hablo, deja a un lado el boli rojo y me mira con fastidio.

—¿Qué? —dice con brusquedad.
—Solo te preguntaba en qué estabas trabajando.
—Ahora mismo en nada. Porque me has interrumpido.
—Lo siento. —Hago una mueca—. ¿Pero de qué se trata?

Riona suspira y me mira fijamente de una forma que me deja claro que no cree que vaya a entender lo que está a punto de decirme. Yo, en cambio, trato de parecer lo más inteligente posible.

Mi hermana sería preciosa si sonriera de vez en cuando. Tiene una piel de marfil, unos impresionantes ojos verdes y unos labios tan rojos como su pelo. Por desgracia, también tiene el carácter de un pitbull. Y no un pitbull simpático, más bien de esos que han entrenado para ir directos a la yugular en cada ocasión.

—¿Sabes que somos dueños de una empresa de inversiones? —dice.
—Sí.

«No».

—Una de las formas en las que predecimos tendencias en las empresas que cotizan en bolsa es a través de datos de geolocalización que se recogen en las aplicaciones móviles. Compramos esos datos al por mayor y luego los analizamos mediante algoritmos. Sin embargo, con las nuevas leyes de privacidad y seguridad, se están revisando algunas de nuestras últimas compras de datos. Así que soy la responsable de lidiar con la Comisión de Bolsa y Valores para asegurarme de que...

Ve, por mi expresión, que no estoy entendiendo nada.

—Déjalo —dice mientras vuelve a coger el boli.

—No, e-eso suena muy... Vamos, es superimportante, qué bien q-que estés... —Estoy balbuceando como una tonta.

—No pasa nada —me interrumpe Riona—. No tienes por qué entenderlo. Es mi trabajo, no el tuyo.

No lo dice, pero el apéndice no verbal es que yo no trabajo para el imperio Griffin.

—Bueno, una buena charla —digo.

Riona no me contesta. Ya está de nuevo totalmente inmersa en su labor.

Cojo una tira más de beicon para el camino.

Cuando estoy recogiendo mi mochila, mi madre entra en la cocina. Su pelo rubio está tan bien peinado que casi parece una peluca, pero sé que no lo es. Lleva su traje de Chanel, el anillo de diamantes de mi abuela y el reloj Patek Philippe que mi padre le regaló en su último cumpleaños. Eso significa que va a ir a la junta de alguna asociación o a acompañar a mi padre en uno de sus almuerzos de negocios.

Mi padre la sigue de cerca, vestido con un traje a medida de tres piezas y con sus gafas de montura de carey que le dan un aspecto intelectual. Todavía tiene el pelo espeso y ondulado, aunque ya luzca canas. Es guapo y esbelto. Mis padres se casaron jóvenes; no aparentan cincuenta, aunque ese fue el cumpleaños que le valió a mi madre el reloj.

Mi madre besa el aire que hay junto a mi mejilla para no emborronarse los labios pintados.

—¿Te vas a la facultad? —pregunta.

—Sí. Estadística, y luego Literatura rusa.

—No te olvides de que esta noche cenamos con los Foster.

Suelto un resoplido. Los Foster tienen unas hijas mellizas de mi edad, a cual de las dos más insufrible.

—¿Tengo que ir?

—Por supuesto —replica mi padre—. Querrás ver a Emma y Olivia, ¿no?

—Sí.

«No».

—Entonces te quiero en casa antes de las seis —me indica mi madre.

Me dirijo a mi coche arrastrando los pies, tratando de pensar en algo que me anime el día de hoy. ¿Estadística? No. ¿La cena? Evidentemente no. Uf, echo de menos ir a la universidad con Aida. Ella aprobó su última clase este verano, mientras que a mí me quedan tres años más. Ni siquiera sé en qué me voy a especializar. Estoy cursando algo de Empresariales, algo de Psicología. Todo me parece interesante, pero nada me apasiona de verdad.

Lo cierto es que quiero hacer algo relacionado con el arte. Me encantó muy mucho muchísimo coreografiar esos bailes. ¡Creía que eran buenos! Entonces Jackson me arrebató todas mis esperanzas y las arrugó como un periódico viejo.

Tal vez tenga razón. ¿Cómo voy a crear arte de verdad si apenas he experimentado nada? Llevo toda la vida resguardada y protegida. El arte proviene del sufrimiento o, al menos, de la aventura. Jack London tuvo que ir al Klondike y perder todos sus dientes delanteros por culpa del escorbuto para poder escribir *La llamada de lo salvaje*.

En vez de ir al Klondike, yo voy a Loyola, una facultad preciosa de ladrillos rojos junto al lago. Aparco mi Jeep y me dirijo a clase. Soporto la clase de Estadística, que es tan interesante como el trabajo de abogada de Riona, y luego la de Literatura rusa, que está un poco mejor porque estamos leyendo *Doctor Zhivago*. He visto la película con mi madre nueve veces. Las dos estamos enamoradas de Omar Sharif.

Eso me ayuda a sobrellevar la clase mejor que cuando leímos *Padres e hijos*. Puede que hasta saque un sobresaliente, aunque será el primero de este semestre.

Después de parar para comer, voy a una clase más, Psicología conductual, y por fin soy libre. Al menos hasta la cena.

Cojo el Jeep y salgo del campus, preguntándome si tendré tiendo para ir a una clase rápida de condicionamiento en el Lake City Ballet antes de volver a casa y ducharme. Prefiero llegar tarde. Lo que sea con tal de pasar menos tiempo en la cena con los Foster...

Acabo de salir a la calle principal cuando el volante empieza a temblar y dar sacudidas. El motor chirría de una forma terrible y sale humo por debajo del capó.

Me aparto rápidamente de la calzada y paro el coche en el arcén.

Apago el motor y rezo para que no salga ardiendo. Solo llevo tres años con este coche y estaba nuevo cuando lo compré. Ni siquiera le ha dado tiempo a que se me deshinche una rueda.

Busco a tientas mi móvil. Creo que es mejor que llame a mi hermano o a alguno de los empleados del hogar, o a la grúa.

Antes de llamar a nadie, un Land Rover negro se para detrás de mi coche. Un hombre sale del asiento del conductor. Tiene el pelo negro, barba de unos días y una complexión ancha. Parece intimidante, pero me habla con amabilidad.

—¿Le pasa algo al motor?

—Supongo... —Abro la puerta del coche y salgo—. No sé nada de coches. Iba a llamar a alguien.

—Déjame que le eche un vistazo —se ofrece el hombre—. Lo mismo te ahorro la grúa si tiene arreglo fácil.

Me gustaría decirle que no hace falta que se moleste. El humo y el olor son tan terribles que no me imagino que pueda salir conduciendo de esta. No tiene sentido que se manche las manos de grasa para nada. Pero ya está abriendo el capó, sin preocuparse de quemarse los dedos con el metal sobrecalentado.

Se echa hacia atrás para que el humo no le envuelva la cara y se asoma al motor cuando se disipa.

—Ah, aquí está el problema… Ha gripado el motor. Echa un vistazo.

No tengo ni idea de qué tengo que mirar, pero me acerco obedientemente y me asomo como si de repente fuera a comprender la mecánica del coche.

—¿Ves?

Saca la varilla de medición para enseñármelo. Eso sí que lo reconozco, porque he visto a Jack Du Pont cambiar el aceite de nuestros coches en la cochera.

—¿Cómo se ha quedado sin aceite? —pregunto.

Jack nos hace el mantenimiento. ¿Se gasta aceite si conduzco mucho tiempo?

—Alguien lo habrá vaciado —responde el hombre—. Está seco.

—¿En plan de broma? —digo, perpleja.

—Más bien, como una trampa.

Qué respuesta más rara.

Me doy cuenta de que estoy demasiado cerca de este extraño que ha aparecido en cuanto se ha averiado el coche. Como si hubiera estado conduciendo detrás de mí esperando a que sucediera…

Algo punzante se me clava en el brazo.

Bajo la vista. Tengo una jeringuilla metida en la carne, el émbolo está bajado del todo.

Miro a este hombre a los ojos, tan oscuros que parecen totalmente negros, sin distinción entre la pupila y el iris. Me está observando con ansia.

—¿Por qué lo has hecho? —me oigo decir a mí misma en la distancia.

El sonido de los coches circulando se torna apagado y lento. Los ojos del hombre son manchas negras en un borrón color melocotón. Todos los huesos de mi cuerpo se disuelven. Me quedo lacia como un pez, tambaleándome. Si el hombre no me tuviera agarrada con tanta fuerza, habría caído a la carretera.

7

MIKO

Hace seis meses, de forma anónima y a través de una inmobiliaria discreta, compré una de las mansiones más grandes de la Edad Dorada de Chicago. Se encuentra en la parte norte de la ciudad, en una finca llena de árboles.

Ni siquiera parece que esté en Chicago. La arboleda es tan espesa y los muros de piedra que rodean la propiedad son tan altos que apenas entra la luz del sol por las ventanas. Hasta el jardín vallado está compuesto de plantas de sombra que soportan la luz tenue y el silencio.

Se llama Baron House, porque fue construida para Karl Schulte, barón de la cerveza, en estilo barroco germánico. Cuenta con muros grises de piedra desgastada, barandillas de acero negro y elaborados bajorrelieves escultóricos con forma de volutas, medallones y dos enormes figuras masculinas que soportan el peso del pórtico sobre los hombros.

La compré pensando que sería un refugio. Un lugar al que ir cuando quisiera estar solo.

Ahora sé que es la prisión perfecta.

Una vez que cruzas la verja de hierro, es como si desaparecieras.

Voy a hacer desaparecer a Nessa Griffin. Desde el momento en que Jonas me la traiga, ningún alma verá su rostro. Ni espías ni testigos. Su familia puede desmontar la ciudad ladrillo a ladrillo y no encontrará ni rastro de ella.

Imaginármelos sumidos en el pánico me hace sonreír por primera vez en mucho tiempo. Los Griffin y los Gallo tienen tantos enemigos que no sabrán quién la ha secuestrado. Los miembros de la Braterstwo son sus peores enemigos, y también los más recientes, pero son tan arrogantes que creen que nos han destruido al asesinar a Tymon. Son unos gilipollas miopes y dudo que se sepan mi nombre.

Eso es justamente lo que quiero. Soy el virus que va a invadir su cuerpo sin ser visto, pasando desapercibido. No se darán cuenta de lo que está ocurriendo hasta que empiecen a toser sangre.

Oigo que un coche frena en la entrada y siento una oleada de emoción. La verdad es que estaba deseando que llegara este momento.

Mis pasos resuenan sobre la piedra desnuda del vestíbulo. Bajo los escalones y estoy junto al Land Rover antes de que Jonas baje del coche.

Sale con todo su esplendor del asiento delantero y parece satisfecho consigo mismo.

—Ha ido de maravilla. Le he pedido a Andrei que llevara el Jeep al desguace. Primero ha desconectado el GPS para que no puedan ubicarlo más allá de donde se averió. Luego ha desmontado y aplastado todo el coche. No encontrarán ni los faros.

—¿Tienes su bolso?

—Aquí mismo.

Se estira por el asiento delantero y saca el bolso, una simple cartera de cuero, la misma que llevaba en la discoteca. Por suerte para mí, es el único bolso que ha estado usando mientras la he vigilado esta semana. Si hubiera sido la típica famosilla malcriada con una docena de bolsos de diseño, me habría supuesto un inconveniente. Pero tampoco me habría detenido.

—He tirado el móvil en un vertedero en Norwood —afirma Jonas.

—Bien —asiento—. Llevémosla arriba.

Jonas abre la puerta trasera. Nessa Griffin está desmayada en los asientos traseros. El brazo le cae inerte y los ojos se le mueven detrás de los párpados cerrados. Está soñando con algo.

Jonas la coge por los pies y yo por la cabeza, y juntos la trasladamos al interior de la casa. Su cuerpo cuelga de forma extraña entre nosotros. Al cabo de un rato, digo:

—Ya lo hago yo. —Y la cargo en mis brazos.

Aunque está a peso muerto, no pesa demasiado. La subo escaleras arriba con facilidad. En realidad, es preocupante lo frágil que es. Está demasiado delgada, se le marcan las clavículas, huecas, como un pajarillo. Está pálida por el sedante y tiene la piel traslúcida.

Dispondrá de toda el ala este para ella sola. Las habitaciones de Jonas están en el piso de abajo, junto a las de Andrei y Marcel. Yo vivo en el ala oeste.

Además de nosotros, la única persona que viene a esta casa es Klara Hetman, el ama de llaves. No me preocupa su discreción. Es la prima de Jonas, de Bolesławiec. No habla nuestro idioma, pero, si lo hiciera, no querría arriesgarse a mi ira. La enviaría de vuelta a ese estercolero con tan solo chasquear los dedos. O la pondría a tres metros bajo tierra.

Llevo a Nessa a su nueva habitación. Compré la casa amueblada. La cama es una estructura antiquísima de cuatro postes de madera oscura con un dosel carmesí lleno de polvo. La dejo sobre las mantas con la cabeza apoyada en la almohada.

Jonas me ha seguido. Está plantado en el umbral de la puerta y deja resbalar la mirada por el cuerpo inerte e indefenso de Nessa. Sonríe con lascivia.

—¿Quieres que te ayude a desvestirla?

—No —le espeto—. Puedes marcharte.

—De acuerdo. —Se da la vuelta y se aleja sin prisa por el pasillo.

Espero a que se haya marchado para mirar de nuevo la cara pálida de Nessa.

Tiene las cejas contraídas, lo que le da un aspecto lastimero a pesar de tener los ojos cerrados. Sus cejas son mucho más oscuras que su cabello.

Le quito los zapatos y los dejo caer al suelo junto a la cama. Debajo veo esos calcetines diminutos que solo te cubren la mitad del pie para que no se vea el borde por fuera del zapato. Se los saco y dejo a la vista unos piececillos menudos totalmente destrozados. Tiene moratones, ampollas, callos y tiritas en varios de los dedos. Aun así, se ha pintado las uñas de rosa en un intento por embellecerlos tan inútil que me dan ganas de reír.

Todavía lleva los vaqueros y una sudadera con cremallera.

El sedante que le ha administrado Jonas la mantendrá fuera de juego unas cuantas horas. Podría dejarla desnuda si quisiera. No sentiría nada. Podría ser divertido hacerlo, solo para que se despertase así, sin saber qué le ha pasado.

Le rozo los pechos con los dedos al acercarlos a la cremallera de la sudadera.

Dejo caer la mano al costado.

Bastante asustada estará ya como para ponerla histérica.

En lugar de eso, la tapo con una manta.

Su habitación está cada vez más oscura. Las ventanas son de cristales emplomados, casi imposibles de romper. Incluso si pudiera abrirlas, estaría en un tercer piso sin posibilidad de trepar. Además, están los muros de piedra, las cámaras, los sensores en el perímetro.

Aun así, como medida extra, cojo la tobillera electrónica que he dejado en la mesita de noche que hay junto a su cama. Se la coloco en torno al tobillo. Es a prueba de golpes, impermeable, y se abre con un código que solo yo conozco. Es ligera y fina, pero tan tenaz como unos grilletes.

Salgo de la habitación y cierro la puerta por fuera.

Luego me meto la llave en el bolsillo.

Nadie entrará ahí sin mi permiso.

8

NESSA

Me despierto en una habitación oscura, en una cama extraña. Lo primero que noto es el olor a polvo y antigüedad. Huele a madera vieja. A pétalos de rosa secos. Ceniza. Cortinas con humedad.

Siento la cabeza hinchada y pesada. Estoy tan cansada que quiero volver a dormirme. Pero una voz insistente en mi cabeza me dice que debo levantarme.

Me incorporo y la manta me cae hasta la cintura. Solo ese movimiento basta para que me dé vueltas la cabeza. Me inclino hacia delante y presiono las manos contra las sienes para intentar recuperarme.

Cuando se me aclara la vista, miro a mi alrededor, parpadeando, intentando distinguir las formas de la habitación.

Aunque las ventanas están despejadas, no entra mucha luz de luna para ver algo. Estoy sentada en una cama de cuatro postes en lo que parece ser un dormitorio enorme. Hay varios muebles gigantescos dispuestos contra la pared, cada uno del tamaño de un elefante mediano: un armario, un tocador y, algo más alejado, lo que parece un escritorio. También hay un enorme agujero en el que podría ponerme de pie, creo que es una chimenea. Parece una cueva. Una cueva en la que podría caber cualquier cosa.

El destello de unos recuerdos flota por mi cerebro como chispas en una hoguera. Un volante que vibra entre mis manos. Una luz repentina cuando salí del coche. Un hombre de pelo oscuro con una actitud empática que no se reflejaba en sus ojos.

El corazón empieza a latirme con fuerza. Estoy en una casa desconocida y me ha traído aquí un hombre desconocido.

«¡Me han secuestrado, joder!».

Cuando me doy cuenta, no me resulta tan extraño como podría parecérselo a cualquier otra chica. Soy una hija de la mafia. Aunque surco mares bañados por la luz, soy consciente de los tiburones que nadan bajo la superficie. Hay una corriente submarina de peligro en todo momento: lo he escuchado a hurtadillas cuando pasaba junto al despacho de mi padre, lo he visto oculto en las arrugas de mis padres.

En el fondo, supongo que siempre supe que me pasaría algo descabellado. Nunca me he sentido del todo segura, por muy resguardada que pareciera estar.

Aun así, la teoría y la realidad son dos cosas muy diferentes. Ya no estoy protegida por mis padres. Estoy en la casa de un enemigo. No sé quién es, pero sé lo que es. Estos hombres son brutos, violentos, carentes de compasión. Da igual lo que me hagan, será terrible.

Tengo que escapar de aquí.

Ya.

Salgo de debajo de las mantas y me dispongo a huir.

En cuanto toco el suelo con los pies, me doy cuenta de que no tengo ni los zapatos ni los calcetines.

Me da igual. A menos que el suelo esté hecho de cristales rotos, puedo correr descalza.

Cuando intento dar el primer paso, las rodillas se me doblan y caigo sobre las palmas de las manos. Mi cabeza es un globo que aguanta a duras penas sobre mis hombros. Se me revuelve el estómago de las náuseas.

El vómito me sube por la garganta, pero me lo trago. Las lágrimas me arden en los ojos. No tengo tiempo para vomitar ni para llorar. Solo he de marcharme.

Cruzo la habitación en busca de la puerta. Siento como si estuviera recorriendo un campo de fútbol. Me arrastro sobre una alfombra antigua y, después, un buen rato sobre los suelos de madera.

Por fin, llego a la puerta. Es entonces cuando considero que seguramente esté cerrada. Aunque, para mi sorpresa, el pomo gira fácilmente en mi mano.

Me enderezo apoyándome en el pomo de la puerta y me concedo un minuto para que la habitación deje de dar vueltas. Respiro lenta y profundamente. Esta vez, mis rodillas se mantienen firmes y puedo caminar. Salgo a un pasillo largo y oscuro.

La casa está completamente en silencio. No hay luz ni rastro de otras personas. Este sitio es tan viejo y espeluznante que un fantasma podría salir de entre las paredes en cualquier momento. Me siento como si estuviera en una película de miedo, en la parte en que chica se pasea por ahí como una tonta y el público se tapa los ojos porque sabe que está a punto de pasarle algo horrible.

No puedo estar aquí sola.

No soy tan tonta como para creer que alguien se ha tomado la molestia de secuestrarme para dejarme sin vigilancia. Podrían estar escondidos a mi alrededor. Podrían estar observándome con cámaras en este preciso instante.

No entiendo este juego.

¿Mi secuestrador es un gato que juega con su comida antes de comérsela?

No importa. La otra opción es quedarme en mi habitación y no pienso hacerlo.

Recorro el pasillo en busca de la vía de escape más sencilla.

Me pone de los nervios pasar junto a tantas puertas vacías.

Este sitio es enorme, más grande que la casa de mis padres. Aunque no está tan bien conservado, ni de lejos. La alfombra del pasillo está deshilachada y llena de bultos; tengo que ir arrastrando los pies para no tropezar. Las ventanas están cubiertas de polvo y los cuadros de las paredes parecen torcidos. Me cuesta distinguir los motivos en la oscuridad, pero creo que algunos son mitológicos. Veo un óleo impresionante de un enrevesado laberinto en cuyo centro acecha un minotauro.

Por fin, llego a unas escaleras amplias, en curva, que llevan al piso inferior. Me asomo, pero no veo ninguna luz que provenga de allí. Dios, cómo confunde caminar por un sitio desconocido a oscuras. Estoy perdiendo la noción del tiempo y el sentido de la orientación. Todos los sonidos se amplifican, lo cual me desconcierta todavía más. No sé si los crujidos y los chirridos provienen de una persona o de los movimientos de la casa.

Bajo deprisa las escaleras, pasando la punta de los dedos por la balaustrada. Tengo la cabeza más despejada. Es poco probable que pueda escapar fácilmente, pero tal vez sea posible. Tal vez han calculado mal el maldito sedante que me han dado y pensaban que iba estar durmiendo toda la noche. Tal vez sean unos incompetentes. Es posible que me hayan secuestrado unos novatos o unos locos que no lo han pensado bien.

Me aferro al optimismo para que el miedo no me sobrepase.

Una vez que he bajado las escaleras, busco la puerta principal, perdida en una madriguera de habitaciones. Los arquitectos de antes no se molestaban en hacer plantas abiertas. Me paseo por bibliotecas, salas de estar, salones de billar y Dios sabe qué más. En varias ocasiones, me topo con una mesita o con el respaldo de un sofá y, en una ocasión, estoy a punto de tirar una lámpara de pie, aunque la atrapo antes de que caiga al suelo.

Cada minuto que pasa, mis nervios se van crispando. ¿Qué cojones es este sitio y por qué estoy aquí?

Por fin, vislumbro un atisbo de la misma luz fría y pálida que he visto desde mi ventana. La luna o las estrellas. Me apresuro en esa dirección, hasta llegar a un invernadero de cristal lleno de plantas tropicales. El espeso follaje cuelga del techo. Las plantas están tan apretadas que tengo que abrirme paso entre hojas, como si ya estuviera en el exterior.

Casi he llegado a la puerta trasera cuando una voz dice:

—Por fin estás despierta.

Me quedo quieta.

Veo la puerta de cristal delante de mí. Si echo a correr, tal vez llegue antes de que me atrape esta persona.

Pero estoy en la parte trasera de la casa. Solo saldría al jardín, si es que la puerta está abierta.

Respirando lenta y superficialmente, me giro para enfrentarme a mi captor.

Estoy tan confusa y aterrorizada que casi espero ver colmillos y zarpas. Un monstruo de verdad.

En cambio, veo a un hombre sentado en un banco. Es delgado, pálido y va vestido con ropa informal. Tiene el pelo tan rubio que casi parece blanco, un poco largo, aunque lo lleva retirado de la cara. Sus rasgos afilados lo parecen aún más en esta luz: mejillas pronunciadas, mandíbula marcada, oscuros surcos bajo los ojos. Bajo su camiseta negra se distinguen tatuajes en los dos brazos, hasta las manos, y otros que le suben por el cuello hasta la barbilla. Sus ojos relucientes son dos esquirlas de cristal.

Lo reconozco de inmediato.

Es el hombre de la discoteca. El que me estuvo mirando.

—¿Quién eres? —pregunto.

—¿Quién crees que soy?

—No lo sé.

Suspira y se levanta del banco. Involuntariamente, doy un paso atrás.

Es más alto de lo que me esperaba. Puede que sea esbelto, pero tiene los hombros anchos y se mueve con una agilidad que reconozco. Es una persona que controla su cuerpo. Alguien que se mueve rápido y sin dudar.

—Me decepcionas, Nessa... —Tiene la voz grave y clara, pronuncia con cuidado, con un leve acento que no logro ubicar—. Sé que has estado resguardada. Pero no pensé que fueras tonta.

Su insulto me corta como un latigazo. Tal vez sea la expresión facial, el labio curvado con asco. O puede que sea porque estoy totalmente aterrorizada.

No suelo tener carácter. De hecho, a veces soy un poco pusilánime.

Mi cerebro decide que este es un buen momento para ponerme borde. Justo cuando podrían matarme.

—Perdóname —suelto—. ¿No estoy cumpliendo tus expectativas como secuestrada? Por favor, ilumíname y dime cómo de perceptivo estarías tú si te hubieran drogado y soltado en mitad de una mansión encantada y espeluznante.

Me arrepiento nada más decirlo. Él da otro paso en mi dirección, con una mirada feroz y fría en los ojos, y los hombros rígidos de furia.

—Bueno —sisea en voz baja—, sería lo bastante listo como para no enfadar a mi secuestrador.

Me tiemblan las piernas. Retrocedo unos cuantos pasos más hasta que noto la fría puerta de cristal a mi espalda. Busco a tientas el pomo con la mano.

—Venga ya, Nessa —dice, taladrándome con la mirada mientras se acerca—. No estarás totalmente al margen de lo que sucede en tu familia, ¿no?

Se sabe mi nombre. Envió al hombre del pelo negro a secuestrarme, lo que significa que ese tipo trabaja para él como soldado. Su acento es sutil e inusual, no me suena a francés ni a alemán. Podría ser de Europa del Este. Tiene ese aspecto... Las mejillas marcadas, la piel clara, el pelo. ¿Ruso?

Hace cuatro meses, mi familia tuvo un encontronazo con un gángster polaco. Alguien llamado «el Carnicero». Nadie me lo contó, claro. Aida me lo mencionó más tarde, de pasada. Lo mató su hermano mayor. Ahí acabó la historia.

O eso pensaba yo.

—Trabajas para el Carnicero —digo, con una voz que suena como un chillido.

Lo tengo justo delante y se cierne sobre mí. Casi puedo percibir el calor que emana su piel. Oleadas de odio que supuran de su cuerpo cuando me mira con esos ojos azul claro.

Este hombre me detesta. Me detesta como nadie me ha detestado nunca. Creo que podría destriparme alegremente con sus propios dedos.

—Se llamaba Tymon Zajac —escupe cortando las palabras a tijeretazos—. Era mi padre. Y vosotros lo matasteis.

Quiere decir que lo mató mi familia.

Pero, en nuestro mundo, los pecados familiares recaen en todos los que comparten la misma sangre.

Por fin doy con el pomo de la puerta, intento girarlo a mi espalda. Está fijo en el sitio como un trozo de metal fundido.

Estoy encerrada con esta bestia.

9

MIKO

La chica está aterrorizada. Está temblando tan fuerte que le castañetean los dientes.

Está tanteando como loca el pomo de la puerta. Cuando por fin lo encuentra, intenta abrirlo para poder escapar por el jardín trasero. La puerta está cerrada. No tiene adónde ir, a menos que quiera lanzarse a través del cristal.

Tiene el pulso desbocado; se le nota en la garganta, por debajo de la piel fina y delicada. Puedo saborear la adrenalina en su aliento. Su miedo es la sal de un plato, solo hace que este momento sea más delicioso.

Espero que se eche a llorar. Está claro que esta chica carece de valor. Es débil, infantil, la princesa mimada de la realeza estadounidense. Me suplicará que no le haga daño. Yo guardaré todos esos ruegos en mi mente para relatárselos a la familia cuando los mate.

Sin embargo, respira hondo y cuadra los hombros. Cierra los ojos un instante y abre los labios para dejar escapar un largo suspiro. Esos enormes ojos verdes se abren de nuevo y me mira fijamente a la cara, asustada pero decidida.

—Yo no maté a tu padre —afirma—. Pero sé cómo piensa la gente como tú. No vas a entrar en razón. No pienso acobardarme y suplicar, porque seguramente lo disfrutes. Así que haz lo que tengas que hacer.

Levanta la barbilla, tiene las mejillas ruborizadas.

Se cree valiente.

Se cree que permanecerá de una pieza si quiero torturarla. Si quiero romperle los huesos uno a uno.

He hecho que hombres adultos llamen a gritos a sus madres. No me quiero imaginar lo que podría hacerle a esta chica a su debido tiempo.

Por supuesto, se encoge en cuanto levanto la mano derecha, asustada de que le pegue en la cara.

Pero no tengo intención de pegarle. Todavía.

En lugar de eso, poso la punta de los dedos en esa mejilla levemente sonrosada y cubierta de pecas. Reúno toda mi fuerza de voluntad para no clavarle los dedos en la carne.

Le acaricio los labios con el pulgar. Noto cómo le tiemblan.

—Ojalá fuera tan fácil, mi pequeña bailarina…

Abre los ojos de par en par y un escalofrío recorre todo su cuerpecito. Le asusta que sepa eso sobre ella. Sé lo que hace, sé lo que le gusta.

Esta chica no sabe lo fácil que es de interpretar. Nunca ha aprendido a levantar muros, a protegerse por sí misma. Es tan vulnerable como un lecho de tulipanes. Pienso pisotear su jardín, arrancar las flores del suelo una a una.

—No te he traído aquí para asesinarte rápido —le digo en tono cariñoso y tierno. Le toco el borde de la mandíbula, delicado como el ala de un pájaro—. Tu sufrimiento será largo y lento. Serás la cuchilla que use para cortar a tu familia una y otra vez. Cuando estén débiles, desesperados y miserables, entonces les permitiré morir. Y tú lo verás todo, pequeña bailarina. Porque esto es una tragedia, y la princesa cisne muere en el último acto.

Las lágrimas le anegan los ojos antes de caer en silencio por sus mejillas. Los labios le tiemblan de asco.

Me mira y ve un monstruo sacado de una pesadilla.

Y tiene toda la razón.

En el tiempo que he trabajado para Zajac, he hecho cosas impensables. He sobornado, robado, apaleado, torturado y asesinado a gente. Todo lo he hecho sin sentir cargo de conciencia ni remordimientos.

Todo lo bueno que había en mí murió hace diez años. El último atisbo del chico que era estaba atado a Zajac, era la única familia que tenía. Ahora que ya no está, ya no queda humanidad en mi interior. No siento nada más que necesidad. Necesito dinero. Poder. Y, sobre todo, venganza.

No hay bueno ni malo, correcto ni incorrecto. Solo mis objetivos y las cosas que se interponen en el camino hacia esos objetivos.

Nessa sacude la cabeza con lentitud, lo que hace que las lágrimas caigan más rápido.

—No voy a ayudarte a hacerle daño a la gente que quiero. Da igual lo que me hagas.

—No tendrás elección —repongo con una sonrisa que me curva las comisuras de la boca—. Ya te lo he dicho. Esto es una tragedia. Tu destino ya está escrito.

Su cuerpo se pone rígido. Creo que tal vez tenga el valor de golpearme.

Pero no es tan tonta.

—Esto no es el destino —dice en voz baja—. Solo eres un hombre malo queriendo jugar a ser Dios.

Suelta el pomo y se yergue, aunque eso nos acerca todavía más.

—Tienes tanta idea como yo de cuál será nuestra historia —añade.

Podría estrangularla ahora mismo. Así extinguiría ese desafío que veo en sus ojos. Eso le demostraría que, sea la historia que sea, no va a tener un final feliz.

Pero entonces me estaría negando los amargos placeres que llevo esperando desde hace tantos meses.

—¿Por qué no me dices a quién debería matar primero? ¿A tu madre? ¿A tu padre? ¿Qué te parece Aida Gallo? Después de todo, fue su hermano el que disparó a Tymon...

Cada vez que pronuncio el nombre de algún familiar, Nessa salta como si le hubiera pegado. Creo que sé quién le va a doler más...

—¿O qué me dices de tu hermano mayor, Callum? Se pensó que era demasiado bueno para trabajar con nosotros. Ahora tiene un pedazo de despacho en el Ayuntamiento. Será fácil dar con él. O podría hacerle una visita en su piso de Erie Street...

—¡No! —exclama Nessa, incapaz de contenerse.

Dios, qué fácil está resultando. Casi ni me divierte.

—Estas son las normas por el momento —le explico—. Si intentas escapar, te castigaré. Si intentas hacerte daño a ti misma, te castigaré. Si te niegas a cumplir mis órdenes... Bueno, ya te haces una idea. Ahora deja de lloriquear y vuelve a tu habitación.

Nessa está pálida, como si fuera a vomitar.

Se ha puesto bravucona cuando pensaba que solo estaba en juego su vida. Pero, en cuanto he mencionado a su hermano y a su cuñada, no ha tardado en abandonar esa resistencia.

Estoy empezando a arrepentirme de hacerla pasar por esto. No parece que vaya a aguantar mucho.

Por supuesto, en cuanto me retiro para dejarle espacio, se resigna a salir corriendo hacia su habitación. Sin tan siquiera replicarme para salvar algo de dignidad.

Saco el móvil para acceder a las cámaras que tengo instaladas en todos los rincones de esta casa.

La observo mientras sube la escalera y recorre el largo pasillo hasta la habitación de invitados al final del ala este. Cierra la puerta de un empujón y se deja caer en la antigua cama de cuatro postes, sollozando contra la almohada.

Me siento en el banco y la miro llorar. Llora durante una hora antes de volver a caer rendida.

No siento placer ni culpa al observarla.

No siento nada.

10

NESSA

Me paso los siguientes cuatro días encerrada en esa habitación. Lo que al principio parecía un espacio enorme pronto empieza a darme una claustrofobia horrible.

El único momento en que se abre mi puerta es cuando una criada me trae una bandeja con comida tres veces al día. Tiene unos treinta años, el pelo oscuro, los ojos almendrados y la boca con forma de arco de Cupido. Lleva un uniforme de criada a la antigua usanza, con medias oscuras y tupidas, una falda larga y delantal. Me dedica un educado gesto de asentimiento cuando deja la bandeja nueva y recoge la anterior.

Intento hablar con ella, pero no entiende mi idioma. O le han ordenado que no me responda. En un par de ocasiones, me lanza una mirada cargada de empatía, sobre todo cuando me nota más desaliñada o pierdo los papeles, pero no creo que vaya a ayudarme. ¿Por qué arriesgaría su trabajo o incluso su vida por una desconocida?

Paso gran parte del tiempo mirando por la ventana. Los ventanales tienen casi dos metros de alto, son altos y rectangulares, con arcos en la parte superior y cristal biselado decorado con varillas de plomo. No se abren. Aunque, si se abrieran, estaría a tres pisos de altura del suelo.

Estos ventanales están encajados en muros de piedra de más de treinta centímetros de ancho. Es como estar encerrada en la torre de un castillo.

Al menos tengo mi propio baño, donde puedo mear, ducharme y lavarme los dientes.

La primera vez que entré en él y vi un cepillo para el pelo, un peine, un cepillo de dientes e hilo dental, todo nuevo e impecable y alineado junto al lavabo, sentí un escalofrío de miedo. Mi secuestro es algo que se ha planeado con tiempo. No me imagino qué más planes rondan la mente trastornada de mi secuestrador.

Todavía no sé su nombre. Quedé tan horrorizada cuando nos conocimos que no me atreví a preguntar.

En mi mente lo llamo «la Bestia». Porque eso es lo que es para mí: un perro rabioso que ha perdido a su dueño. Ahora intenta morder a cualquiera que se acerque.

No toco la comida de las bandejas.

Al principio, porque mi estómago está revuelto del estrés y no tengo apetito.

A partir del segundo día lo hago como forma de protesta.

No pienso seguirle el juego a la Bestia en esta maniobra psicológica. No voy a ser su mascotita encerrada en esta habitación. Si cree que va a tenerme aquí semanas y meses para acabar asesinándome, prefiero matarme de hambre solo para arruinar sus planes.

Aun así, bebo agua del lavabo del baño; no tengo la suficiente entereza para enfrentarme a la tortura de la deshidratación. Pero estoy segura de que puedo aguantar bastante tiempo sin comer. La restricción de calorías y el ballet van de la mano. Sé lo que es pasar hambre y estoy acostumbrada a ignorarlo.

Me siento cansada. Pero no importa. Tampoco es que haya nada que hacer en esta maldita habitación. No hay libros. No hay papel en el escritorio. La única forma que tengo de pasar el tiempo es mirar por la ventana.

No tengo barra, pero igualmente practico *ronds de jambe a terre, pliés, tendus, dégagés, frappés, adagios* y hasta *grand battements*. No me atrevo a practicar saltos de verdad o ejercicios largos por culpa de las alfombras antiguas del suelo. No quiero tropezar y torcerme un tobillo.

El resto del tiempo lo paso sentada en el alféizar de la ventana, mirado el jardín amurallado. Veo fuentes, estatuas, cenadores y banquitos preciosos. La vegetación está descuidada; por lo visto, la Bestia no tiene en nómina a ningún jardinero. Pero las margaritas están en flor, y las bocas de dragón, y la salvia rusa. Las flores moradas resaltan entre las hojas rojas. Cuanto más tiempo paso encerrada, más desesperada me siento por bajar a oler las flores y el césped, en vez de estar aquí en esta habitación oscura y llena de moho.

Al cuarto día, la criada me anima a comer. Me señala la bandeja, en la que hay sopa de tomate y bocadillos de beicon, y dice algo en polaco.

Niego con la cabeza.

—No, gracias, no tengo hambre.

Quiero pedirle libros, pero la parte cabezota que hay en mí no quiere pedirle nada a mis secuestradores. En su lugar, intento recordar las mejores partes de todas mis novelas favoritas, sobre todo las que más me gustaban cuando era pequeña. El jardín amurallado me recuerda a *El jardín secreto*. Pienso en Mary Lennox. Solo era una niña, pero ya tenía una voluntad de hierro. No cedería ante un cuenco de sopa, por muy bien que oliera. La tiraría contra la pared.

Al quinto día, la criada no me trae ni el desayuno ni el almuerzo. Sin embargo, aparece por la tarde con un vestido de seda verde en un portatrajes. Empieza a llenar la enorme bañera de patas con agua caliente y me hace señas para que me desnude.

—De ninguna manera —afirmo, cruzándome de brazos.

Llevo poniéndome la misma ropa sucia cada vez que me ducho, porque me niego a usar nada de lo que hay en el armario.

La criada suspira y se marcha de la habitación, para volver unos minutos más tarde con un hombre robusto de pelo negro.

Lo reconozco. Es el cabrón que fingió que iba a arreglarme el coche y acabó pinchándome en el brazo. Solo de pensar que me tocó con esas manazas rechonchas mientras estaba inconsciente se me pone la piel de gallina.

No me gusta su sonrisa cuando vuelve a verme. Tiene los dientes demasiado cuadrados y demasiado blancos. Es como el muñeco de un ventrílocuo.

—Desnúdate —ordena.

—¿Por qué?

—Porque lo manda el jefe —gruñe.

Cuando alguien me pide que haga algo, siento el impulso de obedecer. Es lo que estoy acostumbrada a hacer, tanto en casa como en el estudio de danza. Sigo órdenes.

Aquí no. Con esta gente no.

Me rodeo el cuerpo con los brazos y niego con la cabeza.

—Al contrario que tú, yo no respondo ante tu jefe.

La criada me lanza una mirada de advertencia. Por las distancias que mantiene con el tipo de pelo negro sé que a ella tampoco le gusta. Está intentando decirme que no lo enfade, que su fachada de humanidad no es más que eso.

Podría haberlo supuesto por mí misma. Por mucho que deteste a la Bestia, al menos parece una persona inteligente. Este tipo es un matón, lo mires por donde lo mires, con sus cejas de cavernícola y su mirada de mala hostia. La gente idiota no es creativa. Siempre recurre a la violencia.

—Vamos a ver —dice el matón con el ceño fruncido—. Es Klara la que debe bañarte y ayudarte a vestirte. Si no dejas que lo haga ella, entonces seré yo quien te desnude y quien te bañe con mis propias manos. Y no seré tan cuidadoso como Klara, así que te conviene cooperar.

La idea de que este gorila me ataque con una pastilla de jabón me resulta insoportable.

—¡Está bien! —estallo—. Me daré un baño. Pero solo si te marchas.

—Tú no eres quien pone las normas. —El gorila se ríe y menea esa cabeza gigantesca que tiene—. A mí me toca supervisar.

Dios, quiero quitarle esa expresión de suficiencia de la cara. No va a mirarme mientras me meto en la bañera, al menos no por las buenas. ¿Qué haría Mary Lennox?

—Si intentas ponerme ese vestido a la fuerza, lo haré trizas —le digo con calma.

—Tenemos muchos vestidos —replica el gorila como si no le importara.

Pero percibo un atisbo de irritación en su expresión. Sus órdenes son que me ponga ese vestido, no un vestido cualquiera.

—Vete, Klara me ayudará a vestirme —insisto.

La sonrisa de suficiencia le desaparece de la cara. En lugar de un gorila, ahora parece un niño malhumorado.

—Bien —se limita a decir—. Pero será mejor que te des prisa.

Con ese intento de salvar su dignidad, se aleja a grandes a zancadas hacia el pasillo.

Klara parece aliviada de que la confrontación haya acabado así de rápido. Me señala la bañera, que ya está prácticamente llena hasta el borde de agua humeante. La aromatiza con una especie de aceite, de almendras o de coco.

Al menos ahora sé su nombre.

—¿Klara? —pregunto.

Ella asiente.

—Nessa. —Me toco el pecho.

Asiente de nuevo. Ella ya lo sabía.

—¿Cómo se llama él? —pregunto, al tiempo que señalo hacia la puerta por la que acaba de salir el gorila.

—Jonas —dice tras un momento de duda.

—Jonas es un gilipollas —mascullo.

Klara no responde, pero creo ver la más ínfima de las sonrisas asomando en sus labios. Si me entiende, está claro que está de acuerdo conmigo.

—¿Qué me dices del jefe? —le pregunto—. ¿Cómo se llama?

Se produce una pausa aún más larga y creo que no me va a contestar.

—Mikolaj —susurra al fin.

Lo dice como si fuera el nombre del diablo. Como si quisiera persignarse después.

Está claro que le tiene más miedo a él que a Jonas.

Señala la bañera de nuevo y dice: «*Wejdź proszę*». No sé nada de polaco, pero supongo que me está diciendo «métete, por favor» o «date prisa».

—De acuerdo —digo.

Me deshago de la sudadera y los vaqueros, que se están poniendo bastante asquerosos, luego me desabrocho el sujetador y me quito las bragas.

Klara observa mi cuerpo desnudo. Como la mayoría de los europeos, no siente vergüenza ante la desnudez.

—*Piękna figura* —dice.

Supongo que «*figura*» significa «cuerpo». Espero que «*piękna*» signifique «bonito» y no «desgarbado» o «feísimo».

Siempre me han gustado los idiomas. Mis padres me enseñaron irlandés cuando era pequeña, y di clases de francés y latín en el instituto. Por desgracia, el polaco es un idioma eslavo, así que no comparte muchas palabras. Siento curiosidad por ver si puedo aprender algo si consigo que Klara hable.

Sé que no debería hablar conmigo. Pero sí que debería ayudarme con el vestido. Cuanto más la incordio, más se cierra, así que coopero con el baño y le permito que me lave el pelo. Pronto he aprendido las palabras para decir jabón (*mydło*), champú (*szampon*), esponja (*myjka*), bañera (*wanna*), vestido (*suknia*) y ventana (*okno*).

Aunque intenta ocultarlo, Klara parece impresionada de que lo recuerde todo. Se convierte en un juego, y lo está disfrutando tanto como yo. Al final está sonriendo, enseñando toda una fila de dientes blancos y bonitos, y hasta riéndose de mi mala pronunciación cuando repito las palabras.

Dudo que tenga interacciones tan agradables con Jonas y los demás. Las únicas personas que he visto en este sitio son hombres enormes, hoscos y llenos de tatuajes. Y, por supuesto, la Bestia, que al parecer se llama Mikolaj, aunque me resulta difícil de imaginar que tuviera una madre y un padre que quisieran darle un nombre de humano.

Dice que el Carnicero es su padre.

Supongo que es posible. Después de todo, mi padre es un mafioso. Pero no me fío de nada de lo que diga Mikolaj. Para los tipos como él, mentir es más fácil que respirar.

Klara insiste no solo en bañarme, sino en afeitar cada centímetro de mi cuerpo que esté por debajo de las cejas. Me planteo resistirme, pero lo acepto solo porque por fin me está hablando y no quiero que deje de hacerlo. Sí que le pregunto cómo se dice «cuchilla», «espuma de afeitar» y «toalla» mientras me seca.

Cuando tengo la toalla bien apretada alrededor del cuerpo, me sienta en una silla y empieza a cepillarme el pelo.

Últimamente llevo el pelo demasiado largo. Como todos los días me lo recojo en un moño o en una coleta, no me había dado cuenta, pero casi me llega a la región lumbar. Es una melena gruesa y ondulada que tarda mucho en secarse, aunque Klara se esfuerza incansable con el secador y el cepillo.

—¿Trabajabas en una peluquería? —le pregunto.

Ella levanta una ceja, no ha entendido la pregunta.

—¿Peluquería? ¿Spa? —repito señalándola a ella y al secador.

El hermoso rostro se le ilumina al entenderlo, un momento después, pero niega con la cabeza.

—*Nie* —responde.

«No».

Cuando termina con mi pelo, Klara me maquilla. Luego me ayuda a embutirme en el vestido verde y a calzarme un par de sandalias doradas de tiras. La tela del vestido es tan fina y ligera que me sigo sintiendo desnuda después de que me suba la cremallera. En realidad, sí que voy desnuda por debajo, porque la tela es tan ajustada que no me permite llevar ni un tanga.

Klara me coloca pendientes de oro en las orejas y luego da un paso atrás para admirar el conjunto. Es entonces cuando empiezo a preguntarme para qué me estoy arreglando en realidad. Estaba tan centrada en este extraño procedimiento que se me había olvidado preocuparme sobre la razón que se oculta detrás de todo esto.

—¿Adónde voy a ir?

Klara niega con la cabeza: o bien no me entiende o no tiene permitido decirlo.

Estoy a punto de poner un pie fuera de mi habitación por primera vez en casi una semana.

No puedo evitar sentir emoción. Así de patética y restringida se ha vuelto mi sensación de libertad: poner un pie en el resto de la casa es como hacer un viaje a China.

Detesto que me escolte Jonas, que sigue de morros porque no me ha visto darme el baño. Intenta cogerme del brazo, pero me zafo de él.

—¡Sé caminar yo solita! —le espeto.

Él me gruñe y yo me encojo, como un gatito que se enfrenta a un perro enorme y se arrepiente al instante.

Aun así, funciona. Deja que siga recorriendo el pasillo yo sola, adelantándose tanto que apenas puedo seguirle el paso con estas finas sandalias.

¿Por qué coño me han vestido así? ¿Adónde estoy yendo?

Solo espero que no se hayan tomado tantas molestias solo para dejar un cadáver bonito.

Es de noche otra vez. La casa está iluminada con lámparas cuya luz es tan tenue y amarillenta que parecen velas.

Todavía no he visto el interior de la mansión a la luz del día. No creo que sea más luminosa de lo que es ahora. Las ventanas estrechas y los muros de piedra gruesos no dejan que entre la luz del sol, sobre todo cuando la casa parece estar construida en mitad de un bosquecito.

Ni siquiera sé si seguimos en la ciudad. Dios, es que podríamos estar en otro país. Aunque no lo creo. La mafia irlandesa, la mafia italiana, la Braterstwo polaca y la Bratva rusa llevan generaciones luchando por hacerse con el control de Chicago. Repartidas en cientos de bandas y cohortes, ya sean de aquí o extranjeras, con fortunas que aumentan y disminuyen y el equilibrio de poder a favor de unos u otros…

Nadie se marcha. Nadie abandona la lucha.

La Bestia quiere vengarse y también quiere hacerse con la ciudad. No creo que me lleve muy lejos, porque entonces él mismo tendría que alejarse de Chicago.

Seguro que seguimos a menos de una hora de la ciudad. Puede que incluso en la misma Chicago. Hay un montón de mansiones antiguas; podría estar en una de ellas.

Y si todavía sigo en Chicago... Entonces mi familia me encontrará, estoy convencida. Nunca dejarán de buscarme. Me llevarán a casa.

La esperanza es una mariposa que me aletea en el pecho. Frágil pero viva.

Es algo que me anima mientras Jonas me conduce en silencio a través de las puertas dobles del gran comedor.

Una larga mesa ocupa toda la sala, ese tipo de mesa diseñada para un rey y toda su corte. No hay nadie sentado en las decenas de sillas que la flanquean. Solo hay un hombre en la cabecera: la Bestia.

Todos los platos con comida están apiñados en ese extremo. Pollo asado al limón, lenguado fileteado, verduras a la brasa, ensalada de remolacha, montañas de esponjoso puré de patatas con mantequilla derretida, pan crujiente y cremosa sopa de setas. Y copas de oscuro vino tinto.

Hay dos cubiertos preparados: los suyos y los míos.

No ha tocado la comida. Mikolaj me está esperando.

Lleva una camisa de manga larga en gris marengo arremangada hasta los codos, dejando a la vista sus antebrazos tatuados. Los tatuajes se extienden hasta la garganta, enrevesados y oscuros como si fuera un cuello alto. En comparación, la suave piel de su rostro y de sus manos es de una palidez fantasmagórica.

Su expresión es como la de un lobo: hambrienta y maligna. Y tiene los mismos ojos azules e invernales de un lobo. Me atraen en contra de mi voluntad. Me encuentro con sus ojos, aparto la mirada y vuelvo a buscarlo. Somos las únicas personas en el comedor. Jonas se ha ido.

—Siéntate —me ordena. Señala una silla a su lado.

Preferiría comer al otro lado de la mesa.

Sin embargo, es inútil que discuta. Podría llamar a su guardaespaldas con tan solo chasquear los dedos. Jonas me obligaría a sentarme en la silla que exigiera la Bestia. Podría atarme y no habría nada que yo pudiera hacer al respecto.

En cuanto me dejo caer en el asiento acolchado, el aroma cálido y tentador de la comida me invade las fosas nasales. Empiezo a salivar. Casi se me había olvidado el hambre que tenía. Ahora, de repente, me siento débil y mareada, desesperada por comer.

Mikolaj lo sabe.

—Adelante —dice.

Saco la lengua para humedecerme los labios.

—No tengo hambre —miento sin fuerzas.

Mikolaj suelta un gruñido irritado.

—No seas ridícula. Sé que hace días que no comes.

Trago saliva.

—Y no pienso hacerlo. No quiero tu comida. Quiero volver a casa.

Suelta una carcajada.

—No vas a volver a casa. Nunca.

«Dios mío».

No, no me lo creo. No puedo creerlo.

No voy a quedarme aquí y no voy a comer su comida.

Retuerzo las manos sobre el regazo.

—Entonces supongo que me moriré de hambre —digo débilmente.

La Bestia se sirve un poco de carne asada con unas pinzas. Una vez en su plato, coge el cuchillo y el tenedor y corta un poco. Se lo mete en la boca y me mira mientras mastica lentamente y traga.

—¿Crees que me importa si te mueres de hambre? —pregunta como si tal cosa—. Quiero que sufras, pequeña bailarina. En mis términos, no en los tuyos. Si sigues negándote a comer, te ataré a la cama y te meteré una sonda por la garganta. No te vas a morir hasta que yo lo diga. En el momento perfecto y orquestado por mí.

Estoy desmayada. Mis planes cada vez me parecen más estúpidos. ¿En qué me beneficia que me ate a la cama? ¿Qué sentido tiene morirse de hambre? Solo me hace más débil. Si tuviera la oportunidad de escapar, estaría demasiado agotada para aprovecharla.

Retuerzo más y más las manos.

No quiero ceder a sus palabras. Pero no sé qué más hacer. Me ha tendido una trampa. Cada movimiento que hago solo aprieta más el nudo.

—Comeré —susurro al fin.

—Bien —asiente—. Empieza con un poco de caldo para que no acabes vomitándolo todo.

—Con una condición.

Resopla.

—Yo no acepto condiciones.

—No es nada importante.

Mikolaj espera a escucharme, tal vez solo por pura curiosidad.

—Me aburro en mi habitación. Me gustaría ir a la biblioteca y bajar al jardín. Me has puesto esto en el tobillo. Y hay cámaras y guardias. No voy a intentar escapar.

No espero que vaya a aceptar. ¿Por qué habría de hacerlo? Dice que quiere hacerme sufrir. ¿Por qué iba a permitir que me entretenga?

Para mi sorpresa, considera la propuesta.

—¿Y comerás, te ducharás y te pondrás ropa limpia todos los días?

—Sí —respondo con demasiado ímpetu.

Se hace el silencio; sus ojos azul pálido son como cristales en una casa vacía. Es frío y, aun así, me arde la piel cada vez que me mira.

—Puedes investigar la casa y los jardines. Todo excepto el ala oeste.

No le pregunto qué hay en el ala oeste. Seguramente sea donde están sus habitaciones. O donde guarda las cabezas cercenadas de sus víctimas, colgadas de las paredes como si fueran trofeos de caza. No me extrañaría.

Mikolaj me sirve un poco de caldo de carne con movimientos suaves y precisos. Las palmas de sus manos son hipnotizantes, pálidas y lisas, uno de los pocos sitios de su cuerpo que no está cubierto de tatuajes superpuestos.

—Toma —dice—. Come.

Me meto una cucharada de caldo en la boca. Es, sin lugar a duda, lo más delicioso que he probado en mi vida. Sabroso, suave, sazonado a la perfección. Quiero coger el cuenco y bebérmelo de un trago.

—Despacio —me advierte—. O te sentará mal.

Cuando me he comido la mitad de la sopa, le doy un sorbo al vino. También está delicioso, es ácido y oloroso. Solo le doy un sorbo porque casi nunca bebo y no quiero perder los estribos con la Bestia al lado. No soy tan estúpida como para pensar que solo me ha traído aquí para darme de comer.

Se queda en silencio hasta que hemos terminado de comer. La mayoría de las cosas que hay en la mesa se quedan sin probar. Solo he sido capaz de comer la sopa y un poco de pan. Él se ha comido la carne y algo de verduras. Con razón está tan delgado. Tal vez no le guste la comida humana. Tal vez prefiera beber sangre fresca.

Cuando termina, deja su plato a un lado y apoya la barbilla en la palma de la mano. Me mira intensamente con sus ojos fríos como el hielo.

—¿Qué sabes de los negocios de tu familia?

Me sentía cálida y feliz por el influjo de la comida, pero al instante me cierro de nuevo como una almeja que recibe un chorro de agua fría.

—Nada —respondo, y suelto la cuchara—. No sé nada. Y, si lo supiera, no te lo diría.

—¿Por qué no?

Veo una expresión risueña en sus ojos. Por alguna razón incomprensible, esto le parece divertido.

—Porque lo usarías para hacerles daño.

Frunce los labios en una mueca de falsa preocupación.

—¿No te molesta que no te incluyan?

Aprieto los labios, no quiero ni dignarme a darle una respuesta. Pero me descubro a mí misma mascullando:

—No sabes nada de nosotros.

—Sé que tu hermano heredará el puesto de tu padre. Tu hermana hará todo lo posible por evitar que su familia vaya a la cárcel. ¿Qué me dices de ti, Nessa? Supongo que te concertarán un matrimonio, como el de tu hermano. Tal vez con uno de los Gallo… Tienen tres hijos, ¿no? Aida y tú podréis ser cuñadas por partida doble.

Sus palabras me ponen la piel de gallina más que su mirada. ¿Cómo sabe tanto de nosotros?

—Yo no… No soy… No hay ningún matrimonio concertado —digo mirándome los dedos. Los tengo retorcidos con tanta fuerza que se me han quedado pálidos y sin riego sanguíneo, como un puñado de gusanos sobre el regazo.

No debería haber dicho eso. No necesita más información de la que ya tiene. Mikolaj se ríe.

—Pues es una pena. Eres muy guapa.

Noto que me arden las mejillas, y lo odio. Odio ser tímida y que me entre la vergüenza a la mínima de cambio. Si Aida o Riona estuvieran aquí, le habrían tirado el vino a la cara. No se sentirían asustadas o desconcertadas, no lucharían solo por mantener a raya las lágrimas.

Me muerdo el labio tan fuerte que saboreo la sangre, mezclada con los restos del vino.

Levanto la vista para mirarlo. Tiene una cara que no se parece a ninguna otra que haya visto: bella, frágil, aterradora, cruel. Sus finos labios parecen trazados con tinta. Sus ojos me atraviesan como una llama.

Me cuesta encontrar la voz.

—¿Qué me dices de ti? —balbuceo—. Mikolaj, ¿no? Supongo que vienes de Polonia. ¿En busca del sueño americano? Aunque no has traído ninguna mujer a tu temida y vieja mansión. A las mujeres no les gusta dormir con serpientes.

Pretendo ofenderlo, pero solo me dedica una fría sonrisa.

—No te preocupes. Nunca me falta compañía femenina.

Hago una mueca. No puedo negar que es guapo de una forma inhóspita y aterradora, pero no me imagino acercándome a más de tres metros de alguien tan cruel.

Por desgracia, estoy en ese radio y pronto estaré más cerca.

Porque, ahora que hemos comido, Mikolaj espera más entretenimiento.

Me guía desde el comedor hasta una sala anexa, una especie de salón de baile con suelos de parquet abrillantados. Del techo, pintado de un azul marino oscuro con puntitos dorados que hacen de estrellas, cuelga una enorme lámpara de araña. Las paredes son doradas, y las cortinas, de terciopelo azul oscuro.

Es la única habitación que he visto hasta el momento que puedo afirmar que es bonita; el resto de la casa es demasiado gótico y deprimente. Sin embargo, no puedo disfrutarla porque está sonando la música y es evidente que Mikolaj espera que baile.

Antes de que pueda escaparme, me coge la mano derecha con la suya y me rodea la cintura con la izquierda. Me empuja contra su cuerpo con unos brazos más fuertes que el acero. Además de ser muy rápido, es un bailarín irritantemente bueno.

Me hace girar por el salón de baile con pasos largos y delicados.

No quiero mirarlo. No quiero hablar con él. Pero no puedo evitar preguntarle:

—¿Cómo es que sabes bailar?

—Es un vals —replica—. No han cambiado mucho en los últimos doscientos años.

—¿Estabas vivo cuando lo inventaron? —digo con crudeza.

Mikolaj se limita a sonreír y me obliga a girar antes de dejarme caer.

Reconozco la canción que está sonando: «Satin Birds» de Abel Korzeniowski. Melancólica, perturbadora, pero realmente bonita. Era una de mis favoritas, hasta este momento.

No me gusta pensar que un animal así tiene buen gusto en lo que a música se refiere.

Detesto la fluidez con la que se mueven nuestros cuerpos al compás. Bailar es como una segunda naturaleza para mí. No puedo evitar seguir sus pasos, rápidos y elegantes. Ni puedo evitar sentir el placer que burbujea en mi interior. Es maravilloso disfrutar de tanto espacio para moverme después de cinco días cautiva sin poder hacer nada.

Me descubro a mí misma olvidándome de quién son las manos que se deslizan por mi espalda descubierta, de quién son los dedos entrelazados con los míos. Me olvido de que estoy abrazada a mi peor enemigo, de que puedo sentir el calor que emana de su cuerpo.

Al contrario, cierro los ojos y vuelo por el suelo, girando sobre el eje de su mano, dejándome caer sobre la barra de acero que es su muslo. Tengo tantas ganas de bailar que no me importa dónde estoy ni con quién. Esta es la única manera de escapar ahora mismo; perderme en este momento de forma imprudente e irremediable.

El techo estrellado da vueltas sobre mi cabeza. El corazón me late cada vez más rápido, he perdido resistencia tras una semana de letargo. El vestido de seda verde fluye alrededor de mi cuerpo sin apenas rozarme la piel.

Cuando baja los dedos por mi garganta y toca la piel desnuda entre mis pechos, abro los ojos de par en par. Doy un respingo y me quedo quieta donde estoy.

Estoy jadeando y sudando. Tiene el muslo presionado contra el mío. Soy dolorosamente consciente de lo fino que es este vestido en realidad, no hay prácticamente nada que nos separe.

Me aparto de sus brazos y me piso el dobladillo del vestido. La fina seda se desgarra con un sonido que parece un disparo.

—¡Suéltame!

—Creía que te gustaba bailar —se mofa Mikolaj—. Parecía que lo estabas disfrutando.

—¡No me toques! —chillo queriendo expresar la furia que siento. Mi voz suele ser suave por naturaleza. Siempre hablo con dulzura, incluso cuando estoy enfadada. Al final quedo como una niña petulante.

Así es como me trata Mikolaj, que pone los ojos en blanco al ver mi repentino cambio de humor. Estaba jugando conmigo. En cuanto he dejado de seguirle el juego, ya no le sirvo para nada.

—Se acabó la velada. Vuelve a tu habitación.

«¡Joder, es exasperante!».

No quiero quedarme aquí con él, pero tampoco quiero que me mande a la cama. No quiero volver a estar encerrada allí, aburrida y sola. Por mucho que deteste a la Bestia, esta es la conversación más larga que he tenido en toda la semana.

—¡Espera! ¿Qué pasa con mi familia?

—¿Qué les pasa? —dice en tono aburrido.

—¿Están preocupados por mí?

Sonríe sin una pizca de alegría; es una sonrisa de pura malicia.

—Se están volviendo locos.

Ya lo imaginaba.

Se darían cuenta aquella noche al ver que no llegaba a casa. Seguro que han intentado llamarme cientos de veces. También habrán llamado a mis amigas. Habrán enviado a sus hombres a la Universidad Loyola y al Lake City Ballet para tratar de reconstruir mis pasos. Seguramente han peinado las calles en busca de mi Jeep. Me pregunto si lo encontraron a un lado de la carretera.

¿Habrán llamado también a la policía? Nunca llamamos a la policía si podemos evitarlo. Nos llevamos bien con el comisario en las fiestas, pero no involucramos a la policía en nuestros asuntos, al igual que Mikolaj.

Esta es la única vez que lo he visto sonreír, al pensar en lo aterrorizada y nerviosa que debe de estar mi familia. Me dan ganas de acercarme y arrancarle de la cabeza esos ojos de hielo.

No puedo creer que haya bailado con él. Me arde la piel del asco en cada sitio que me ha tocado.

Aun así, no puedo evitar suplicar.

—¿Podrías decirles al menos que estoy viva? Por favor.

Le suplico con los ojos, con la cara, hasta uno las manos delante de mí.

Si tiene una pizca de alma, verá el dolor en mi expresión.

Pero no tiene nada en su interior.

Simplemente se ríe y sacude la cabeza.

—Ni de coña. Eso estropearía la diversión.

11

MIKO

Durante cinco días, contemplo a los Griffin poner la ciudad patas arriba buscando a Nessa. Mis hombres me informan de que los Griffin están amenazando, sobornando e investigando sin encontrar la más mínima prueba.

Solo existen cinco personas que sepan dónde está Nessa: Jonas, Andrei, Marcel, Klara y yo. De todos mis soldados, solo los más allegados tienen idea de lo que estoy tramando. Les he advertido que, si se atreven a susurrar siquiera una palabra del tema, una pista a un amigo o a una amante, les meteré una bala en la nuca.

Me emociona ver que los Gallo están igual de angustiados por encontrar a Nessa. Dante, Nero y Sebastian Gallo están buscándola, y, sobre todo, Aida Gallo. Es casi enternecedor que estas dos familias, que eran enemigas mortales hace unos meses, ahora trabajen en equipo en la desesperación por encontrar a la más joven de la manada.

O sería enternecedor si esa alianza no fuera exactamente lo que quiero dinamitar.

Lo paladeo. Me encanta que no sepan si está viva o muerta, que no tengan ni idea de dónde puede haberse metido. La ignorancia es la tortura. La muerte se puede aceptar. Pero esto…, esto los comerá por dentro. Los volverá locos.

Mientras tanto, Nessa Griffin se muere de aburrimiento. La observo a través de las cámaras de su habitación. La veo caminar de un lado a otro de su jaula como un animal en el zoo.

Que se muera de hambre es un problema. Ya estaba delgada cuando la secuestré, así que no tiene reservas de grasa con las que soportar semanas de hambruna. No puedo permitir que me joda los planes con sus protestas de chiquilla.

Así que le pido a Klara que vista a Nessa para cenar. Pretendo tentarla con comida y, si eso falla, se la meteré a la fuerza por la garganta.

Además, quiero volver a verla en persona. Me divierte cuando la veo como un personaje en la pantalla de mi móvil, pero no es comparable al exquisito festín de miedo y rabia que me ofrece cuando nos vemos cara a cara.

Cuando Jonas la arrastra al gran comedor, veo que Klara se ha tomado su trabajo demasiado en serio. Solo he visto a Nessa con la ropa de ballet o cuando va a la universidad, con el pelo recogido y la cara recién lavada. Pero, cuando se arregla, Nessa Griffin es una puta pasada.

Unos cuantos días sin comer la han dejado más esquelética que nunca. El vestido de seda verde se le pega al cuerpo y deja entrever cada respiración, hasta la forma en que coge aire cuando ve que la estoy esperando.

El pelo castaño claro flota alrededor de sus hombros, ondulado, más largo y abundante de lo que esperaba. Refleja la luz tanto como el vestido de seda, al igual que su piel reluciente y sus grandes ojos verdes. Toda ella es luminiscente.

Pero increíblemente frágil. La delgadez del cuello, de los brazos y de los dedos es espeluznante. Podría romper esos huesos de pajarillo sin esforzarme. Se le notan las clavículas y los omóplatos cuando se gira. La única parte de su cuerpo que tiene curvas son esos labios grandes, suaves y temblorosos.

Me alegro de ver que, aunque Klara ha maquillado a Nessa, le ha dejado los labios sin pintar. Rosa palo, como las zapatillas de una bailarina. Un color crudo e inocente. Me pregunto si tiene los pezones del mismo color bajo ese vestido.

Todavía percibo las pecas marroncitas que le salpican las mejillas y el puente de la nariz. Son tiernas e infantiles, al contrario que sus cejas, sorprendentemente oscuras, que le dan vida a su rostro como si fueran signos de puntuación. Levanta las cejas como las alas de un pájaro cuando está sorprendida y las frunce con pesar cuando está angustiada.

Incluso vestida con tanto glamour y madurez, Nessa sigue pareciendo muy joven. Es vivaz y jovial, al contrario que esta casa, donde todo es viejo y mohoso.

No me parece atractiva su inocencia. De hecho, me resulta exasperante.

¿Cómo se atreve a ir por la vida como una escultura de cristal a punto de hacerse añicos? Es una carga para todo el que la rodea, imposible de proteger, imposible de mantener intacta.

Cuanto antes empiece el proceso de desmantelarla, mejor para todos.

Así que la obligo a sentarse. La obligo a comer.

Intenta protestar con una oferta absurda, y se lo permito. Me da igual que se pasee por la casa. Lo cierto es que no puede escapar, ya que tiene la tobillera puesta. Monitorea sus pasos en cada momento. Si intenta romperla, si deja de leerle el pulso aunque sea por un solo instante, me avisará.

Siento curiosidad por saber adónde piensa ir o lo que va a hacer. Me tiene aburrido observarla dentro de su habitación.

Si la animo con esta pequeña victoria, caerá más bajo. Y, si empieza a confiar de verdad en mí, si cree que puede razonar conmigo..., mucho mejor.

La crueldad constante no sirve para abrirse paso por la mente de una persona. Tiene que haber una mezcla entre lo bueno y lo malo, un toma y daca que desconcierte a esa persona. La impredecibilidad es lo que hace que se desespere por complacer.

Después de comer, llevo a Nessa al salón de baile. La he visto bailar varias veces: en la discoteca Jungle, en el Lake City Ballet y atrapada en su habitación, en el hueco que hay junto a su cama de cuatro postes.

Bailar la transforma. La chica que se ruboriza y no es capaz de mirarte a los ojos no es la misma que se deja llevar por la influencia de la música.

Es como contemplar una posesión. En cuanto la tengo en mis brazos, su cuerpo rígido y frágil se vuelve suelto y líquido, como la tela de su vestido. La música la recorre hasta que está canturreando con demasiada energía para un cuerpo tan pequeño. Está vibrando en mis manos. Su mirada se pierde, es como si ya no se percatara de mi presencia: solo soy el instrumento que la mueve por el salón.

Casi me da envidia. Ha desaparecido en un sitio donde no puedo alcanzarla. Está sintiendo algo que yo no puedo sentir.

La hago girar cada vez más rápido. Se me da bien bailar, como se me da bien todo lo demás: soy rápido y tengo coordinación. Así trabajo y así lucho. Incluso follo así.

Pero no me da placer de la misma forma que a Nessa. Ella tiene los ojos cerrados y los labios separados. En su rostro ha aparecido una expresión que suele estar reservada para el clímax sexual. Presiona el cuerpo contra el mío, caliente y húmedo por el sudor. Noto el latido de su corazón a través de la fina seda. Sus pezones se endurecen contra mi pecho.

La inclino hacia atrás y dejo al descubierto su delicada garganta. No sé si quiero besarla, darle un mordisco o rodearle el cuello con las manos y apretar. Quiero hacer algo que la traiga de vuelta de donde sea que se haya ido. Obligarla a centrarse en mí.

Normalmente me irrita la atención de las mujeres. Detesto su dependencia, sus toqueteos. Las uso para descargar tensiones, pero dejo muy claro que no habrá conversación, ni afecto, ni, por supuesto, amor.

Hace años que no beso a una mujer.

Sin embargo, aquí estoy, contemplando los ojos cerrados y los labios abiertos de Nessa, pensando en lo fácil que sería aplastar su delicada boca bajo la mía, forzar la entrada de mi lengua entre esos labios, saborear su dulzura como si fuera el néctar de una flor.

En cambio, toco su garganta de marfil. Paso la punta de los dedos hasta el esternón, sintiendo esa piel tan suave que parece que nació ayer.

Nessa abre los ojos de par en par. Se aparta de mí y adopta una expresión de horror.

Ahora sí que me ve. Ahora me mira... con un asco absoluto.

—¡No me toques! —exclama.

Siento una amarga punzada de satisfacción al ver que la he traído de vuelta tan abruptamente. ¿Cree que puede irse flotando a los cielos cuando le venga en gana? Siempre acabaré bajándola a los infiernos conmigo.

—Vuelve a tu habitación.

Me da placer obligarla a marcharse cuando yo quiero. Es mi prisionera y es mejor que no se le olvide. Puede que le haya dado permiso para pasearse por la casa, pero eso no cambia nuestra relación. Come cuando yo lo digo. Se pone lo que yo digo. Viene cuando yo lo digo y se va cuando yo lo digo.

Aunque tiene demasiadas ganas de irse. Huye, y las costuras del vestido de seda verde fluyen a su paso como una capa.

Después de que se vaya, espero regresar a mi estado habitual de apatía. Nessa no es más que un pitido en mi radar, una sacudida momentánea que desaparece tan rápido como apareció.

Pero esta noche no. Su aroma a almendra dulce y vino tinto se me queda en la nariz. Mis dedos recuerdan la suavidad de su piel.

Incluso después de servirme una copa y bebérmela de un trago, sigo notándome alterado y cachondo. Tengo la polla rígida contra la pierna, una incomodidad que me recuerda el delgado muslo de Nessa apoyado en el mío, separados tan solo por mis pantalones y un milímetro de seda.

Salgo de la casa y me dirijo en coche a la Jungle, sorteando el tráfico nocturno. Conduzco un Tesla porque es el coche caro perfecto para pasar desapercibido. No es más que otro sedán negro, y no llama la atención de la policía, aunque me haya costado 168.000 dólares con todos los extras. La aceleración es como el descenso en una montaña rusa. El estómago se me encoge cuando giro a toda velocidad sin hacer el más mínimo ruido.

Aparco en la parte trasera de la discoteca y entro por detrás. Le dedico un gesto de asentimiento al portero cuando paso a su lado.

Voy directo a la barra principal, abriéndome camino entre los clientes borrachos. Petra está hasta arriba de pedidos. Los deja a un lado cuando le hago una seña con la cabeza para indicarle que me siga al despacho.

Lleva un top que parece un biquini en el que apenas le caben las tetas, y unos pantalones muy cortos que dejan a la vista la mitad de su culo. Tiene un *piercing* en el septum que odio, igual que los que se ha hecho en las orejas, en la ceja y en el ombligo. Me importa tres cojones todo eso. Podría llevar un disfraz de gorila y me daría igual, siempre que tenga acceso a la parte de ella que necesito.

—Creía que no ibas a venir esta noche —ronronea al entrar en el despacho.

—Y no iba a venir —me limito a decir.

Cierro la puerta a nuestro paso y le arranco el top, liberando sus tetas. Normalmente me gusta verlas rebotar cuando me la follo, pero hoy ver tanta carne me parece... excesivo.

En lugar de eso, le doy la vuelta y la inclino sobre el escritorio. La parte trasera no está mucho mejor. Su culo esponjoso me está causando un rechazo que jamás había sentido, igual que el fuerte olor a sudor y su perfume exagerado, que no oculta que haya estado fumando. Nada de eso me importaba antes. Pero ahora sí.

Sin embargo, mi polla no se ha puesto al corriente con mi cerebro, pues sigue tan enfurecida como antes. Me la saco de los pantalones y se la introduzco a Petra entre las nalgas.

—Ya estás preparado —comenta con satisfacción.

A veces tarda un rato en «prepararme». A veces no consigo estar preparado, incluso después de tenerla treinta minutos chupándome la polla, así que acabo pidiéndole que se marche sin terminar.

Esta noche tengo la suficiente agresividad acumulada como para follarme a todo el equipo de animadoras de los Dallas Cowboys. Sin ningún tipo de preliminar, me pongo un condón y se la meto a Petra por detrás, follándomela sobre el escritorio. Cada embestida hace que el escritorio rebote contra el suelo y envía ondas por toda la piel del ancho culo de Petra.

Ella gime y me alienta, tan animada como una estrella porno. E igual de creativa, además. Sus gritos de «¡oh, oh, eso es, más fuerte!» parecen sacados de un guion. Y, encima, cada vez grita más.

—Cállate —gruño aferrándome a sus caderas para intentar centrarme.

Petra se queda callada al instante.

Cierro los ojos e intento recordar esa excitación ansiosa que me ha traído hasta aquí, esa desesperación por liberar tensiones.

En lugar de eso, recuerdo lo que sentí al poner la mano en la espalda desnuda de Nessa, atrapado entre su piel cálida y su cabello frío y sedoso. Recuerdo la gracilidad con la que se movía por el suelo, como si sus pies volaran sobre el parquet. Visualizo la expresión de placer en su rostro, sus ojos cerrados, sus labios separados...

Estallo dentro de Petra, llenando el condón con una descarga exagerada de semen. Me sujeto la base cuando la saco, pues no quiero arriesgarme a que ni una gota se derrame en su interior. He visto a Petra dejar secos a hombres solo con las propinas que exige; no quiero ni imaginarme el precio que pediría por un aborto.

Petra se incorpora y se sube los pantalones cortos con una sonrisa de suficiencia en la cara. Es la vez que más rápido me he corrido con ella, así que está bastante orgullosa de sí misma.

—Se ve que me echabas de menos —dice juguetona mientras tamborilea con los dedos sobre mi pecho.

Me aparto de ella y tiro el condón a la basura.

—Ni lo más mínimo.

Se le borra la sonrisa de la cara y me mira con el ceño fruncido. Todavía tiene una teta por fuera del top, pero está torcida y parece una ubre. Me está dando náuseas.

—Oye, podrías ser más amable conmigo —dice con rabia—. Recibo muchas ofertas de otros tíos. Y de otros bares también.

Nunca debería habérmela follado más de una vez. Eso les da una idea equivocada a las mujeres. Les hace pensar que las llamas por algo más que por conveniencia.

—Esto se acabó —le digo—. Puedes seguir trabajando aquí o no, tú misma.

Me mira sorprendida, con la boca desencajada.

—¿Cómo?

—Ya me has escuchado. Si quieres quedarte, vete a la barra. Y ponte bien el top.

Le sujeto la puerta abierta, no por caballerosidad sino para que se largue cuanto antes.

Sé que quiere gritarme, pero no es tan tonta como para hacerlo. Sale hecha una furia sin tan siquiera colocarse bien la teta. Pues nada. Que lo disfruten los clientes.

Me dejo caer en la silla, de mal humor y descontento.

La puta Petra no me ha aliviado tanto como yo ansiaba. De hecho, me siento peor que antes: estresado e insatisfecho.

Vuelvo a la discoteca y echo del reservado vip a unos tipos molestos que tienen pinta de trabajar en finanzas. Le pido a la camarera que me traiga una botella de Magnum Grey Goose bien fría y me sirvo un chupito triple.

Ni diez minutos después sucede algo maravilloso: Callum Griffin entra por mi puerta. Va vestido con un traje negro y elegante, como siempre. Pero no parece tan bien aseado como siempre. Va sin afeitar y le hace falta un buen corte de pelo. Bajo los ojos se le ven unas bolsas oscuras.

La última vez que lo vi de cerca, estaba colgado de un gancho de carne mientras Zajac le dedicaba toda su atención. Esta noche no parece estar mucho mejor. La tortura mental es tan efectiva como la física.

Sé que no lleva encima ningún arma, porque ha pasado los detectores de metal de la puerta. Aun así, espero que sea tan estúpido como para atacarme. Me encantaría dejarle claro que haberse escapado del matadero fue pura chiripa.

Barren la discoteca con la mirada. En cuanto me encuentra, se dirige hacia mí, apartando a varias personas de su camino con los hombros.

Se cierne sobre mí con los puños apretados. Yo me quedo donde estoy, sin molestarme en ponerme de pie para que nos miremos cara a cara.

—¿Dónde está? —exige saber.

Le doy un largo sorbo a mi copa.

—¿Dónde está quién? —digo sin darle importancia.

Callum tiene la cara rígida de la rabia y los hombros de piedra. Sé que quiere echárseme encima. Lo único que parece contenerlo es que Simon se ha colocado justo a mi lado al ver los claros signos de una confrontación inminente. Simon levanta una ceja para preguntarme si debería intervenir. Yo estiro el dedo índice que sujeta la copa para pedirle que espere.

Escupiendo cada palabra como si le doliera, Callum añade:

—Sé que tienes a Nessa. La quiero de vuelta... Ya.

Mezo los cubitos de hielo de mi copa lentamente. La música está demasiado alta para oír el sonido que hacen al entrechocar.

Mantengo la expresión de aburrimiento.

—De verdad que no tengo ni idea de lo que me estás hablando.

La discoteca está oscura, pero no tanto como para no ver el pulso que le late a Callum en la mandíbula. Quiere pegarme más que cualquier otra cosa en su vida. Verlo contener ese impulso es una maravilla.

—Si le haces daño —sisea—, si le rompes aunque sea una uña...

—Bueno, bueno, concejal —interrumpo—. Amenazar a uno de tus electores en un sitio público no le viene bien a tu reputación. No querrás un escándalo cuando has sido elegido hace tan poco.

Sé que quiere insultarme y amenazarme, tratar de romperme el cuello. Pero nada de eso lo ayudará.

Así que, con un esfuerzo hercúleo, recobra la compostura. Incluso intenta tragarse el orgullo. Por supuesto, para un capullo arrogante como Callum Griffin, la humildad es superficial y leve.

—¿Qué quieres? —gruñe—. ¿Qué necesitas para que nos la devuelvas?

Hay tantas respuestas a esa pregunta.

Tu imperio.

Tu dinero.

Tu vida.

Lo pagaría todo y, aun así, no volvería a ver a Nessa. Ahora es mía. ¿Por qué iba a dejarla marchar?

—Ojalá pudiera ayudarte. —Le doy un último sorbo a mi copa.

Luego dejo el vaso en la mesa y me pongo en pie para que Callum y yo nos miremos cara a cara. Es más grande que yo, pero yo soy más rápido. Podría cortarle el cuello en este mismo instante, antes de que parpadeara.

Pero sería demasiado fácil e insatisfactorio.

—Hubo una época en la que podríamos habernos echado un cable —le cuento—. Mi padre acudió a ti tal y como hoy tú acudes a mí. ¿Recuerdas lo que le dijiste?

A Callum se le marca la mandíbula cuando aprieta los dientes, conteniendo todo lo que quiere decir.

—Rechacé su oferta por una propiedad —mascula al cabo de un rato.

—No exactamente. Dijiste: «¿Qué podrías ofrecerme tú?». Me temo que ahora estamos en la otra cara de la moneda. ¿Qué puedes ofrecerme, Griffin? Nada de nada. Así que lárgate de mi discoteca.

Callum se abalanza hacia mí, pero Simon y Olie, mis dos porteros más fuertes, lo sujetan. Ver cómo sacan a la fuerza a Callum Griffin y lo echan a la calle mientras todos los clientes miran boquiabiertos y lo graban todo con los móviles, es uno de los momentos más satisfactorios de mi vida.

Me siento de nuevo en el reservado: por fin estoy obteniendo la catarsis que estaba buscando.

12

NESSA

Los encuentros con Mikolaj me dejan abierta en canal y sin fuerzas. Sus feroces ojos azules parecen desollarme y dejarme todos los nervios a la vista. Luego mete el dedo en todas las llagas hasta que ya no lo soporto un segundo más.

Me da pavor.

Y, aun así, no me resulta repulsivo, no tanto como debería.

Mi mirada se siente atraída por él, y no puedo apartar la vista. Cada centímetro de su rostro está grabado a fuego en mi mente, desde el mechón de pelo rubio claro que le roza la mejilla derecha hasta la hendidura en el centro del labio superior, pasando por la tensión de sus hombros.

Cuando me cogió la mano para bailar, me sorprendió lo cálidos que estaban sus dedos al rozar los míos. Supongo que esperaba que estuvieran pegajosos o cubiertos de escamas. En cambio, recibí unas manos esbeltas, fuertes y talentosas. Uñas limpias y cortas. Y solo algo extraño: le faltaba la mitad del meñique de la mano izquierda.

Mikolaj no es el único al que le falta un dedo. Hay otro guardia al que también le falta parte del meñique: el moreno y guapo que creo que se llama Marcel. Me di cuenta cuando estaba fumando bajo mi ventana. Le ofreció a Klara un cigarro con la mano lisiada. Ella negó con la cabeza y se apresuró a entrar en casa.

Me he codeado con bastantes mafiosos como para saber que esas cosas son el resultado de un castigo. La Yakuza lo hace. Los rusos también. Y eliminan los tatuajes cuando se baja de rango a un soldado o se les deja una marca de deshonor.

No me he acercado lo suficiente a Mikolaj para ver qué representan sus tatuajes. Tiene muchísimos. Deben de significar algo para él.

Tengo curiosidad, pero no quiero tenerla. Detesto que me atraiga como si estuviera hipnotizada. Es humillante lo rápido que accedí a bailar con él. Usó lo que yo más quiero para pillarme. Cuando volví a la realidad, no podía creer lo fácil que me había dejado llevar.

Este hombre es mi enemigo. No puedo olvidarlo en ningún momento.

Me odia. Se le nota en la cara cada vez que me mira.

Puede que esto suene increíblemente infantil, pero nadie me ha odiado nunca, no de esta forma. Durante mis años de instituto tuve muchos amigos. Nunca se han metido conmigo ni me han insultado, al menos a la cara. Nadie me ha mirado nunca con desdén, como si fuera un insecto, como si fuera una montaña de basura en llamas.

Intento ser alegre y amable. No soporto los conflictos. Mi necesidad de que me quieran es prácticamente patológica.

Me descubro a mí misma escondiéndome de la mirada de Mikolaj, pensando formas de demostrar que no merezco ese desdén. Quiero razonar con él, aunque sé que es imposible e inútil.

Es patético.

Ojalá fuera valiente y segura de mí misma. Ojalá no me importara lo que piensan los demás.

Siempre me he rodeado de gente que me quiere. Mis padres, mi hermano mayor, hasta Riona, que, aunque sea irritante, en el fondo también se preocupa por mí. Nuestros empleados del hogar me miman y me adoran.

Ahora que me han arrebatado todo eso, ¿qué soy sin ellos? Una chica débil y asustada que se siente tan tan sola que prefiere sentarse a cenar con su propio secuestrador únicamente para tener alguien con quien hablar.

Es asqueroso.

Tengo que encontrar la forma de sobrevivir aquí. Una forma de distraerme.

A la mañana siguiente, en cuanto me despierto, me propongo empezar a explorar la casa.

Cuando me incorporo en la cama, Klara me trae la bandeja con el desayuno. Tiene una expresión esperanzada y expectante. Alguien debe de haberle dicho que he accedido a comer.

Fiel a mis palabras, me siento a desayunar en una mesita que hay junto a la ventana. Klara deja la comida delante de mí y me pone una servilleta de lino sobre el regazo.

Huele estupendamente. Tengo más hambre que anoche. Me zampo el beicon y los huevos fritos y, después, me lleno la boca de patatas asadas.

Mi estómago es un oso recién salido de la hibernación. Lo quiere todo, absolutamente todo, en su interior.

Klara está tan contenta de verme comiendo patatas que sigue dándome clases de polaco, diciéndome todo lo que hay en la bandeja.

Empiezo a pillar algunas de las palabras explicativas también. Por ejemplo, cuando señala el café y dice: «*To się nazywa kawa*», estoy segura de que está diciendo «esto se llama café».

De hecho, cuanto más cómoda está, más frases enteras me dice. Lo hace solo por amabilidad, sin esperar a que la entienda.

Cuando abre las pesadas cortinas de color carmesí, dice: «*Jaki Piękny dzień*», que creo que significa algo como «hace un buen día», o tal vez «hoy hace sol». Lo iré descubriendo cuando escuche más.

Me percato de que a Klara no le falta ningún trozo de los dedos y que no tiene tatuajes como los hombres de Mikolaj o, al menos, ninguno que sea visible. No creo que forme parte de la Braterstwo. Solo trabaja para ellos.

No soy tan tonta como para pensar que está de mi parte. Klara es simpática, pero seguimos siendo dos desconocidas. No puedo esperar que me ayude.

Pero lo que sí espero es salir hoy de esta habitación. Mikolaj me prometió que, si seguía comiendo, podría pasearme por el resto de la casa. Puedo ir a todas partes, excepto al ala oeste.

Cuando termino, le digo a Klara:

—Hoy quiero salir fuera.

Klara asiente, pero primero señala el baño.

Cierto. Tengo que ducharme y cambiarme de ropa.

La enorme bañera de patas en la que Klara me bañó anoche está dentro del dormitorio. El baño es mucho más moderno y tiene una ducha con paneles de cristal y un lavabo doble. Me aseo rápidamente y elijo un conjunto limpio de la cómoda.

Saco una camiseta blanca y un chándal gris, que es algo que te pedirían que te pusieras en clase de gimnasia. Hay ropa más elegante, pero no quiero llamar la atención, sobre todo de los hombres de Mikolaj.

Klara recoge la ropa sucia del suelo y arruga la nariz, porque se ha ensuciado bastante estos días, a pesar de que no he salido de la habitación.

—*Umyję je* —dice.

Espero que eso signifique «tengo que lavarla» y no «voy a tirarla a la basura».

—¡No la tires! —le suplico—. Necesito el bodi. Para bailar.

Señalo la prenda de ropa y hago una postura rápida con los brazos para explicarle que es lo que quiero ponerme cuando entrene.

Klara asiente.

—*Rozumiem*.

«Entiendo».

Klara insiste en volver a peinarme con el secador. Me hace un semirrecogido con trenzas en la parte superior de la cabeza, como una corona. Es bonito, aunque tarda demasiado y yo estoy impaciente por empezar a explorar. Intenta maquillarme también, pero aparto el neceser. No accedí a pintarrajearme la cara todos los días.

Me levanto de la silla, decidida a salir de esta habitación. Cuando me dirijo a la puerta con tan solo unos calcetines en los pies, casi que espero que vuelva a estar cerrada. Se abre sin problema. Puedo salir al pasillo sin escolta.

Esta vez me asomo a todas las habitaciones conforme paso.

Hay decenas de habitaciones y cada una tiene su propio y extraño propósito. Encuentro una sala de música con un enorme piano Steinway en el centro, con la tapa a medio levantar y las patas perfectamente talladas con flores y marquetería. En la siguiente hay varios caballetes antiguos y una pared llena de cuadros de paisajes que podría haber pintado su último habitante. Luego hay tres o cuatro dormitorios más, todos decorados en distintos tonos joya. La mía es roja, mientras que las otras lucen tonos de esmeralda, zafiro y amarillo dorado. Después hay varias salitas y estudios y una pequeña biblioteca.

La mayoría de las habitaciones conservan el papel pintado original, que, en algunos sitios, se está descascarillando por la antigüedad o por la humedad. También son originales casi todos los muebles: recargados armarios, sillones y divanes tapizados, mesas de madreperla, espejos dorados y lámparas Tiffany.

Mi madre mataría por estar aquí. Nuestra casa es moderna, pero a ella le encanta la decoración con antigüedades. Estoy segura de que podría decirme quiénes fueron los diseñadores y, seguramente, los autores de las obras de arte que cuelgan de las paredes.

Al pensar en mi madre se me encoge el corazón. Casi puedo sentir sus dedos al colocarme un mechón de pelo detrás de la oreja. ¿Qué estará haciendo ahora mismo? ¿También estará pensando en mí? ¿Estará asustada? ¿O llorando? ¿Sabe que sigo viva porque las madres siempre saben esas cosas?

Sacudo la cabeza para aclararla.

No puedo hacer eso. No puedo caer en la autocompasión. Tengo que explorar la casa y los jardines. Tengo que idear algún plan.

Así que repaso todas las habitaciones. Aunque quiero tener la cabeza fría, no tardo en perderme de nuevo en la estética.

No me gusta admitirlo, pero este sitio es fascinante. Podría pasarme horas en cada habitación. Los interiores son elaborados, capa tras capa de diseños: frescos pintados y alfombras tejidas, murales y marcos de puertas. No hay ni un solo espejo o armario que no esté tallado u ornamentado de alguna forma.

Prácticamente ni me da tiempo a mirar por las ventanas. Cuando lo hago, me percato de algo muy interesante: entre los altos robles y arces, y los fresnos, todavía más espigados, vislumbro la esquina de un edificio. Un rascacielos. No lo reconozco, no es uno de los más famosos, como la Tribute Tower o la Willis Tower. Pero estoy segura de que sigo en Chicago.

Saber eso me da esperanza. Esperanza de que mi familia me localice antes de que sigan pasando los días.

O de poder escapar.

Sé que llevo puesta esta maldita tobillera. Pero no es invencible, al igual que la Bestia. Si consigo salir de la finca, estaré en la ciudad. Puedo hacerme con un teléfono o llegar a una comisaría.

Con ese pensamiento en mente, desciendo las escaleras una vez más hacia el piso de abajo. Quiero explorar el jardín.

Encuentro el camino de vuelta al gran comedor y la sala de baile. No entro en ninguna de las dos estancias, ya las vi de sobra anoche. Al otro lado de la sala de baile se halla el vestíbulo principal y la puerta delantera, que mide más de tres metros y medio y parece que necesita una manivela para abrirse. Está cerrada con pestillo, de modo que por aquí no puedo salir.

Veo a Jonas caminando hacia la sala de billar y me escondo en el rincón más cercano. No quiero que me vea. Ya he pasado junto a otros dos soldados. Me han ignorado, es evidente que les han avisado de que puedo pasearme por la casa.

No creo que Jonas sea tan amable. Parece disfrutar cuando me molesta, casi tanto como su jefe.

Una vez que ha pasado, vuelvo hacia el invernadero de cristal. Hace mucho más calor de día que de noche. Aun así, se me pone el vello de punta cuando paso junto al banco en el que Mikolaj estaba sentado. Ahora está vacío. Estoy sola, a menos que esté escondido entre estas plantas.

Al contrario que aquella noche, la puerta trasera está abierta. Puedo girar el pomo y salir al exterior por primera vez en una semana.

El aire fresco se me antoja oxígeno puro al cien por cien. Se me cuela hasta los pulmones, fresco y fragante, lo que me da un subidón inmediato. Me había acostumbrado a la humedad y el polvo de la casa. Ahora estoy intoxicada al notar la brisa en la cara y el césped bajo los pies. Me quito los calcetines para poder andar descalza y sentir la tierra mullida bajo el puente y los dedos de los pies.

Estoy en un jardín amurallado. He ido a jardines famosos de Inglaterra y Francia; ninguno de ellos puede competir con la densidad absoluta de este sitio. Hay plantas por todas partes. Los muros de piedra están cubiertos de hiedra y clemátides, los parterres llenos de flores. Setos desgreñados, arbustos rosáceos y arces conviven apretujados, hasta el punto de que apenas queda sitio para pasear por el camino de adoquines. Oigo el agua correr en las fuentes. Por lo que he visto desde mi ventana, sé que en el jardín hay decenas de esculturas y piletas escondidas por el laberinto de plantas.

Quiero pasar todo el día aquí fuera, ahogándome en el aroma de las plantas y el zumbido de las abejas. Pero primero cojo un libro de la biblioteca para poder leer fuera.

Doy la vuelta hacia la casa, todavía descalza, porque he abandonado mis calcetines en el césped.

Me equivoco de pasillo en la cocina y tengo que rehacer mis pasos en busca de la gran biblioteca que hay en la planta baja. Cuando estoy pasando por la sala de billar, escucho la voz grave y cortante de la Bestia. Está hablando con Jonas en polaco. De vez en cuando sueltan palabras y frases en mi idioma, como suelen hacer las personas bilingües cuando les resulta más fácil decir algo en una lengua u otra.

—*Jak długo będziesz czekać?* —dice Jonas.

—*Tak długo, jak mi się podoba* —replica sin ganas la Bestia.

—*Mogą śledzić cię tutaj.*

—¡Y una mierda! —estalla Mikolaj. Luego suelta una retahíla en polaco en la que claramente está insultando a Jonas.

Me acerco más a la puerta. No entiendo casi nada de lo que dicen, pero Mikolaj parece tan enfadado que estoy prácticamente convencida de que está hablando de mi familia.

—*Dobrze szefie* —responde Jonas, escarmentado—. *Przykro mi.*

Sé lo que significa eso: «De acuerdo, jefe. Lo siento».

Entonces Jonas dice:

—¿Y qué pasa con los rusos? *Oni chcą spotkania.*

La Bestia empieza a responder. Dice unas cuantas frases en polaco y, de repente, se calla. Y añade en mi idioma:

—No sé cuáles serán las costumbres irlandesas, pero creo que escuchar a escondidas es de mala educación en todo el mundo.

Siento como si la temperatura bajara veinte grados. Tanto Mikolaj como Jonas están de pie en silencio en la sala de billar. Esperan que yo responda.

Preferiría fundirme con el papel de la pared. Por desgracia, eso no es una opción.

Trago saliva y me acerco a la puerta, donde puedan verme.

—Sabes que sé dónde estás exactamente en todo momento —comenta la Bestia mirándome sin pestañear con sus ojos cargados de maldad.

Cierto. Esta maldita tobillera. Odio que siempre esté tintineando alrededor de mi pie, que se me clave cuando estoy durmiendo.

Jonas parece indeciso entre sus ganas de sonreír con suficiencia y la incomodidad que siente por el rapapolvo que le acaba de echar Mikolaj. Su personalidad orgullosa gana.

—Solo llevas unas horas fuera de tu habitación y ya te estás metiendo en problemas —dice con una ceja levantada—. Ya le advertí a Miko que no te dejara salir.

Mikolaj le lanza una mirada intensa a Jonas; seguramente le haya molestado que su subalterno se tome tantas confianzas al decir que le ha advertido de algo, pero también que haya usado su apodo.

Me pregunto si le gustará el apodo que le he puesto yo.

¿A quién voy a engañar? Seguro que le encanta.

—¿Qué esperabas escuchar? —se burla la Bestia—. ¿La contraseña de mi cuenta del banco? ¿La del sistema de seguridad? Podría contarte todos mis secretos y, aun así, no podrías hacer nada.

Noto que me arden las mejillas.

Tiene razón. Estoy totalmente indefensa. Por eso me deja pasearme por la casa.

—Me sorprende que tus padres no te instruyeran —dice Mikolaj acercándose a mí. Me mira con una expresión de desdén en el rostro—. Deberían haber criado un lobo, no un corderito. Me parece hasta cruel.

Aunque sé que lo hace queriendo y a pesar de que intento resistirme, sus palabras se me clavan en el cerebro como una daga.

Mi hermano Callum sabe luchar, sabe disparar un arma. Le enseñaron a ser un líder, un hombre astuto y proactivo.

A mí me apuntaron a clases de baile y de tenis.

¿Por qué mis padres no consideraron lo que podría pasarme si alguna vez me alejaba de la seguridad de sus brazos? Me trajeron a un mundo oscuro y peligroso para armarme con libros, vestidos y zapatillas de ballet...

Parece intencionado. Y negligente.

Por supuesto, jamás pensaron que me secuestraría un sociópata decidido a vengarse.

«Pero deberían haberlo pensado».

—Ojalá pudieras responder, *moja mała baletnica*. —«Mi pequeña bailarina»—. Esto sería mucho más divertido.

Mikolaj contempla con asco mi terror. Ladea la cabeza como un lobo que quiere entender a un ratón.

Huele a lo que olería un lobo, al almizcle del pelaje de un animal. A ramas desnudas cubiertas de nieve. A juncos y bergamota.

Me mira hasta que me encojo bajo su escrutinio. Luego se aburre y se da la vuelta.

—¡No creo que tu padre fuera el mejor modelo a seguir! —exclamo sin pensarlo—. ¡Le cortó el dedo a su propio hijo!

Mikolaj se da la vuelta como un látigo, con los ojos entrecerrados como ranuras.

—¿Qué has dicho? —sisea.

Ahora sé que tengo razón.

—El Carnicero te cortó el meñique —repito—. No sé por qué estás tan empeñado en vengar su muerte si así es como te trataba.

En tres pasos, Mikolaj recorta el espacio que nos separa. No puedo retroceder a tiempo. Choco de espaldas contra la pared y de repente lo tengo encima, lo bastante cerca para morderme, respirándome en la cara.

—¿Crees que debería haberme consentido y mimado? —Me empuja contra la pared con furia—. Me enseñó todo lo que tenía que saber. Nunca me perdonó nada.

Estira la mano para que vea sus dedos largos y flexibles, perfectamente formados excepto el meñique.

—Esta fue mi primera lección. Me enseñó que siempre hay que pagar un precio. Tu familia tiene que aprender eso mismo. Y tú también, *baletnica*.

Como por arte de magia, una navaja de acero aparece en su mano. La ha sacado tan deprisa del bolsillo que ni la he visto. Me la acerca a la cara, demasiado rápido como para poner las manos y protegerme.

No siento dolor.

Abro los ojos. Mikolaj retrocede, tiene un largo mechón de pelo enrollado en la mano. Lo ha cortado de raíz.

Chillo y me palpo para saber de dónde lo ha sacado.

Sé que es ridículo, pero me perturba sobremanera ver esos mechones castaños colgando de su mano. Es como si me hubiera robado algo mucho más importante que el pelo.

Me doy la vuelta y salgo corriendo escaleras arriba. Las carcajadas de Jonas y Mikolaj resuenan en mis oídos.

Corro hasta mi habitación y cierro de un portazo. Como si Mikolaj fuera a seguirme. Como si pudiera impedir que entrase.

13

MIKO

Aunque estoy disfrutando de que los Griffin vivan en este suspense atormentado, ha llegado el momento de pasar a la segunda fase de jodienda mental que les tengo preparada.

Esta parte del plan tiene dos objetivos. En primer lugar, el placer de sacar algo de pasta de sus arcas mediante la extorsión. Segundo, asegurarme una alianza con un enemigo mutuo.

Kolya Kristoff es el jefe de la Bratva de Chicago. La mafia rusa no es tan poderosa en el Medio Oeste como lo son en la Costa Oeste. De hecho, perdieron una buena cantidad de activos cuando a su jefe anterior lo condenaron a doce años de cárcel. La policía de Chicago requisó armas rusas de primera calidad valoradas en ocho millones de dólares, entre ellas pistolas compactas SPP-1, que disparan bajo el agua, y las Vityaz-SNs, la versión moderna de las clásicas Kalashnikov.

Lo sé porque una de esas cajas llenas de armas perfectamente engrasadas me pertenece. La traje de contrabando a Chicago, pero aún no las he repartido entre mis hombres.

La Bratva se vio sin armas, sin jefe y con poco efectivo para devolver el dinero a los clientes que les había pagado por adelantado.

La Bratva me debe dinero. Y también a otra mucha gente.

Necesitan dinero. Yo necesito hombres.

Podemos echarnos una mano mutuamente.

En un irónico y maravilloso giro de los acontecimientos, serán los Griffin y los Gallo los que paguen las tasas que asegurarán la alianza contra ellos mismos.

Pagarán un rescate de catorce millones de dólares.

Me he decidido por esa cantidad porque es lo que los Griffin y los Gallo pueden reunir sin que haya retrasos tediosos. Les dolerá, pero no los llevará a la bancarrota. Estarán dispuestos a pagarlo, y me parece un precio adecuado por Nessa.

Incluyo el mechón de pelo robado dentro de la nota de rescate.

Estoy seguro de que sus padres reconocerán ese tono castaño tan característico y la suavidad de su pelo natural sin teñir. Creo que lo reconocería hasta yo mismo si alguna vez me lo encontrara.

Lo palpo entre los dedos y el pulgar antes de meterlo en el sobre. Parece una borla de seda, como si todavía estuviera vivo y en crecimiento a pesar de haberlo separado de sus orígenes.

La nota aporta unas instrucciones claras:

Para demostrar que tenemos a Nessa, le hemos cortado un mechón de pelo. Si no nos pagáis el rescate, el próximo paquete contendrá uno de sus dedos, luego el resto de la mano. En la última caja estará su cabeza.

Ojalá pudiera ver sus caras al imaginarse esa situación.

Es divertido escribirlo, aunque menos llevarlo a cabo. Disfruto torturando a los Griffin y a los Gallo, pero no me apetece tener que cortarle pedacitos a Nessa.

Aunque dudo que tenga que seguir amenazando.

Ambas familias han estado buscando a Nessa por toda la ciudad. Han pagado miles de dólares a confidentes, mientras daban palizas y amenazaban a otros tantos. Han saqueado dos de mis pisos francos y se han peleado con los porteros de mi discoteca.

Pero no han encontrado nada de nada.

Porque no soy tan estúpido como para permitir que una rata o soldado de bajo rango se entere de mis planes.

Sospechan de mí sin saber con certeza que soy yo quien secuestró a Nessa. Al involucrar a los rusos en el rescate enturbiaré más las aguas.

Les doy a los Griffin veinticuatro horas para reunir el dinero.

También meto en la carta de rescate un móvil de prepago, para informarles del punto de entrega en el último momento. No me apetece lidiar con el rifle de francotirador de Dante Gallo ni con una decena de sus hombres apostados en puntos estratégicos, que es lo que pasaría si fuera idiota y les informara de la ubicación con antelación.

Aun así, estoy convencido de que romperán las reglas. Son gángsteres, al fin y al cabo. Si rasco esa superficie de sofisticación, encontraré la mierda que se esconde debajo. Están tan dispuestos como yo a hacer lo que sea para conseguir lo que quieren. O, al menos, eso creen.

Jonas es quien llama, porque no tiene acento.

Oigo el leve eco de las respuestas de Fergus Griffin. Está siendo educado; no permitirá que su carácter ponga en peligro a su hija. Pero noto la rabia que hierve bajo la superficie.

—¿Dónde quieres que dejemos el dinero? —dice con sequedad.

—En el cementerio de Graceland —responde Jonas—. Está a trece minutos en coche. Te doy quince por ser generoso. Envía a dos hombres en un solo coche. Trae el teléfono. La puerta de Clark Street estará abierta.

Ya estamos esperando en el cementerio. Tengo a seis de mis hombres apostados en puntos clave. Kolya Kristoff ha traído a cuatro de los suyos.

Menos de dos minutos después, Andrei me manda un mensaje para decirme que un coche Lincoln de color negro ha salido de la mansión del lago con el leal perro faldero Jack Du Pont al volante y Callum Griffin en el asiento del pasajero. Tal como esperaba, Marcel me manda un mensaje poco después para decirme que Dante y Nero Gallo han salido de su casa del centro. Van en coches separados y doy por hecho que los acompañan otros tantos de sus hombres.

Qué predecible.

Da igual. He estrechado el embudo al abrir una única puerta del cementerio. En los meses de otoño e invierno, el cementerio cierra a las cuatro de la tarde. Hemos tenido tiempo de sobra para capturar a los dos guardas de seguridad que estaban patrullando la zona y colocar a nuestros hombres en posición.

Los rusos incluso han traído a nuestra rehén. Está atada de pies y manos, vestida con la misma ropa que Nessa el día que la secuestramos: sudadera, vaqueros y hasta sus zapatos. Una tela negra le cubre la cabeza; las puntas de su pelo castaño asoman por debajo.

La observo con una mirada experta.

—Muy buena —felicito a Kolya.

Este sonríe de lado, dejando a la vista unos dientes blancos con incisivos afilados. Es más moreno de lo que cabría esperar en un ruso, con ojos estrechos bajo unas cejas espesas y rectas. Seguramente tenga orígenes mongoles. Algunos de los mafiosos más despiadados son tártaros. Es joven y seguro de sí mismo; dudo que la Bratva de Chicago siga de capa caída bajo su mando. Lo que significa que tal vez volvamos a llevarnos mal en el futuro.

Por ahora, somos aliados. Me alegra unir fuerzas contra nuestros enemigos comunes.

—¿Dónde te la pongo? —pregunta Kolya.

Señalo el templete que hay al borde del lago. Parece un Partenón en miniatura. Se ve el interior a través de los espacios que se abren entre las columnas de piedra.

—Déjala ahí.

He elegido el cementerio por razones estratégicas. Solo tiene un punto de entrada y está rodeado de muros altos. Son cuarenta y ocho hectáreas de caminos enrevesados a través de espesa arboleda y monumentos de piedra, lo bastante grandes y apiñados como para que nadie nos encuentre sin las indicaciones oportunas.

Y también, por supuesto, está el recordatorio omnipresente de la muerte. La amenaza velada a los Griffin de que más les vale cooperar si no quieren que su miembro más joven acabe en el cementerio para siempre.

Kolya será el que recoja el rescate. Ha accedido a ello porque no quiere separarse del dinero en ningún momento. Es su pago, a cambio de unir sus fuerzas a las mías.

Yo he accedido a ello porque estoy encantado de que los Griffin se centren en los hombres de Kolya en vez de los míos. Si alguien recibe un tiro, mejor que sea ruso.

Me retiro a un punto clave aislado entre los árboles. Todos llevamos auriculares; veo y escucho el intercambio desde aquí.

Me importa una mierda estar caminando sobre cadáveres en plena noche. No creo en el cielo ni en el infierno, tampoco en fantasmas ni espíritus. Los muertos no son peligrosos porque ya no existen. Me preocupan los vivos. Son ellos los que pueden interponerse en mi camino.

Aun así, no soy tan inculto como para no reconocer la belleza de este lugar. Robles centenarios enormes. Monumentos de piedra construidos por los mejores escultores de Chicago.

Hay una tumba en concreto que me llama la atención, porque es una estatua en una caja de cristal, como el ataúd de Blancanieves. Me acerco para distinguir la forma en la oscuridad.

Dentro de una caja de cristal vertical se encuentra una niña de piedra a tamaño real. Lleva un vestido y una pamela con cintas que le cuelga a la espalda. Va descalza y sostiene un paraguas en la mano.

La inscripción reza:

Inez Clarke

1873-1880

Murió por un rayo cuando jugaba en la lluvia.

Me pregunto si la caja de cristal es para proteger la estatua de futuras tormentas.

Entiendo el sentimiento. Una pena que sea inútil. Cuando pierdes a las personas que amas, ya no hay forma de protegerlas.

Mis centinelas siguen vigilando cada rincón del cementerio. Me avisan cuando Callum Griffin llega a la puerta principal y cuando los hermanos Gallo aparecen poco después en Evergreen Avenue, con la clara intención de colarse por la puerta trasera.

Le hago una señal a Jonas para que llame al teléfono prepago. Le pedirá a Callum que vaya al lago por la parte noreste del cementerio.

—Trae el dinero —ordena Jonas—. Más te vale cagar leches. Te quedan tres minutos.

Controlar el tiempo es crucial. Quiero esto finiquitado antes de que los Gallo entren en el cementerio. Y quiero que Callum vaya con prisas, sin aire, para que no piense con claridad.

El lago está en la parte más abierta del cementerio. La media luna se refleja en el agua e ilumina el cuerpo de Kolya Kristoff. Está fumándose un cigarrillo, exhalando el humo al cielo como si no tuviera ni una preocupación en el mundo.

Apenas levanta la vista cuando Callum Griffin y Jack Du Pont llegan corriendo por el camino, ambos con dos bolsas de viaje enormes en cada mano. Incluso desde mi posición, bajo un sauce, veo que están sudando.

Callum le hace un gesto de asentimiento a Jack. Ambos dejan las bolsas delante de los pies de Kolya con un pesado golpe seco. Los dientes blancos de Kolya vuelven a relucir cuando sonríe al oírlo.

Le dedica un gesto de asentimiento a uno de sus hombres. El lacayo ruso se arrodilla, abre la cremallera de la bolsa y comprueba el contenido.

—Billetes limpios y sin rastreador, supongo —dice Kolya.

—No somos el puto FBI —responde Callum con desdén.

Los escucho claramente por el auricular, a Kolya algo más alto que a Callum.

El hombre de Kolya hurga entre las bolsas y saca un lingote de oro para que su jefe le dé la aprobación.

—Eso no es efectivo —comenta Kolya.

—Nos habéis dado veinticuatro horas —replica Callum—. Eso es lo que tenía a mano. Además, un millón en billetes pesa casi ocho kilos. ¿Quieres que carguemos con cien kilos y pico?

—Pero si sois unos machotes. Seguro que podéis —se mofa Kolya.

—Está todo ahí —gruñe Callum con impaciencia—. ¿Dónde está mi hermana?

—Justo detrás de ti —dice arrastrando las palabras.

Callum se vuelve y ve el cuerpecito de bailarina de la chica que hay en el templo, con la bolsa todavía sobre la cabeza.

—Más os vale que no tenga ni un arañazo —amenaza.

—Está en el mismo estado que cuando la secuestré —promete Kolya.

—¿Cuando la secuestraste? —sisea Callum—. ¿Quieres decir cuando Mikolaj la secuestró? ¿Y dónde está él, a todo esto? Nunca pensé que fueras el chico de los recados, Kristoff.

Kolya se encoge de hombros y le da la última calada a su cigarro. Lanza la colilla al lago, creando ondas que se extienden desde la orilla por el agua en calma.

—Ese es el problema que tenéis los irlandeses —responde con tranquilidad—. Estáis rodeados de enemigos y no os da miedo ganaros más. Deberíais aprender a hacer amigos.

—No te haces amigos de las termitas que se cuelan en tus cimientos —dice Callum con frialdad.

Mi auricular se activa cuando Andrei masculla:

—Los Gallo están llegando.

—Es hora de irse —le digo a Kolya.

Frunce el ceño, está deseando pelearse con Callum. Y no le gusta aceptar órdenes de mí.

Pero quiere el dinero. Así que avisa a sus hombres, y estos recogen las bolsas de lona.

—Ya nos veremos —le dice Kolya a Callum.

—Tenlo por seguro —le espeta Callum.

Los rusos cogen el rescate y se alejan corriendo por la puerta principal.

Callum le dedica un gesto de asentimiento a Jack Du Pont, una orden silenciosa para que siga a los rusos. Callum se vuelve y corre en la dirección opuesta, hacia el templo.

Con tranquilidad, le ordeno a Marcel:

—Jack Du Pont va hacia ti. Deja pasar a los rusos. Luego rájale la garganta.

Observo a Callum atravesar las hierbas altas que hay a la orilla del lago y dirigirse a toda velocidad hacia el templo. Escucho lo que grita.

—¡Nessa, estoy aquí! ¿Estás bien?

Escucho su voz áspera y lo veo relajar los hombros cuando la chica se da la vuelta hacia él, con las manos todavía atadas a la espalda.

Dante y Nero Gallo llegan a tiempo para presenciar el encuentro. Dante lleva el rifle al hombro. Nero lo sigue de cerca, para cubrirle las espaldas. Se abren paso entre los árboles por el lado opuesto del templo.

Todos vemos a Callum retirar la bolsa de tela negra de la cabeza de la chica y dejar al descubierto el rostro aterrorizado de Serena Breglio.

El pelo recién teñido le cae liso sobre los hombros. Los rusos se han equivocado en eso; es un castaño oscuro y lodoso, pero estaba demasiado lejos como para que Callum se diera cuenta.

Los rusos la han secuestrado esta tarde, justo cuando salía de su piso en Magnolia Avenue. Les he dado la ropa de Nessa, que le queda perfectamente. Todas las bailarinas de ballet tienen el mismo tipo.

Tiene el rímel corrido por las mejillas tras pasarse horas llorando. Serena intenta decirle algo a Callum con la mordaza puesta.

La cara de Callum es una máscara de rabia y decepción. Si fuera una estrella, sería una supernova.

Abandona a la chica en el templo, sin tan siquiera molestarse en quitarle las ataduras. Dante Gallo se encarga de hacerlo.

Callum echa a correr hacia la puerta principal tratando de dar con los rusos.

Yo levanto mi rifle y observo a los hermanos Gallo por la mirilla.

Tengo a Dante a tiro. Está agachado sobre Serena para quitarle la mordaza de la boca. Se encuentra de espaldas a mí. Podría meterle una bala en la nuca y seccionarle la columna vertebral. Es el que apretó el gatillo y mató a Tymon. Podría acabar con él en este preciso instante.

Pero tengo otros planes para Dante.

Bajo el arma y rodeo el lago para seguir a Callum Griffin.

Oigo su aullido cuando descubre el cuerpo de su chófer. Fueron al colegio juntos, o eso me han dicho. Marcel le ha rajado el cuello a Jack Du Pont y lo ha dejado inerte, desangrándose sobre una tumba con forma de cruz.

Supongo que Callum va a tener que conducir él solito a partir de ahora.

—¿Vienes, jefe? —dice Andrei en mi oído.

—Sí, ya voy.

14

NESSA

Hoy han desaparecido todos los hombres de la casa.

No sé dónde se han metido. Pero me estoy acostumbrando tanto a los crujidos y lamentos de esta vieja mansión que noto cuando solo queda ese ruido ambiente, cuando cesan todas las pisadas, las puertas que se cierran, las conversaciones en polaco y las risas de hombre.

Klara sigue aquí. La oigo pasar la aspiradora y, más tarde, la escucho cantar mientras quita el polvo en la planta baja. Entonces es cuando tengo el convencimiento de que la Bestia no está; no cantaría si él estuviera presente.

Ya no cierran mi puerta con llave. Me dirijo lentamente a la planta baja para revisar las puertas por las que se sale de la casa. Esas están cerradas con pestillos de seguridad, incluida la del invernadero que da al jardín. No puedo salir sin una llave.

Es lo que esperaba. Pero eso me lleva a preguntarme: ¿dónde están las llaves? Todos los hombres deben de tener una. Seguramente Klara también.

Podría echarme encima de ella mientras pasa la aspiradora. Golpearla en la cabeza con un jarrón.

Me imagino haciéndolo, como un personaje en una película. Sé de sobra que nunca sería capaz.

No quiero hacerle daño a Klara. Se ha portado bien conmigo, tanto como le permiten. Me ha enseñado muchas palabras en polaco. Y me protege de Jonas. Una noche, cuando me fui a la cama, la escuché discutiendo con él en el pasillo. Él sonaba borracho, arrastraba las respuestas. Ella fue directa y contundente. No sé qué pensaba hacer Jonas, pero Klara no le dejó entrar en mi habitación. Dijo: «*Powiem Mikolaj!*», que estoy bastante segura de que significa «se lo diré a Mikolaj».

Si escapo cuando Klara debería estar vigilándome, podrían castigarla. Sé que aquí cortan dedos por cualquier cosa. No puedo permitir que se lo hagan a Klara.

Así que vuelvo al ala este con intención de buscar un libro nuevo en la biblioteca. He estado saqueando la salita de lectura de mi ala y la gran biblioteca de la planta baja.

Hay miles de libros que leer: ficción, no ficción, novelas clásicas y contemporáneas. La mayoría de los libros están en mi idioma, pero también hay novelas en francés, poesía en alemán y una copia del *Quijote* en su edición original en dos partes.

Alguien de esta casa está aumentando la colección, porque hay muchas traducciones al polaco y novelas de ese país, como *Lalka* y *Choucas*, que he leído en mis clases de Literatura.

Echo de menos ir mis clases de la universidad. También mis clases de baile. Se me hace raro pensar en mis compañeros paseando por el campus, estudiando y entregando trabajos como siempre, mientras yo estoy encerrada como si el tiempo se hubiera parado. Parece que llevo años aquí, aunque solo han pasado dos semanas.

Si esto se alarga, no podré ponerme al día. Suspenderé todo el semestre.

Por supuesto, si la Bestia me mata, dará igual que haya faltado a clase.

Curioseo los libros de la salita de lectura, pasando los dedos por los lomos llenos de polvo. *La edad de la inocencia, 1984, Trampa 22, La muñeca...*

Me detengo. *La muñeca* es la traducción de *Lalka*.
La saco de la estantería y ojeo las páginas. Luego me coloco el librito bajo el brazo y corro escaleras abajo hasta la biblioteca, donde busco en las estanterías la versión original en polaco. Aquí está... La edición de tapa dura de *Lalka*, con su encuadernación de cuero y las guardas de motivos florales. Ahora tengo el mismo libro en dos idiomas.

El corazón me late con fuerza por la carrera y por la emoción de lo que he encontrado. Me llevo los libros a mi habitación y me tumbo en la cama para examinarlos. Los coloco uno junto al otro y los abro por el primer capítulo:

> A principios de 1878, cuando la política mundial estaba ocupada con el tratado de San Stefano, la elección de un nuevo papa y la posibilidad de que se desatara una guerra en Europa, los empresarios y la intelligentsia de Varsovia que frecuentaban un lugar concreto de la Krakowskie Przedmieście estaban igualmente interesados en el futuro de la mercería de J. Mincel y S. Wokulski.

Ahí está: el mismo párrafo en inglés y en polaco. Puedo leer frase a frase e ir comparándolas. No es tan útil como un libro de texto, pero es lo mejor que puedo conseguir. Páginas y páginas de frases para comparar y aprender vocabulario y sintaxis.

El polaco es un idioma bastante jodido; eso ya lo sé por lo que he hablado con Klara. Algunos de los sonidos son tan parecidos que apenas puedo distinguirlos, como *ś* y *sz*. Eso sin mencionar que hacen uso de declinaciones y ordenan las palabras casi al contrario que en mi idioma.

Lo que sí tengo es tiempo infinito para estudiar.

Me quedo en la cama el resto del día, trabajando el primer capítulo del libro en ambos idiomas. Solo paro cuando me pican los ojos y me da vueltas la cabeza.

Justo cuando estoy cerrando los libros, Klara entra en mi habitación con la bandeja de la cena. Meto las novelas rápidamente debajo de la almohada, por si se da cuenta de lo que estoy tramando.

—*Dobry wieczór* —le digo.

«Buenas noches».

Ella me dedica una breve sonrisa mientras me deja la bandeja sobre la mesa.

—*Dobry wieczór* —me responde con mucha mejor pronunciación.

—¿Dónde está todo el mundo? —le pregunto en polaco.

En realidad, lo que digo es «*gdzie mężczyźni?*», es decir, «¿dónde hombres?», pero doy por hecho que entenderá la intención de la frase e ignorará que tengo la complejidad verbal de un cavernícola.

Klara me entiende perfectamente. Lanza una mirada de reojo a la puerta, como si pensara que van a aparecer en cualquier momento. Entonces niega con la cabeza.

—*Nie wiem.*

«No lo sé».

Es posible que de verdad no lo sepa. Dudo que Mikolaj comparta su horario con su criada. Pero Klara es lista. Estoy convencida de que sabe mucho más de lo que sucede por aquí de lo que los hombres imaginan. Simplemente no quiere decírmelo. Porque es inútil. Porque nos meterá en problemas.

Me siento delante de la bandeja, que, como siempre, tiene mucha más comida de la que puedo comer. Hay pollo asado al romero, patatas al limón, *broccolini* salteados, rollitos de primavera y un platito con lo que parece el postre.

La comida siempre es maravillosa. Señalo la bandeja y digo:
—*Ty robisz?*
«¿Haces tú?».
Klara asiente.
—*Tak.*
«Sí».
Saber que Klara dedica tanto tiempo a cocinar la comida me hace sentir culpable por todas las veces que me negué a comer.
—Tu comida es increíble —le digo en mi idioma—. Deberías ser chef.
Klara se encoge de hombros y se ruboriza. No le gusta que le eche piropos.
—Me recuerdas a Alfred —le comento—. ¿Sabes quién es Alfred, de *Batman*? Se le da bien todo. Como a ti.
La sonrisa de Klara es como la de la Mona Lisa, inescrutable pero contenta, o eso espero.
—*Co to jest?* —le pregunto señalando el postre. Parece un crepe enrollado y espolvoreado con azúcar glas.
—*Nalesniki* —responde ella.
Corto un trozo, aunque todavía no he terminado de cenar. Sí que sabe a crep, pero dentro tiene una especie de crema de queso dulce. En realidad, es mejor que cualquier crep que haya probado. Es más denso y sabroso.
—*Pyszne!* —le digo con entusiasmo.
«¡Delicioso!».
Klara sonríe.
—*Mój ulubiony* —responde.
«Es mi favorito».
Cuando termino de comer, busco mi bodi. Quiero cambiarme de ropa para entrenar un poco antes de irme a la cama.

Lo encuentro limpio y doblado dentro de la cómoda. Pero no veo el resto de mi ropa: la sudadera, los vaqueros o los zapatos.

—*Gdzie są moje ubrania?* —le pregunto a Klara.

Esta se ruboriza y evita mirarme a los ojos.

—*Jest dużo ubrań* —responde señalando el armario y la cómoda.

«Ahí tienes ropa de sobra».

Qué raro. ¿Por qué se ha llevado mi ropa?

Bueno, no importa. Lo que necesito es el bodi.

Ojalá tuviera puntas de ballet. Bailar descalza está bien, pero no puedo practicar todos los movimientos que querría. También necesito un espacio mejor.

Una vez que me he cambiado de ropa, me doy un paseo por mi ala en busca de una sala de baile que me venga mejor. Nadie entra en el ala este salvo Klara y yo. Lo considero un espacio privado propio, aunque Mikolaj nunca ha dicho expresamente que pudiera usar el resto de las habitaciones.

Después de examinar todos los cuartos, creo que la sala de pintura es la mejor. Tiene más luz natural y pocos muebles que estorben.

Paso como una hora moviendo cosas para que me sirva. Arrastro sillas y mesas a un lado de la habitación y, después, enrollo las alfombras antiguas y dejo a la vista los suelos de madera. Apilo los caballetes y los lienzos vacíos y tiro todos los materiales de pintura porque, total, la mayoría ya se han echado a perder (botes de pintura seca, pinceles secos y cabos de carboncillo).

Ahora sí que tengo espacio de sobra. Pero me falta lo más importante.

Bajo en busca de Klara. Está en la cocina, desinfectando la encimera. Lleva guantes que le protegen las manos, pero sé que la piel se le seca con todo el trabajo que hace por la casa. No es culpa suya que siga estando lleno de polvo y sea un sitio lúgubre, es demasiado trabajo para una sola persona. Se necesitaría un ejército para mantener limpio este sitio. Sobre todo, cuando los idiotas como Jonas vuelven a ensuciarlo todo.

—Klara —digo desde la puerta—. *Potrzebuję muzyki.*

«Necesito música».

Da un respingo y frunce un poco el ceño.

Al principio, creo que le ha molestado que la interrumpa, pero luego me doy cuenta de que solo está pensando.

Un minuto después, se quita los guantes y dice:

—*Chodź ze mną.*

«Ven conmigo».

La sigo al salir de la cocina, por la sala de billar y hasta subir unas escaleras secundarias que conducen a una parte de la casa que no había visto. Esta zona es sencilla y agobiante; seguramente albergara en su día los aposentos de los criados.

Klara me lleva hasta el desván, que ocupa toda la parte central de la casa. Es un espacio enorme, lleno de montañas de cajas y muebles viejos apilados. También parece ser el hogar de la mitad de las arañas del estado de Illinois. Las telarañas se extienden como mantas del suelo al techo. Klara se abre paso, impaciente. Yo la sigo a una distancia prudencial, no quiero conocer a ningún arácnido con esa ética laboral tan concienzuda.

Klara rebusca entre las cajas. Espero que sepa lo que está buscando, porque podríamos pasarnos aquí cientos de años sin llegar a revisarlo todo. Veo vestidos de novia amarillentos, montones de fotografías antiguas, mantitas hechas a mano y zapatos de cuero desgastado.

Hay una caja llena de vestidos de los años veinte, con cuentas, plumas y pliegues. Para la persona correcta, deben de valer una fortuna. En mi opinión, deberían estar exhibiéndose en un museo.

—Espera —le digo a Klara—. Echemos un vistazo a esto.

Klara deja de buscar, mientras yo me dedico a abrir la caja de los vestidos y a sacarlos de sus envoltorios de papel.

No puedo creer lo pesados y detallados que son estos vestidos. Parecen hechos a mano, cada uno representa cientos de horas de trabajo. Las telas no se parecen en nada a lo que encontramos actualmente en las tiendas.

—Vamos a probarnos alguno —le digo a Klara.

Toca la falda con flecos de uno de los vestidos. Sé que a ella le parecen tan fascinantes como a mí, pero no le gusta romper las normas. Los vestidos están en la casa, por lo que pertenecen a la Bestia.

A mí me importa un carajo a quién pertenezcan. Voy a ponerme uno.

Saco un vestido de terciopelo azul con unas mangas largas de mariposa. El pronunciado escote en V baja casi hasta la cintura, ceñida por un cinturón enjoyado. Me lo pongo encima del bodi, impresionada de lo mucho que pesa. Me siento como una emperatriz, como si tuviera una sirvienta que me lleva la cola del vestido.

Klara contempla el traje con los ojos como platos. Sé que también quiere probarse uno.

—Venga —la animo—. No nos verá nadie.

Mordiéndose el labio, toma una decisión. Se quita el uniforme de criada en un abrir y cerrar de ojos. Si hay alguna prueba de que Mikolaj es un monstruo es que la obliga a llevar esa cosa espantosa todos los días. Parece incómodo y debe de dar mucho calor.

Lo cierto es que Klara tiene una bonita figura. Está en forma y es fuerte, seguramente de levantar peso y fregar todo el puto día.

Saca un vestido largo de color negro con cuentas plateadas en el corpiño. Se mete dentro y yo le subo la cremallera de la espalda. Luego se gira para que admire el resultado al completo.

Es una absoluta preciosidad. El vestido tiene un corpiño casi transparente, una malla negra y fina con lunas y estrellas bordadas en hilo de color plata en la zona del pecho. Un cinturón largo y plateado, con un parte colgante, le ciñe el talle como si se tratase de una túnica medieval. Con ese pelo tan negro y esos ojos tan oscuros, Klara parece una hechicera.

—Madre mía —exclamo sorprendida—. Estás guapísima.

Llevo a Klara hasta un espejo viejo y lleno de polvo que hay apoyado en la pared. Lo limpio con las manos para que vea claramente su reflejo.

Klara se contempla a sí misma con la misma fascinación.

—*Kto to jest?* —dice en voz baja.

«¿Quién es esa?».

—Eres tú —digo riendo—. Eres mágica.

Mi vestido es bonito, pero el de Klara está hecho para ella. Jamás ha existido una prenda que le quedara mejor a alguien. Es como si la costurera hubiera buscado su musa a cien años vista.

—Tienes que quedártelo —le digo a Klara—. Llévatelo a casa. Nadie sabe que está aquí.

Lo digo en mi idioma, pero Klara entiende la intención. Niega con la cabeza mientras intenta bajarse la cremallera.

—*Nie, nie* —responde estirándose por detrás—. *Zdejmij to.*

«Quítamelo».

La ayudo con la cremallera para que no se rompa la tela. Sale del vestido y lo dobla rápidamente para devolverlo a la caja.

—*To nie dla mnie* —dice sacudiendo la cabeza.

«No es para mí».

Sé que nada de lo que le diga la convencerá de lo contrario.

Es una tragedia pensar que ese vestido se pudrirá aquí en el desván sin que nadie le dé uso ni lo quiera tanto como lo haría

Klara. Pero entiendo que nunca podría disfrutarlo, estaría demasiado preocupada de que Mikolaj lo descubriera. Además, ¿en qué ocasión podría lucirlo? Por lo que he visto, siempre está aquí.

Devolvemos los vestidos a la caja. Acto seguido, Klara se vuelve a poner el uniforme, que ahora pica más y le da más calor que nunca en comparación con el hermoso vestido. Rebusca entre una decena de cajas más hasta que por fin encuentra la que estaba buscando.

—*Tam!* —exclama alegremente.

Arrastra la caja y la deja en mis brazos. Pesa tanto que me tambaleo al cogerla. Cuando levanta la tapa, veo un montón de fundas largas y de colores. Es una caja con discos antiguos.

—¿Hay un tocadiscos?

Asiente.

—*Na dół.*

«Abajo».

Mientras llevo los discos hasta la antigua sala de dibujo, Klara trae el tocadiscos. Lo coloca en un rincón de la habitación, sobre una de las mesitas que he empujado contra las paredes. El tocadiscos es tan viejo como los vinilos, hasta tiene más polvo. Klara ha de limpiarlo con una bayeta húmeda. Cuando lo conecta al enchufe para ver si el plato gira, ninguna de las dos confiamos en que funcione.

Saco uno de los discos de su funda protectora. Klara lo coloca con cuidado en el plato y pone la aguja encima. Se oye un sonido estático desagradable y entonces, para nuestro regocijo y sorpresa, empieza a sonar «All I Have to Do Is Dream» de los Everly Brothers.

Las dos empezamos a reírnos con las caras y las manos sucias del polvo del desván, aunque nuestras sonrisas son más resplandecientes que nunca.

—*Proszę bardzo. Muzyka* —dice Klara.

«Ahí lo tienes: música».

—*Dziękuję Ci, Klara* —respondo.

«Gracias, Klara».

Me sonríe y encoge sus hombros finos.

Cuando se va, ojeo los vinilos que hay en la caja. La mayoría son de los años cincuenta y los sesenta, que no es lo que suelo bailar, pero cualquier cosa es mejor que el silencio.

También hay algunos LP de música clásica, de compositores que no he escuchado nunca. Pongo algunos discos en busca de alguno que encaje con mi humor.

Normalmente me inclino por la música alegre y animada. Taylor Swift es mi cantante favorita desde hace una década.

No hay nada que se le parezca en la caja. Muchos de los cantantes ni los reconozco.

Hay uno que me llama la atención: una simple rosa blanca sobre un fondo negro. El nombre del compositor es Egelsei.

Saco el disco y pongo la aguja en su sitio.

Esta música no se parece a nada que yo haya escuchado antes. Es perturbadora, disonante…, pero fascinante. Me recuerda a esta vieja mansión crujiendo en la noche. A Klara en su vestido de bruja reflejada en un espejo lleno de polvo. A una chica sentada a una larga mesa iluminada por velas, delante de una Bestia.

Me recuerda a cuentos de hadas, oscuros y terroríficos. Pero también embaucadores. Llenos de aventuras, peligros y magia.

Mis ballets favoritos siempre han sido los que se basan en cuentos de hadas. *Cenicienta, El cascanueces, La Bella Durmiente, La flor de piedra, El lago de los cisnes…*

Siempre he deseado que existiera un ballet de mi cuento de hadas preferido de todos: *La Bella y la Bestia.*

¿Por qué no existe?

Debería crearlo.

Coreografié cuatro canciones para Jackson Wright.

Podría crear un ballet completo si quisiera, de principio a fin. Un ballet oscuro y gótico, aterrador y bello, como esta casa. Podría coger todo lo que me aterra y todo lo que me fascina para crear un baile. Sería una puta pasada. Más auténtico que cualquier cosa que haya hecho.

Jackson dijo que a mi trabajo le faltaba emoción. Tal vez tuviera razón. ¿Qué he sentido anteriormente?

Ahora sí siento cosas, todo tipo de cosas. He sentido más emociones en estas dos semanas de cautividad que en toda mi vida.

Le subo el volumen al tocadiscos y empiezo a coreografiar mi ballet.

15

MIKO

Cuando vuelvo a casa del cementerio, espero encontrarme la mansión a oscuras y en silencio.

En cambio, cuando entro al vestíbulo principal, escucho una música distante en el ala este.

Nessa no debería tener música. No puede tener móvil, ordenador ni tampoco radio. Aun así, escucho el sonido inconfundible del piano y el chelo y los golpecitos sordos de sus pies descalzos sobre el suelo de arriba.

Como un anzuelo en la boca de una trucha, me atrapa y tira de mí escaleras arriba, antes de que tome la decisión consciente de moverme. Sigo el hilo del sonido, que no mana de la habitación de Nessa, sino de la sala donde la hija del barón solía exhibir sus acuarelas.

Cuando llego a la puerta abierta, me detengo y observo.

Nessa está bailando como nunca la había visto. Da vueltas una y otra vez, apoyando el pie levantado en la pierna que está sobre el suelo, extendiendo los brazos para luego rodearse el cuerpo con fuerza y girar aún más rápido.

Parece una patinadora artística, como si el suelo fuera hielo. Nunca he visto a nadie moverse con tanta ligereza.

Está empapada de sudor. El bodi rosa palo está tan mojado que veo todo lo que hay debajo como si estuviera totalmente desnuda.

El pelo se le ha salido del moño apretado, y unos mechones húmedos se le pegan a la cara y al cuello.

Aun así, sigue girando cada vez más rápido, dando saltos por la sala, cayendo al suelo, rodando y volviendo a saltar.

Entiendo que está representando algo, una escena. Parece que está huyendo, mirando por encima del hombro. Luego se detiene, vuelve adonde ha empezado y baila lo mismo otra vez.

Está entrenando. No, no es cierto... Está creando algo. Refinándolo.

Está coreografiando un baile.

Para y empieza de nuevo.

Esta vez hace una parte diferente. Esta vez es el perseguidor que va tras la bailarina invisible por el escenario. Se supone que es un dueto, pero, como está sola, está haciendo los dos papeles.

Ojalá pudiera ver lo que está viendo en su cabeza.

Yo solo capto algunos trozos. Lo que veo es emotivo, cargado de intensidad. Pero solo es una chica en una sala vacía; ella está viendo un mundo entero a su alrededor.

Es fascinante. La observo mientras repite la actuación una y otra vez, a veces como cazador, otras como presa. A veces hace lo mismo que ha hecho antes y, en ocasiones, introduce ligeros cambios.

El disco acaba y ambos volvemos a la realidad con un respingo.

Nessa está jadeando, exhausta.

Yo estoy plantado en el marco de la puerta sin saber cuánto tiempo ha pasado.

Ella alza la vista y me ve. Se queda petrificada y se lleva la mano a la boca.

—Como si estuvieras en tu casa —comento.

Ha apartado todos los muebles a los lados de la habitación y ha enrollado las alfombras. Mira con culpa el suelo desnudo.

—Necesitaba espacio para bailar.

Su voz suena como un graznido. Tiene la garganta seca de haber estado bailando tanto tiempo.

—¿Qué estabas haciendo? —le pregunto.

—Es... algo que estoy pensando.

—¿El qué?

—Un ballet.

—Eso ya lo veo —respondo en tono seco—. ¿De qué trata?

—Es un cuento de hadas —susurra.

Cómo no. Qué infantil es.

Pero el baile no era infantil. Era cautivador.

El tocadiscos está haciendo ese sonido vacío y repetitivo que indica que se han acabado las canciones. La aguja roza el vinilo liso. Cruzo la habitación, levanto el brazo y le doy al interruptor para que el disco deje de girar.

—¿De dónde has sacado esto?

—Lo... Lo he encontrado —responde.

Qué mal se le da mentir. Es evidente que se lo ha dado Klara. Eran las únicas personas que había en la casa.

Sospechaba que Klara se estaba encariñando con nuestra prisionera. Es un problema que no sé cómo arreglar. Sé que a cualquiera con corazón le resultará imposible ignorar a la dulce y pequeña Nessa. Pero no confío en que ninguno de mis hombres sepa cuidarla. Es demasiado guapa. Ya les cuesta trabajo dejar en paz a Klara, hasta cuando lleva ese uniforme hortera.

La inocente Nessa con ese bodi y esos pantaloncitos cortos es una tentación demasiado grande. He tenido que prohibir a mis hombres que pongan un pie en su habitación. Aun así, sé que la miran cada vez que pasa. Sobre todo, Jonas.

Me dan ganas de arrancarles las pelotas.

Nessa es mi prisionera. Nadie puede tocarla, excepto yo.

Una gota transparente de sudor resbala por su rostro, por un lateral de la garganta, luego por la clavícula, hasta desaparecer en el hueco entre sus pechos.

La sigo con la mirada. La tela traslúcida del bodi se le adhiere a los pechos redondos y pequeños. Veo la aureola fruncida y los pezoncillos duros que apuntan ligeramente hacia arriba. No son rosas tal como yo pensaba, sino de un marrón claro, como las pecas de sus mejillas. Son tan sensibles que se le endurecen ante mis ojos por el simple hecho de mirarla.

Sigo bajando con los ojos. Veo las líneas que se alargan hasta su vientre plano y la hendidura de su ombligo. Después, más abajo, el delta de su coño y hasta el relieve de sus labios vaginales, tan húmedos de sudor como el resto de su cuerpo.

Por encima de todo, huelo su aroma. Huelo el jabón, el sudor. Y hasta su dulce coñito, un olor suave y almizclado.

Me está volviendo loco, joder.

Las pupilas se me han dilatado tanto que veo cada detalle de su cuerpo: las gotitas de sudor sobre el labio, las manchitas oscuras en sus ojos verdes, el vello erizado de sus brazos, los músculos temblorosos de los muslos.

Siento como si llevara cien años durmiendo y, de repente, en este instante, estuviera totalmente despierto. Mi polla se rebela en mis pantalones, más dura que en toda mi vida; rígida, palpitante, deseando salir.

Deseo a esta chica. La deseo aquí, ahora, inmediatamente.

La deseo como no he deseado a ninguna otra mujer. Quiero besarla y follármela y comérmela viva.

Ella lo ve en mi expresión. Tiene los ojos abiertos como platos, no parpadea. Está clavada en el sitio.

La cojo por el pelo sudado y le echo la cabeza hacia atrás, dejando a la vista esa garganta larga y pálida.

Le paso la lengua por el cuello y lamo su sudor. Es transparente y salado, una explosión en mi lengua. Es mejor que el caviar. Me lo trago.

Luego la beso. Tiene los labios secos de tanto bailar. Relamo esos labios y saboreo su piel salada. Le meto la lengua en la boca y lamo cada centímetro de ella también: dientes, lengua, paladar. Inhalo su olor y su sabor. Le follo la boca con la lengua.

Al principio, se queda petrificada en mis brazos, tensa y rígida. Entonces, sorprendentemente, responde a mis actos. Me devuelve el beso, sin habilidad ni estilo, pero con una voracidad que casi iguala la mía.

Estamos pegados el uno al otro; le clavo los dedos en la piel, y ella me agarra la tela de la camiseta con las manos.

No sé cuánto tiempo nos pasamos así.

Nos separamos, mirándonos el uno al otro, ambos confundidos por lo que acaba de pasar.

Tiene sangre en el labio. La saboreo en mi boca. No sé si ella me ha mordido o yo a ella.

Se toca el labio y observa el punto reluciente de sangre que tiene en la punta del dedo. Luego se vuelve y sale corriendo de la habitación como si yo fuera a perseguirla.

No voy a seguirla. Estoy demasiado estupefacto para hacerlo.

La he besado. ¿Por qué cojones la he besado?

No tenía ni la más mínima intención de besar ni de tocar a Nessa.

De todas las cosas malas que he hecho en la vida, y son muchas, jamás he violado a una mujer. Es lo único que no haría.

¿Entonces por qué la he besado?

Es guapa. Pero hay miles de mujeres guapas en el mundo.

Es inocente. Pero yo odio esa puta inocencia.

Tiene talento. ¿Pero de qué sirve el baile en un mundo lleno de asesinos y ladrones?

Saco el móvil, me siento obligado a ver qué hace; es una necesidad que me invade cada vez más a menudo.

Accedo a la cámara de su habitación. Solo hay una, que apunta a la cama. No veo qué hace en el váter o en la ducha; no soy tan depravado.

Por supuesto, está tumbada en la cama boca abajo. Pero no está llorando, tal como yo esperaba.

No, no. Está haciendo una cosa muy distinta.

Tiene la mano entre los muslos y se está tocando a sí misma. Se está acariciando ese coñito dulce con los dedos mientras embiste la cama con las caderas. Sigue con el bodi puesto. Veo los músculos redondos de sus nalgas marcarse cada vez que mueve las caderas.

Joder. Se me va a salir el corazón. No puedo apartar la vista de la pantalla. La imagen está en blanco y negro, pero la veo claramente.

Veo que se pone una almohada entre las piernas y se monta encima, para cabalgar la almohada en vez de tocarse con su mano. La sujeta entre los muslos y se agarra a las sábanas, montando la almohada como si tuviera un hombre debajo.

Sin darme cuenta, me he sacado la polla de los pantalones. La sujeto con una mano, el móvil en la otra. Tengo los ojos clavados en la pantalla. No podría apartar la vista ni aunque mi vida dependiera de ello.

Contemplo a Nessa cabalgar la almohada. Tiene rígidos todos los músculos de su esbelto cuerpo. Aprieta tanto como puede los hombros, el pecho, el culo, los muslos. Echa la cabeza hacia atrás y cierra los ojos. Hasta en blanco y negro veo cómo se le ruborizan las mejillas.

Abre la boca cuando está a punto de correrse. Veo ese gemido largo y silencioso.

Yo me corro en la mano al mismo tiempo. Descarga tras descarga de semen, sincronizadas con el movimiento de caderas de Nessa. Ni siquiera he tenido que acariciarme.

Se me doblan las rodillas. Me sujeto con fuerza la polla e intento no gemir. Es un orgasmo desgarrador. Me está succionando la vida.

Aun así, sigo mirando fijamente la pantalla, los rasgos delicados de Nessa, su cuerpo esbelto. Por fin se está relajando y se deja caer de nuevo boca abajo sobre la cama.

No puedo apartar los ojos de ella. Cada línea de su cuerpo está grabada a fuego en mis retinas, desde los mechones de cabello empapado de sudor hasta los omóplatos frágiles, pasando por sus largas piernas.

No puedo dejar de mirarla.

16

NESSA

Me despierto por la mañana pegajosa, sudada y avergonzada hasta las trancas.

Los recuerdos que se arremolinan en mi cabeza son pesadillas. Deben de serlo.

Es imposible que mi primer beso haya sido con mi secuestrador, por el amor de Dios.

No puede ser que sea tan estúpida.

¡Y encima me masturbé después!

Me arde la cara de vergüenza cada vez que lo recuerdo. Volví corriendo a mi habitación con intención de esconderme. Pero estaba agitada, alterada, deseando algo. Y, cuando puse la mano ahí un solo segundo, me sentí tan bien que parecía que iba a derretirme. Sentí placer, alivio y desesperación por seguir tocándome, todo al mismo tiempo.

Y ese orgasmo...

Madre mía. Si cogiera todas las veces que me he tocado antes, las mezclara en la batidora y las multiplicara por diez, no se acercaría ni lo más mínimo a lo que experimenté ayer.

Es una locura, es imposible, así que no creo que haya sucedido de verdad.

Me sigo diciendo eso a mí misma mientras me meto en la ducha, me quito el asqueroso bodi y me enjabono durante lo que se me antoja una hora. Me froto cada centímetro de piel para intentar deshacerme de la sensación que no dejo de sentir: cuando me agarró del pelo con las manos. El sabor a sal y cigarrillos, y a cítricos y sangre, de su boca. La sorprendente calidez de sus labios. Y la forma en que me lamió el cuello con la lengua, prendiendo fuego a todas las neuronas de mi cerebro como si fueran fuegos artificiales.

¡No, no, NO!

Lo odio. No me gustó nada de eso. Fue terrible y una barbaridad, y no volverá a pasar.

Salgo de la ducha, me envuelvo en una toalla y paso la palma de la mano por el espejo empañado. Mi propia cara sorprendida me devuelve la mirada, tengo los labios hinchados y una mirada culpable.

Cojo el cepillo de dientes y me froto la boca con vigor, como si quisiera quitarme su sabor.

Cuando salgo del baño, Klara está junto a mi cama. Suelto un chillido.

—*Dzień dobry!* —exclama con alegría.

—Hola —respondo con sequedad, demasiado deprimida para devolverle el entusiasmo.

Ella frunce los labios y me mira de arriba abajo. Después de que ayer creáramos el estudio de baile perfecto, seguramente esperaba encontrarme más contenta.

—*Popatrz!* —dice señalando la cama.

«¡Mira!».

Ya me ha hecho la cama, las mantas estiradas y remetidas como siempre. Ha extendido una decena de prendas de ballet sobre la cama: bodis, medias, calentadores, calcetines y dos pares de puntas nuevas.

No se trata de una ropa cualquiera, son bodis Yumiko y puntas Grishko. Los calentadores son de la última colección de Elevé. Esta ropa es mejor que la que tengo en el armario de mi casa. Cuando cojo las puntas, veo que son de mi talla.

—¿De dónde ha salido esto? —le pregunto a Klara con un hilo de voz—. ¿Lo has comprado tú?

Se limita a encogerse de hombros y a sonreír.

Es posible que ella lo haya elegido, pero no creo que lo haya pagado. Tampoco querría que lo hiciera, porque dudo que gane mucho dinero. Pero la alternativa es peor. ¿Mikolaj le ha pedido que compre todo esto? ¿Porque dejé que me besara?

Siento un escalofrío. Quiero quitarlo todo de la cama y tirarlo a la basura.

Pero no puedo hacer eso. Klara parece encantada, esperanzada.

Supongo que pensaba que yo me emocionaría al poder llevar algo mejor que mi bodi, que cada vez está más deshecho.

—Gracias, Klara —digo con una sonrisa forzada, aunque se me forma un nudo en el estómago.

Estoy muy confundida. En un momento creo que la Bestia va a matarme y, un instante después, me compra regalos. No sé qué es peor.

Klara me hace un gesto para que me ponga uno de los conjuntos. Dios, es que no quiero.

—*Tutaj* —dice cuando elige uno.

Es un bodi de color lavanda con la espalda descubierta, unos calentadores grises y un top corto a juego. Es muy bonito. Y de mi talla.

Me lo pongo y aprecio la tela fina y elástica, lo nuevo que es y lo bien que me queda todo.

Klara da un paso atrás y sonríe con satisfacción.

—Gracias —le digo de nuevo, esta vez con más sentimiento.

—*Oczywiście* —responde.

«De nada».

Me ha traído el desayuno; gachas de avena, fresas y yogur griego, también café y té. Cuando termino de comer, voy directa al estudio para ponerme a trabajar.

Jamás he sentido tantas ganas de empezar con un proyecto. Lejos de arruinarlo con su interrupción, Mikolaj me ha dado más ideas todavía. No quiero decir que me ha inspirado, pero sin duda ha despertado ciertas emociones que puedo utilizar en la obra. Miedo, confusión, angustia y tal vez... un poco de excitación.

No me atrae. En absoluto. Es un monstruo, y no como el resto de los mafiosos. En mi familia puede que sean criminales, pero no son violentos, a menos que no les quede otra. Hacemos lo que sea necesario para salir adelante en este mundillo, pero no hacemos daño a nadie. Mikolaj disfruta haciéndome sufrir. Está amargado y resentido. Quiere matar a todos los que quiero.

Jamás podría sentirme atraída por alguien así.

Lo que sucedió anoche solo fue una consecuencia de llevar semanas encerrada aquí dentro. Una especie de síndrome de Estocolmo retorcido.

Cuando algún día me eche novio (cuando tenga tiempo y conozca a alguien decente), será una persona dulce que me complemente. Me traerá flores y me aguantará la puerta al pasar. No me asustará hasta la médula ni me atacará con un beso que me haga sentir que me está comiendo viva.

En eso estoy pensando cuando pongo de nuevo el disco en el tocadiscos y coloco la aguja en su sitio.

Pero, en cuanto empieza de nuevo esa música espeluznante y gótica, mi mente empieza a vagar en otra dirección.

Me imagino a una chica caminando por el bosque. Llega a un castillo. Abre la puerta y se aventura al interior.

Tiene hambre, mucha hambre. Así que, cuando encuentra un comedor con la mesa puesta, se sienta a comer.

Pero no está sola en la mesa.

Delante tiene un monstruo.

Un monstruo de piel moteada. Dientes afilados y garras. Unos ojos claros, como esquirlas de hielo ártico.

Es un lobo y un hombre a la vez. Y tiene un hambre voraz. Pero no de lo que hay sobre la mesa...

Trabajo toda la mañana hasta la hora del almuerzo. Klara me deja una bandeja en mi nuevo estudio. Me olvido de ella hasta que la sopa de pollo se queda fría.

Después de comer, dedico un rato a estudiar mi copia de *Lalka* y, después, planeo dar un paseo por los jardines. Cuando atravieso la planta baja de la casa, escucho la inconfundible voz de Mikolaj.

Siento un escalofrío por todo el cuerpo.

Antes de saber qué estoy haciendo, ralentizo el paso para escucharlo. Está caminando por el pasillo en mi dirección, pero aún no me ha visto. Lo acompañan Mikolaj y el chico de pelo moreno y sonrisa agradable, Marcel.

Cada vez entiendo mejor lo que dicen. De hecho, las siguientes frases que pronuncian son tan simples que las comprendo perfectamente.

—*Rosjanie są szczęśliwi* —dice Marcel.

«Los rusos están contentos».

—*Oczywiście że są* —replica Mikolaj—. *Dwie rzeczy sprawiają, że Rosjanie są szczęśliwi. Pieniądze i wódka.*

«Claro que sí. Dos cosas hacen felices a los rusos: el dinero y el vodka».

Mikolaj me ve y frena en seco. Deja resbalar la mirada por mi ropa nueva. Creo ver el atisbo de una sonrisa en sus labios. Lo detesto profundamente.

—¿Has terminado de trabajar por hoy? —pregunta con educación.

—Sí.

—Ahora déjame adivinar... Un paseo por el jardín.

Me molesta que crea que soy tan predecible. Cree que me conoce.

Me gustaría preguntarle cuánto dinero le ha dado a los rusos, solo para ver qué cara pone. Quiero demostrarle que no sabe todo lo que pasa por mi cabeza.

Pero eso sería una estupidez. Aprender su idioma en secreto es una de las pocas armas que poseo. No puedo delatarme así como así. Tengo que usarla en el momento oportuno, cuando sirva de algo.

Por eso me obligo a sonreír y digo:

—Así es. —Cuando los otros dos hombres me dejan atrás, añado—: Gracias por la ropa nueva, Mikolaj.

Me percato del destello de sorpresa en la expresión de Marcel. Está tan impresionado como yo de que mi secuestrador me esté comprando regalos.

A la Bestia no le importa una mierda lo que pensemos nosotros.

Se limita a encogerse de hombros.

—La antigua estaba asquerosa.

Luego sigue caminando como si yo no existiera.

Bien. Me da igual que me ignore. Siempre y cuando no ponga las manos donde no debe.

17

MIKO

Es extraño estudiar a los hombres a los que quieres matar.
Los observas, los sigues, lo aprendes todo sobre ellos.
De alguna forma, tienes con ellos una relación más cercana que la que mantienen con sus propias familias.
Descubres cosas que ni siquiera su familia sabe. Ves su hábito de apostar, sus amantes, sus hijos ilegítimos, lo mucho que les gusta dar de comer a las palomas en Lincoln Park.
No es fácil seguir a Dante Gallo ni descubrir cosas sobre él.
Al ser el hijo mayor de los Gallo, es el que tuvo más tiempo para aprender de Enzo Gallo. Es el típico hermano mayor: un líder disciplinado y responsable.
También es precavido como un gato. Parece percibir cualquier cosa que se salga de lo habitual y siempre sabe cuándo lo están observando. Debe de ser por el entrenamiento militar. Dicen que sirvió seis años en Irak, algo inusual para un mafioso. No son patriotas. Su lealtad reside en su familia, no en su país.
Tal vez Enzo quería convertirlo en el soldado perfecto. O tal vez fuera una rebelión de juventud por parte de Dante. Lo único que sé es que es complicadísimo encontrar sus puntos débiles.
No sigue un horario establecido. Casi nunca va a ninguna parte solo. Y, hasta donde yo sé, no tiene ningún vicio.
Por supuesto, no creo que eso sea verdad. Nadie es tan estricto.

Es evidente que siente debilidad por sus hermanos. Si no está trabajando, está pendiente de ellos.

Se ocupa de la mayor parte de los negocios de su padre. Se encarga de mantener a Nero Gallo alejado de líos serios; una tarea digna de Sísifo que parece tan variada como interminable, ya que Nero es creativo a la par que desalmado. En una semana, Nero se mete en una pelea a navajazos a las puertas del Prysm, estrella su Bel Air vintage en Grand Avenue y seduce a la mujer de un mafioso vietnamita especialmente desagradable.

Dante suaviza todas esas indiscreciones y, al mismo tiempo, visita a su hermano pequeño en la universidad y a su hermana, Aida, en el despacho del concejal.

Qué ocupado está nuestro Dante.

No tiene tiempo de tomarse una cerveza en el bar. No parece tener novia, novio ni puta favorita.

Su única afición es ir al campo de tiro. Va allí tres veces por semana para practicar la habilidad que, al parecer, le sirvió para asesinar a sesenta y siete personas desde Fallujah a Mosul.

Supongo que por eso le acertó tres veces en el pecho a Tymon. La práctica hace al maestro.

Ahora que he matado dos pájaros de un tiro, es decir, extorsionar a los Griffin y pagar a los rusos, me gustaría hacer lo mismo con Dante. Me encantaría joderle la vida mientras elimino a otro enemigo al mismo tiempo.

Así que, la siguiente vez que Dante va al campo de tiro, le pido a Andrei que le robe la Beretta de la bolsa. Es un arma de servicio antigua, una de las pocas que sé con certeza que ha comprado y tiene registrada a su nombre.

Lo siguiente es algo más complicado. Dante es demasiado listo para caer en una emboscada. Así que tengo que llevar la emboscada a él.

Puede que no sea amiguito del comisario de policía como Fergus Griffin, pero tengo dos polis en nómina, los agentes Hernández y O'Malley. El primero nunca tiene suficiente dinero para apostar por los Chicago Cubs, el otro ha de pasar pensión alimenticia a tres mujeres distintas.

Les pido que aparquen el coche patrulla a una manzana de la casa de los Gallo, en pleno centro histórico. Allí esperan cada noche durante una semana. Hasta que una noche, por fin, Enzo y Nero salen, y Dante se queda solo en casa.

Ahora entra el segundo pájaro.

Walton Miller es el responsable del Departamento de Negocios y Protección al Consumidor de Chicago, es decir, es el encargado de dar licencias para vender alcohol. O de rescindirlas cuando en su manita rechoncha no han plantado un soborno que le parezca adecuado.

Cada año se vuelve más y más codicioso, y me ha extorsionado para recibir cinco pagos distintos por mis bares y clubes de estriptis.

Miller se la tiene guardada a los Gallo. Los Gallo poseen dos restaurantes italianos y Dante no ha pagado el soborno de ninguno de los dos, a pesar de vender vino como para llenar el lago Michigan.

Le he pagado a Miller una cuantiosa suma por mis licencias para vender alcohol. Luego le he entregado una cartera llena de pruebas contra Dante Gallo, un montón de gilipolleces retocadas con Photoshop que parecen devoluciones ilegales de Hacienda.

Como es idiota, Miller va corriendo a la casa de los Gallo creyendo que conseguirá que Dante dé su brazo a torcer.

En circunstancias normales, sería Dante quien le retorcería el brazo a Miller (literalmente) hasta rompérselo. Luego le prendería fuego a esas pruebas y mandaría a Miller a casa con el rabo entre las piernas y habiendo entendido por qué nadie en la ciudad de Chicago es tan estúpido como para sobornar a Dante Gallo.

Eso es lo que debería suceder.

Pero a las 22.04 Miller llama a la puerta.

A las 22.05, Dante le deja pasar.

A las 22.06, una llamada anónima al 911 informa de disparos en el número 1540 de North Wieland Street.

A las 22.08, los agentes Hernández y O'Malley acuden a investigar, ya que son la patrulla más cercana al escenario del tiroteo.

A las 22.09, siguen los pasos de Miller y llaman a golpes a la casa de los Gallo. Dante abre la puerta. Intenta negarles la entrada sin una orden judicial, pero los agentes afirman tener motivos fundados. Los deja pasar de mala gana.

El resto me lo cuenta el agente Hernández en persona, más tarde esa misma noche, con su habitual desparpajo:

—Pues entramos en la casa y le echamos un vistazo mientras Gallo está ahí plantado con esos brazos petados cruzados en el pecho. Me dice: «¿Veis? No hay tiros en ninguna parte. Largaos de aquí». Miller estaba escondido en el comedor, más acojonado que una mierda. Así que le dije: «Venga usted aquí, señor», como si no supiera quién era. Sale al pasillo con los ojos desorbitados, no tiene ni idea de qué coño está pasando. Apuradísimo. Gallo sigue frío como un pepino, no suelta prenda.

»O'Malley dice: "¿De qué estaban hablando los señores?". Y Gallo suelta: "No es de tu incumbencia". Y Miller intenta poner alguna excusa, pero Gallo lo interrumpe y dice: "No respondas a sus preguntas". Entonces suelto yo: "Señor, ¿tiene algún arma encima?". Y Gallo dice que no. Así que digo: "Bien", y le apunto con la mía.

»Gallo me dice: "Cuidado, agente, no soy un niñato en una gasolinera. Si me metes un tiro en el pecho, no vas a poder alegar que fue en defensa propia". Entonces dice O'Malley: "No te preocupes, no hemos venido por ti". Y, dicho esto, descarga la mitad del cartucho de la Beretta en Miller.

»Miller cae sin decir ni pío, se queda con cara de tonto el tío. Es que ni se lo vio venir. O'Malley le da una patada en la pierna para asegurarse de que está muerto, y, efectivamente, Miller se ha quedado fiambre.

»Yo no dejo de mirar a Gallo todo el tiempo. Es como una piedra, tío, ni se inmuta. Pero, en cuanto ve la Beretta, la reconoce. Abre los ojos como platos, porque sabe que está jodido. Me mira a mí y veo que ya está poniendo el cerebro en marcha. Creía que se me iba a echar encima.

»Y O'Malley dice: "Ni se te ocurra. Me quedan cuatro tiros". Apunta a Gallo con el arma. Yo tengo la mía apuntándole en toda la cara.

»Frío como el hielo, Gallo nos dice: "¿Cuánto os pagan por esto?", y por supuesto yo no he dicho ni esta boquita es mía, jefe. Le respondo: "¿A ti qué coño te importa? No vas a salir de esta".

»Así que le ponemos las esposas a ese hijo de puta y O'Malley lo mete en el coche patrulla. Yo limpio la Beretta y se la pongo en las manos a Gallo mientras está esposado, para que deje unas cuantas huellas en el arma y le queden residuos en las manos. Me aseguro de que la escena del crimen esté perfecta y llamo a la comisaría. Todo ha salido a pedir de boca, jefe. Tal como lo planeamos.

Tal como lo planeé yo. Estos idiotas no sabrían ni rellenar un formulario de solicitud de empleo en el McDonald's sin ayuda.

—¿Dónde está ahora? —pregunto.

—¿Miller?

—No —digo con los dientes apretados—. Supongo que Miller está en la morgue. Me refiero a Dante Gallo.

—Ah, está en comisaría. Gallo ha llamado a Riona Griffin en cuanto ha llegado y ella ha intentado que lo soltáramos rápido, pero esta semana es el juez Pitz quien está llevando los casos y ha dicho que ni de coña, ni siquiera le ha puesto fianza. No le gustan mucho los Gallo. Así que, por lo pronto, Dante estará en el calabozo mientras investigamos este asunto, despacito y con buena letra.

Sonrío al imaginarme a Dante enervado en la cárcel, en una celda diminuta en la que apenas cabe su enorme cuerpo. Y a sus hermanos, todos ansiosos por desmadrarse ahora que su hermano mayor no está para mantenerlos a raya. Enzo se está haciendo mayor; Dante es el eje central que mantiene juntos a los Gallo. Se irán a la mierda sin él.

—¿Quiere que averigüe con quién comparte celda, jefe? —pregunta Hernández—. Puedo hacer que le den una buena patada en las costillas cuando usted quiera.

—No.

Dante se va a pudrir ahí, deprimido y furioso.

Cuando decida que le toca morir, no delegaré esa tarea a un gilipollas como Hernández.

Me gusta que Riona Griffin sea la que defienda a Gallo. Eso me da la oportunidad que mancharle las manos a ella también, aunque todo el mundo sabe que no se sacó la carrera de Derecho para hacer cumplir la ley.

Todo está desarrollándose a las mil maravillas.

Evidentemente, espero que haya algún ataque de mis enemigos. No van a aceptar estos golpes sin plantar cara.

Dicho y hecho, al día siguiente, los hombres de Griffin confiscan un almacén lleno de farlopa de los rusos y disparan a dos soldados por el camino.

Mientras tanto, en el lado opuesto de la ciudad, Nero Gallo quema mi club de estriptis más rentable. Por suerte, eran las tres de la mañana y todas mis chicas se habían ido a casa. Aun así, me cabrea ver el vídeo en el que Nero le prende fuego.

Es lo que esperaba; o menos, en realidad. Son represalias flojas para dos familias que solían gobernar esta ciudad con puño de hierro. Están sobrecogidos y divididos, tal como yo quería. Les falta un propósito y un plan.

Toda esta acción casi me basta para distraerme de la chica que vive en mi casa. La que trabaja en su ballet día y noche: el hilo rasposo de música que nace de su tocadiscos polvoriento se cuela escaleras abajo.

La observo más de lo que querría admitir. Hay una cámara en su estudio, al igual que en todas las habitaciones del ala este. Puedo espiarla desde el móvil en cualquier momento. La tengo en el bolsillo constantemente. La necesidad de sacar ese teléfono es omnipresente.

Pero quiero más.

Quiero volver a verla en persona.

Así que, una semana después de haber apresado a Dante Gallo, la localizo en la biblioteca pequeña que hay en el ala este.

Lleva uno de los conjuntos que le pedí a Klara que le comprara: un bodi azul de flores y una falda de raso con unas medias de color crema que dejan a la vista los talones y los dedos de los pies.

Esos pies cuelgan sobre el brazo de un sillón de cuero enorme. Nessa se ha quedado dormida leyendo. Tiene el libro abierto sobre el pecho: *La muñeca* de Bolesław Prus. Vaya, vaya... Nessa está intentando aprender algo de nuestra cultura. Seguramente se lo recomendó Klara.

Nessa tiene otro libro aprisionado entre el muslo y el sillón. Un libro viejo que tiene una cubierta de cuero desgastado. Estoy a punto de cogerlo cuando se despierta sobresaltada.

—¡Ah! —exclama, quitando los libros de la vista y metiéndolos bajo un cojín—. ¿Qué estás haciendo aquí?

—Es mi casa —le recuerdo.

—Lo sé —replica—, pero nunca subes aquí. O no mucho, al menos. —Se ruboriza, seguramente esté acordándose de lo que pasó la última vez que vine al ala este.

No tiene de qué preocuparse. Eso no volverá a pasar.

—No tienes que esconder los libros —le digo—. Puedes leer.

—Ya —dice sin mirarme a los ojos—. Es verdad. Bueno… ¿Querías algo?

Muchas cosas. Pero Nessa no puede ofrecerme ninguna.

—En realidad, he venido a hacerte la misma pregunta.

No es lo que pensaba decir. Pero me descubro a mí mismo diciéndolo.

—¡No! —responde, al tiempo que sacude la cabeza con vehemencia—. No necesito nada.

No quiere que le haga más regalos. No tenía pensado hacerle ninguno. Pero ahora casi que me apetece, solo para que se ruborice más aún con ese rosa precioso que le tiñe las mejillas.

—¿Estás segura? —insisto—. No quiero que hurgues en el desván para buscar lo que sea que necesites.

Se muerde el labio, le da vergüenza que lo sepa. Sé todo lo que pasa en mi casa. Será mejor que lo tenga presente.

Vacila. Sí que quiere algo. Le da miedo pedírmelo.

—Ahora que mencionas el desván… —murmura—. Hay un vestido ahí arriba…

—¿Qué vestido?

—Uno antiguo. En una caja llena de vestidos elegantes.

Frunzo el ceño.

—¿Qué le pasa?

Respira hondo y retuerce las manos sobre el regazo.

—¿Puedo cogerlo? ¿Y hacer lo que quiera con él?

Qué petición más rara. No me ha pedido absolutamente nada desde que llegó, ¿y ahora quiere un vestido carcomido por las polillas?

—¿Por qué?

—Es que... me gusta —dice en un tono patético.

¿Le gusta? Tiene decenas de vestidos en el armario de su habitación. Vestidos de marca, nuevos, de su misma talla. Tal vez quiera ese viejo vestido para su ballet.

—De acuerdo.

—¿En serio? —Se le ilumina la cara por la sorpresa y la felicidad.

Kurwa, si eso es lo único que necesita para emocionarse, no quiero ver cómo se pondría si le hago un favor de verdad. O lo mismo sí que me gustaría verlo. Ya no lo tengo claro.

Esta ofrenda de paz parece que la ayuda a relajarse. Se incorpora en el sillón y se acerca a mí en vez de alejarse.

—¿Vienes del jardín? —pregunta.

—Sí —admito—. ¿Me has visto por la ventana antes de quedarte dormida?

—No. —Niega con la cabeza—. La ropa te huele a katsura.

—¿Kat... qué?

Se ruboriza. No pretendía darme conversación.

—Es un árbol. Lo tienes en el jardín. Cuando las hojas cambian de color, huelen a azúcar moreno.

Me mira de reojo los brazos, que se vislumbran bajo las mangas de mi camiseta de manga corta. Frunce esas cejas tan expresivas que tiene, y las pestañas le suben y le bajan como un abanico mientras me observa.

—Los mafiosos irlandeses tienen tatuajes, ¿no? ¿O los Griffin han evolucionado más que nadie?

—Tenemos tatuajes de sobra —dice sin ofenderse.

—Pero tú no.

—Lo cierto es que sí.

Se coloca un mechón de pelo detrás de la oreja y gira la cabeza para que lo vea. Así es, tiene una lunita creciente tatuada detrás de la oreja derecha. No me había dado cuenta.

—¿Por qué una luna?

Se encoge de hombros.

—Me gusta la luna. Cambia constantemente. Pero también sigue siendo la misma.

Ahora está mirándome los brazos otra vez, está claro que quiere descifrar el significado de mis tatuajes. No los entendería. Son densos, enrevesados y solo tienen sentido para mí.

Por eso me sorprende cuando dice:

—¿Eso es del mapa de *El Hobbit*?

Está señalando un símbolo diminuto escondido entre los diseños arremolinados que tengo en el antebrazo izquierdo. Es un pequeño delta junto a una línea de lo más fina. Camuflado entre toda la tinta que lo rodea.

Los brillantes ojos verdes de Nessa me revisan toda la piel, pasando de un lado a otro.

—Eso es la cumbre de la montaña. —Señala—. Entonces esto es el río. Y un árbol. ¡Ah, y esto es la esquina de la telaraña!

Es como una niña recopilando pistas, tan contenta consigo misma que no se da cuenta de la rabia en mi expresión. Me siento más expuesto que nunca. ¿Cómo coño se atreve a distinguir las cosas que he escondido con tanto cuidado?

Y, lo que es peor, sigue haciéndolo.

—Ah, este es de *La reina de las nieves*. —Señala un copito de nieve—. Este es de *Alicia en el País de las Maravillas*. —Un frasco medicinal—. Y este es... Ah, ¡este es de *El Principito*! —Una rosa.

Es entonces cuando levanta la vista, seguramente creyendo que va a verme impresionado por sus observaciones. Sin embargo, descubre la conmoción y la amargura en mi rostro.

—Debe de gustarte mucho leer —dice.

Los símbolos de esos libros son pequeños y están ocultos. Solo cogí las partes más ínfimas y poco reconocibles de las ilustraciones y las escondí en los tatuajes más grandes que no significan nada.

Nadie les ha prestado atención nunca, ni mucho menos han adivinado lo que significan.

Es como una profanación. Nessa no entiende cuánto ha metido la pata. Podría estrangularla ahora mismo, solo para que no pronuncie ni una palabra más.

Pero ella no tiene intención de decir nada más. Está pálida y, de nuevo, asustada. Sabe que me ha ofendido, aunque no entienda por qué.

—Lo siento —susurra.

—¿Cómo te has dado cuenta? —exijo saber.

—No lo sé. —Niega con la cabeza—. Se me da bien distinguir patrones. Por eso aprendo bailes tan rápido. E idio... —Se interrumpe sin terminar la frase.

Me arde la piel. Cada tatuaje que ha señalado parece estar en llamas.

No suelo perder los nervios, sobre todo, por una chica que apenas ha llegado a la adultez. Ni siquiera es mayor de edad según la ley de Estados Unidos. Solo tiene diecinueve años. No puede comprar cerveza ni alquilar un coche. ¡Vota por los pelos!

—Lo siento —repite Nessa—. No sabía que era un secreto. Que solo eran para ti.

¿Qué coño está pasando?

¿Cómo lo sabe? ¿Cómo sabe lo que significan?

La última persona capaz de saber lo que se me pasaba por la cabeza fue Anna. Es la única que lo ha sabido jamás.

Anna era inteligente. Se le daba bien recordar cosas. Amaba los libros.

Nadie me ha recordado nunca a ella.

Nessa tampoco. No se parecen ni hablan igual. No tienen mucho en común, excepto esto...

—¿Has terminado con tu ballet? —digo de repente, para cambiar de tema.

—Sí. —Nessa se muerde el labio con ansia—. Bueno, lo tengo a medio hacer.

—¿Es un espectáculo entero?

—Sí.

—¿Has hecho alguno antes?

—Bueno... —Frunce el ceño—. Coreografié cuatro bailes para un ballet que se llamaba *Bendición*. Se supone que se estrena... Bueno, ya mismo, supongo. Pero el director, Jackson Wright, me dijo que mis bailes eran una mierda, así que no incluyó mi nombre en el programa... —Suspira—. Sé que parece una tontería. En aquel momento me importó. Hirió mis sentimientos. Sentí que me había robado mi trabajo. Pero puede que tuviera razón. Ahora que estoy haciendo otra cosa, creo que lo de antes era una tontería. Y no especialmente bueno.

—Lo bastante bueno para que él lo usara.

—Sí —responde—. O una parte, al menos.

Se rodea las piernas con los finos brazos y se acerca los muslos al pecho. Su flexibilidad es inquietante. Al igual que su fragilidad.

No me extraña que la gente se aproveche de ella. Su familia. Este director. Y yo, claro.

Nessa no exuda ni un ápice de fortaleza.

No intimida. Pero... me intriga.

Es un estribillo de música que se te mete en la cabeza y se repite una y otra vez. Cuanto más lo oyes, más se te clava en el cerebro.

La mayoría de las personas se vuelven predecibles cuanto más las observas. Nessa Griffin es al revés. Creía saber quién era perfectamente: una princesita mimada, una bailarina que vive en un mundo de fantasía.

Pero es mucho más inteligente de lo que yo pensaba. Es creativa, perceptiva.

Y tiene un gran corazón.

Lo descubro al día siguiente, cuando vuelvo a espiarla por enésima vez. Veo que sube de nuevo al desván para sacar ese vestido misterioso que tanto la fascina.

Es negro y plateado, muy antiguo. Es posible que sea uno de esos disfraces de la época dorada que usaban los Vanderbilt en sus fiestas. No sabía que existían. El desván está lleno de cajas, cada familia que ha vivido en esta casa ha ido añadiendo más y nunca se ha sacado ninguna.

Observo a Nessa mientras lleva el vestido de vuelta a su habitación. Lo airea y revisa que no le quede ni una mota de polvo.

Luego lo extiende en la cama y espera.

Cuando Klara aparece con la bandeja de la cena, Nessa corre en su busca.

La cámara no tiene sonido, pero veo sus expresiones faciales claramente.

Klara niega con la cabeza, no quiere meterse en problemas.

Nessa le asegura que no pasa nada, que le he dado permiso.

Aunque sigue sin creerlo, Klara acaricia la falda del vestido. Luego abraza a Nessa.

De todas las cosas que Nessa podría haberme pedido, quiso ese vestido. Pero no es para ella. Quería regalárselo a Klara.

Debería despedir a Klara. Es evidente que se han encariñado la una con la otra. Es demasiado peligroso que la carcelera de Nessa sea su amiga.

Pero cuando las veo reírse y hablar, acariciar el vestido con suavidad, no quiero hacerlo.

Puede que más adelante. Hoy no.

18

NESSA

He perdido la cuenta del tiempo que llevo en casa de Mikolaj. Los días pasan muy deprisa cuando no tienes horarios ni nada planeado. No tengo ni idea de qué está pasando en el mundo real. No tengo televisión, ni móvil, ni ordenador. Podría haber estallado la Tercera Guerra Mundial y no me habría enterado.

Estoy en un lugar que no tiene fechas ni horas. Podríamos estar en 1890 o en 2020, o en un año entre medias.

Cualquiera diría que me paso el día obsesionada con mi familia. Al principio sí, sabía que me estarían buscando. Preocupados, aterrorizados, creyendo que estoy muerta. Los echaba de menos. Dios, cómo los echaba de menos. Jamás he estado tanto tiempo sin hablar con mi madre, eso sin mencionar a Riona, a Callum y a mi padre. ¡Tampoco con Aida! Normalmente nos mandamos veinte mensajes al día, aunque solo sean memes de gatos.

Ahora parece que me he adentrado en otro mundo. Están mucho más lejos que la distancia que nos separa en la ciudad.

Ya no sueño con ellos por las noches.

Ahora mis sueños son mucho más oscuros. Me despierto por las mañanas aturullada, sudando. Demasiado abochornada para admitir por dónde deambula mi mente por las noches...

Durante el día, pienso en los desconocidos que viven conmigo en esta casa. Pienso en Klara, en cómo debía de ser su vida en Polonia. En cómo es su familia. Pienso en los hombres que hay en la casa. Me pregunto por qué Andrei pasa tanto tiempo recorriendo la finca o si Marcel está enamorado de Klara, tal como sospecho.

La única persona en la que no pienso es Jonas, porque me resulta espeluznante. Odio cómo me mira cuando nos cruzamos por la casa. Es peor que Mikolaj, porque al menos Mikolaj va de cara. Me detesta de frente. Jonas finge ser amable. Siempre me sonríe e intenta sacar conversación. Su sonrisas son tan falsas como la colonia que usa.

Hoy me arrincona en la cocina. Estoy buscando a Klara, pero no está aquí.

—¿Qué necesitas? —dice Jonas apoyándose en el frigorífico para no dejarme pasar.

—Nada.

—Venga ya. —Sonríe con malicia—. Necesitarás algo, si no, ¿para qué has venido aquí? ¿De qué se trata? ¿Cuál es tu picoteo preferido? ¿Quieres galletas? ¿Leche?

—Solo estoy buscando a Klara —le respondo intentando colarme por el costado derecho.

Jonas se endereza y se planta delante de mí para impedírmelo.

—Yo también sé cocinar. ¿Sabes que Klara es mi prima? Lo que sea que ella haga yo lo hago mejor…

Trato de que mi expresión no muestre la repulsión que siento. Jonas siempre consigue que todo tenga una connotación sexual. Aunque no entienda a qué se refiere, sé que intenta provocarme.

—Déjame pasar, por favor —le pido en un susurro.

—¿Para ir adónde? —replica Jonas en voz baja—. ¿Tienes un escondite que yo no conozca?

—Jonas —ladra alguien desde la puerta.

Este se da la vuelta más rápido que yo misma. Los dos reconocemos la voz de Mikolaj.

—Hola, jefe —suelta Jonas en un intento por recuperar un tono informal.

La expresión de Mikolaj no tiene nada de informal. Sus ojos están entrecerrados como rendijas y los labios pálidos.

—*Odejdź od niej* —sisea.

«Aléjate de ella».

—*Tak, szefie* —responde Jonas inclinando un poco la cabeza.

«Sí, jefe».

Jonna sale deprisa de la cocina. Mikolaj no se mueve para dejarlo pasar, así que Jonas tiene que ladearse para colarse por el espacio que queda.

Bajo la mirada implacable de Mikolaj, siento que yo también he hecho algo malo. No soy capaz de mirarlo a los ojos.

—No hables con él —me ordena Mikolaj en voz grave y tono furioso.

—¡Yo no quiero hablar con él! —exclamo con rabia—. ¡Es él quien me incordia! ¡Lo odio!

—Bien —repone Mikolaj.

Me dedica una mirada de lo más extraña. No comprendo nada. Si las circunstancias fueran otras, diría que está celoso.

Espero que diga algo más. En cambio, se da la vuelta y se larga sin pronunciar palabra. Lo oigo salir por la puerta del invernadero y, cuando me asomo por la ventana, veo que está alejándose a zancadas por el césped hasta el otro extremo de la finca.

Me siento desconcertada y enfadada.

De todas las personas que hay en esta casa, en Mikolaj es en quien más pienso.

No quiero hacerlo. Pero no puedo evitarlo. Cuando está en casa, siento que estoy atrapada en la jaula de un tigre y que el tigre se está paseando alrededor de ella. No puedo ignorarlo; tengo que saber dónde está, qué está haciendo, para que no se me eche encima sin que lo sepa.

Pero cuando está fuera es aún peor, porque sé que está haciendo cosas horribles, seguramente a quienes más quiero.

Creo que todavía no ha matado a ninguno. No lo creo. Habría escuchado a sus hombres hablar del tema. O me lo habría dicho él mismo, solo para vanagloriarse.

Pero sé que la rueda está girando, que nos está llevando al destino que tiene planeado. El tren sigue en marcha.

Por eso debería odiarlo mucho más de lo que odio a Jonas.

Detestarlo debería resultarme la cosa más fácil del mundo. Me ha secuestrado. Me ha alejado de todo lo que amo y me ha encerrado en esta casa.

Aun así, cuando analizo el remolino aturullado de emociones que siento en mis entrañas, encuentro miedo, confusión, ansiedad..., pero también cierto respeto. Y, en ocasiones, hasta atracción sexual...

Quiero saber más sobre mi secuestrador. Me digo a mí misma que solo es para poder plantarle cara. O tal vez escapar.

Pero hay más que eso. Siento curiosidad. Se enfadó tanto por lo de los tatuajes que quiero saber por qué. Quiero saber qué significan para él exactamente.

En cuanto veo que ha salido de la finca, se me ocurre una idea muy estúpida.

Quiero ver qué hay en el ala oeste. Me dijo que no fuera allí bajo ninguna circunstancia.

¿Qué esconde? ¿Armas? ¿Dinero? ¿Pruebas de su vil plan?

No hay ninguna puerta que se interponga en mi camino. Solo una escalera amplia y curva, gemela de la que sube hasta mis propios aposentos.

Me resulta sencillo subir corriendo esos escalones hasta el largo pasillo que atraviesa el ala oeste en vez de la este.

Me imagino que el ala prohibida será más oscura y espeluznante que la mía, pero es todo lo contrario: esta parte de la casa es más moderna. Veo un salón con una barra bien abastecida y un estudio enorme. Debe de ser el despacho de Mikolaj. Veo que tiene una caja fuerte, un escritorio y un ordenador. Si me interesaran sus planes, investigaría todo esto.

Pero me descubro a mí misma recorriendo el pasillo hasta la habitación grande que hay al fondo. El dormitorio principal.

Es moderno y masculino. En cuanto cruzo la puerta, percibo el aroma distintivo de mi secuestrador. Huele a cedro, cigarrillos, whisky, naranjas recién peladas, betún para los zapatos y ese almizcle intenso y embriagador tan característico de él. Es un olor tan propio que dudo que haya entrado en esta habitación otra persona, ni siquiera Klara.

Al contrario que el resto de la casa, esta habitación no es oscura ni deprimente. Los muebles son oscuros, pero es luminosa. Se debe a que está en uno de los puntos más altos de la casa y la pared del fondo es un ventanal enorme. Va del suelo al techo, ocupa toda la altura de la habitación.

Mientras que mi ventana da al este y se ve la finca llena de árboles, desde la de Mikolaj se ven todos los rascacielos de Chicago. Tiene toda la ciudad a sus pies. Aquí es donde se planta cuando se imagina que lo conquista todo.

Sé perfectamente dónde estoy. Podría ubicar mi propia casa al borde del lago. Si la buscara, la encontraría, distinguiría sus tejas grisáceas entre el resto de las mansiones de la Gold Coast.

En cambio, mis ojos se sienten atraídos al interior, a la irresistible tentación de este espacio privado. Hurgar en la habitación de

Mikolaj es como asomarse a su cerebro. En el resto de la casa solo veo lo que él quiere que vea. Aquí es donde encontraré todo lo que esconde.

Puede que guarde aquí las llaves. Podría robar la llave de la puerta delantera y escapar de noche cuando todo el mundo esté durmiendo.

Me convenzo a mí misma de que eso es lo que estoy buscando.

Mientras tanto, paso los dedos por las sábanas de la cama deshecha para liberar el aroma embriagador de su piel. Veo las marcas donde se tumba su cuerpo. Me resulta difícil imaginármelo dormido y vulnerable. No parece que sea una persona que come o duerme, que ríe o llora.

Aun así, tengo las pruebas delante de mí. Poso la palma de la mano en la marca, como si pudiera sentir el calor de su cuerpo. Se me pone el vello de punta y la sangre me empieza a correr con más fuerza, hasta que retiro la mano rápidamente.

Su cama está rodeada de estanterías hechas a medida. Me acerco a leer los lomos de los libros.

Cómo no, encuentro justo lo que esperaba: ejemplares usados de *El Hobbit*, *La reina de las nieves*, *Alicia en el País de las Maravillas*, *A través del espejo* y *El Principito*, junto a *Persuasión*, *Anna Karenina* y muchos más, algunos en mi idioma, otros en polaco.

Saco *A través del espejo* de la estantería y abro el lomo con cuidado, porque el libro es tan suave y frágil que me da miedo que se salgan algunas de las páginas.

En la primera página, escrito a lápiz, aparece un nombre: Anna.

Dejo escapar un suspiro.

Lo sabía.

Se enfadó demasiado cuando vislumbré las ilustraciones en sus tatuajes. Sabía que significaban algo, que estaban relacionadas con alguien a quien amaba.

Por eso se cabreó. Para los hombres violentos, el amor es una carga. He descubierto su debilidad.

¿Quién era Anna? La mayoría de los libros son para niños o adolescentes. ¿Era su hija?

No, los libros son demasiado viejos. Aunque los comprara de segunda mano, la caligrafía no parece infantil.

¿Entonces qué, su mujer?

No, cuando le lancé una pulla sobre no estar casado, ni se inmutó. No es viudo.

Anna es su hermana. Tiene que serlo.

Sin darme cuenta, una mano me agarra la muñeca y me obliga a girar. El libro se me escapa de los dedos. Tal como temía, el pegamento que unía la cubierta es demasiado antiguo como para soportar este trato. Cuando me giro, una decena de páginas salen volando y se quedan flotando en el aire como hojas que caen.

—¿Qué cojones haces en mi habitación?

Mikolaj tiene los dientes apretados y me está clavando los dedos en la muñeca. Ha venido corriendo tan rápido que el cabello rubio claro le cae sobre el ojo izquierdo. Se lo echa hacia atrás con furia, sin apartar la mirada de mí.

—¡Lo siento! —exclamo.

Me agarra por los hombros y me mira con dureza.

—¡He dicho que qué cojones estás haciendo! —grita.

Por mucho que lo haya visto enfadado antes, nunca lo he visto perdiendo el control. Cuando se metía conmigo o me provocaba, se estaba conteniendo al máximo. Ahora no hay contención ni autocontrol. Está que echa humo.

—¡Mikolaj! —lloro—. Por favor...

En cuanto digo su nombre, me suelta como si mi piel le quemara las manos. Da un paso atrás y hace una mueca.

Es mi oportunidad. Dejo el libro destrozado en el suelo y me alejo de él lo más rápido que puedo.

Huyo del ala oeste, bajo las escaleras y cruzo la planta baja. Salgo corriendo por la puerta trasera que da al jardín y me escondo en el rincón más apartado de la finca, al abrigo de un sauce cuyas ramas cuelgan hasta rozar el césped.

Me escondo ahí hasta que se hace de noche, demasiado asustada para regresar a la casa.

19

MIKO

Kurwa, ¿qué estoy haciendo?

Cuando recojo el viejo ejemplar de *A través del espejo* del suelo, yo también siento que he atravesado un espejo para adentrarme en un mundo extraño y del revés.

Nessa Griffin me saca de quicio.

Primero los tatuajes, luego colarse en mi habitación...

Siento como si estuviera retirando una a una todas mis capas. Está asomándose en rincones que nadie debería ver.

He vivido diez años encerrado en mí mismo. Sin abrirme a mi familia de Polonia, a mis propios hermanos de la Braterstwo, ni siquiera con Tymon. Me conocen, pero solo conocen la versión adulta. En lo que me convertí cuando murió mi hermana.

No conocen al chico que hubo antes.

Creía que estaba muerto. Creía que había muerto el mismo día que murió Anna. Llegamos juntos a este mundo, y creía que lo habíamos abandonado a la vez. Lo único que quedó fue esta cáscara, este hombre que no siente nada. A quien nadie podía hacer daño.

Ahora Nessa está escarbando en mi interior. Está desenterrando los restos de algo que yo pensaba que jamás podría resucitar.

Me está haciendo sentir cosas que jamás creí que volvería a sentir.

No quiero sentirlas.

No quiero pensar en una chica joven y vulnerable. No quiero preocuparme por ella.

No quiero entrar en la cocina y ver a Jonas echándose encima de ella, y no quiero sentir una punzada furiosa de celos ni que me den ganas de arrancarle la cabeza de los hombros a mi propio hermano. Y después, cuando lo destierre al rincón opuesto de la casa, no quiero que mi cerebro se angustie por lo que podría hacerle a Nessa si la llega a pillar a solas...

Son distracciones.

Debilitan mis planes y mi determinación.

Después de gritarle a Nessa, esta sale corriendo y se esconde en el jardín durante horas. Por supuesto, sé perfectamente dónde está. Sé su ubicación gracias a la tobillera.

Está oscureciendo y hace frío. Estamos en pleno otoño, en ese punto de la estación en que hay días que parecen un verano eterno pero con más color en las hojas, mientras que otros días son desapacibles, con viento y lluvia y la promesa de que lo peor está por llegar.

Me siento en mi despacho mirando el móvil, contemplando la pequeña chincheta que representa a Nessa Griffin arrinconada en el muro más apartado. Creía que volvería a la casa, pero o bien la he asustado más de lo que pensaba o tiene más tesón del que yo imaginaba.

Mi cabeza no para de dar vueltas.

Este es el momento perfecto para volver a atacar. Les he sacado una buena tajada de efectivo a los Griffin. He formado una alianza firme con los rusos a través de Kolya Kristoff; de hecho, Kolya me incordia todos los días preguntando cuál es el siguiente movimiento. Dante Gallo está atrapado en una celda del cuartelillo mientras

Riona Griffin quema todos los puentes de los que dispone en los juzgados para intentar sacarlo.

Mi próximo objetivo debería ser Callum Griffin. El querido hermano mayor de Nessa.

Él fue la mecha que prendió este conflicto.

Él fue el que le escupió a Tymon en la cara cuando le ofrecimos un pacto.

Callum tiene que morir o, al menos, sentirse doblegado, humillado de la forma más abyecta. Lo conozco... Sé que nunca lo aceptará. Vi su cara cuando Tymon le clavó el cuchillo en el costado. No había ni la más mínima señal de rendición.

El dispositivo de seguimiento de Nessa me alerta. No le está leyendo el pulso a través de la piel. Es posible que lo esté manipulando, que pretenda quitárselo.

Antes de que pueda comprobarlo, la pantalla se ilumina con una llamada entrante: Kristoff. Otra vez.

Descuelgo.

—*Dobryy vecher, moy drug*—dice Kristoff con fluidez.

«Buenas noches, amigo mío».

—*Dobry wieczór*—respondo en polaco.

Kristoff suelta una risilla suave.

Polonia y Rusia comparten una historia larga y tormentosa. Desde que existen ambos países, hemos luchado por conquistar las mismas tierras. Nos hemos declarado la guerra varias veces. En el siglo XVII, los polacos tomaron Moscú. En los siglos XIX y XX, los rusos nos envolvieron en el asfixiante abrigo del comunismo.

Nuestras mafias también han crecido a la par. Ellos la llaman Bratva, nosotros la llamamos Braterstwo, y en ambos casos significa «hermandad». Hacemos juramentos a nuestros hermanos. Nos grabamos en la piel la historia de nuestros logros. Ellos llevan estrellas de ocho puntas en el hombro como muestra de liderazgo. Nosotros nos marcamos los rangos militares en los brazos.

Somos las dos caras de una misma moneda. Nuestra sangre es mestiza, al igual que nuestros idiomas y tradiciones.

Y, aun así, no somos la misma cosa. Metemos las manos en la misma arcilla, pero construimos cosas diferentes. Un ejemplo sin importancia basado en los muchos falsos cognados de nuestro idioma, es decir, palabras con el mismo origen que han desarrollado significados totalmente opuestos. En ruso, Kristoff diría «zapominat» para expresar «memorizar», mientras que yo digo «zapomniec» para hablar de «olvidar».

Así que, aunque Kristoff y yo seamos aliados actualmente, no puedo olvidar que, a pesar de que lo que él quiere y lo que yo quiero puedan ir de la mano, nunca será lo mismo. Se puede convertir en mi enemigo tan rápido como se convirtió en amigo.

Es un enemigo peligroso. Porque me conoce mejor que la mayoría.

—Disfruté del truquito que les hicimos a los irlandeses —dice Kristoff—. Pero todavía disfruto más de su dinero.

—Nada sabe tan dulce como el fruto del trabajo de los demás.

—Creo que estamos de acuerdo en muchas cosas —continúa Kristoff—. Veo muchas similitudes entre nosotros, Mikolaj. Los dos ascendimos de improviso cuando éramos jóvenes. Los dos venimos de los rangos más bajos de nuestras organizaciones. Tampoco provengo de una familia rica o bien conectada. Por mis venas no corre sangre azul.

Suelto un gruñido. Conozco un poco la historia de Kristoff. Para empezar, ni siquiera formaba parte de la Bratva. Se formó en el ejército ruso. Era un asesino, así de simple. No tengo ni la menor idea de cómo pasó de las operaciones militares al meollo del contrabando, pero sus hombres confían en él. Yo no estoy tan dispuesto a hacerlo.

—Dicen que Zajac era tu padre —dice Kristoff—. ¿Eres su hijo biológico?

Me está preguntando si soy un bastardo de Tymon. Tymon nunca se casó, pero sí que tuvo un hijo —Jonas— con su puta favorita. La gente da por hecho que, como yo sucedí a Tymon, debo de ser otro hijo bastardo.

—¿A qué vienen todas estas preguntas? —suelto impaciente.

No tengo ningún interés en explicarle a Kristoff que Tymon y yo teníamos una relación de respeto y entendimiento, no de sangre. Jonas lo sabía. Todos los hombres lo sabían. Tymon eligió al mejor líder de nuestras filas. Quería un hombre con capacidad de liderazgo, no su genética.

—Es solo por charlar —comenta Kristoff en tono amable.

—¿Sabes el refrán de «*Rosjanin sika z celem*»? Significa: «Los rusos siempre mean con un motivo».

Kristoff se echa a reír, no se ofende.

—Creo que me gusta más otro de vuestros refranes: «*Nie dziel skóry na niedźwiedziu*».

Significa: «No dividas la piel del oso cuando aún la tiene».

Kristoff quiere que nos repartamos Chicago. Pero primero tenemos que matar al oso.

—Quieres planear la caza —digo.

—Así es.

Suspiro y contemplo la noche oscura y sin luna desde mi ventana. Nessa sigue en el jardín, se niega a entrar en casa. Las primeras gotas de lluvia golpetean contra el cristal.

—¿Cuándo? —pregunto.

—Mañana por la noche.

—¿Dónde?

—Ven a mi casa en Lincoln Park.

—De acuerdo.

Cuando estoy a punto de colgar, Kristoff añade algo más:

—Trae a la chica.

Nessa no ha salido de la casa desde que la secuestré. Llevarla a cualquier sitio supone un riesgo, mucho más si se trata de la guarida de los rusos.

—¿Por qué?

—Me quedé decepcionado al no verla en carne y hueso en nuestra última operación. Es una de las piezas más valiosas de nuestro ajedrez y el otro día me costó un almacén lleno de mercancía. Quiero ver con mis propios ojos a esta chica que tiene a toda la ciudad en pie de guerra.

Esto no me gusta ni un pelo. No me fío de Kristoff y no me gusta que alardee de Nessa como si fuera una prisionera de guerra.

Este es el problema con los aliados. Te exigen un punto medio.

—La llevaré conmigo —acepto—. Con la condición de que nadie le ponga un dedo encima. Se quedará a mi lado en todo momento.

—Por supuesto —afirma Kristoff rápidamente.

—*Do jutra* —digo antes de colgar.

«Hasta mañana».

Cuando empieza a llover con más fuerza, le pido a Klara que salga al jardín a traer a la pequeña fugitiva.

Klara sale por la puerta del invernadero con una manta de punto pesada que coge de la biblioteca. Cuando regresa, Nessa está envuelta en esa manta, pálida y temblorosa. Veo que la tobillera sigue firmemente cerrada en su sitio. Parece rayada, como si la hubiera golpeado con una piedra. También tiene arañazos en la pierna. Klara le rodea los hombros con un brazo. Nessa va con la cabeza gacha y tiene surcos en las mejillas por la lluvia y las lágrimas.

Debe de haber llorado a mares desde que la traje aquí.

Al principio no me importaba lo más mínimo. De hecho, veía esas lágrimas como una victoria. Eran la sal que sazonaría mi venganza.

Pero ahora siento la emoción más peligrosa de todas: culpa. La emoción que te desgasta, que te hace arrepentirte de los actos más necesarios.

Estas dos tienen una relación demasiado estrecha.

Y yo me estoy volviendo demasiado blando.

Es evidente que Nessa está exhausta, medio congelada en su fino atuendo de baile. Estoy seguro de que Klara le dará de comer, la bañará y la dejará en la cama.

Yo, en cambio, tardaré horas en irme a dormir. Si voy a verme con los rusos mañana, tengo que hablar esta noche con mis hombres. Quiero establecer nuestra estrategia antes de meter a Kristoff en nuestros planes.

Les pido que acudan a la sala de billar. Es una de las habitaciones más grandes de la planta baja, está en el centro y tiene asientos de sobra. Me gusta hablar y jugar al mismo tiempo. Hace que todo el mundo se relaje y sea más sincero. Además, les recuerda a mis hombres que puedo darles una paliza al billar en cualquier momento.

Tenemos un acalorado torneo desde el día que nos mudamos a esta casa. A veces es Marcel quien va segundo; en ocasiones, Jonas. Yo siempre estoy el primero.

Marcel coloca las bolas mientras Jonas y yo nos preparamos para la primera partida.

Jonas le pone tiza a la punta de su palo con mucha floritura, salpicando polvo azul sobre el vello del antebrazo. Todavía no se ha afeitado hoy, así que su barba de tres días se está convirtiendo en una barba completa.

—¿Quieres apostar algo, jefe? —pregunta.

—Claro. Hoy me siento con suerte. ¿Qué te parece cinco?

La apuesta habitual es de doscientos dólares por partida. Estoy empezando con quinientos para joder a Jonas y hacerle saber que no se me ha olvidado el numerito que le montó a Nessa en la cocina. Ya le he pedido en otras ocasiones que se aleje de ella, joder. Sé cómo se comporta con las mujeres, siempre está persiguiendo a las chicas de nuestras discotecas. Cuanto más lo rechazan, más interés tiene.

Jonas gana el cara o cruz y tira primero. Rompe la alineación de forma limpia y mete dos bolas rayadas en los agujeros de las esquinas. Sonríe de lado, se cree que lleva ventaja. No se ha molestado en mirar dónde han quedado el resto de las bolas, así que no ve lo cerca que están su doce y su catorce, detrás de la ocho.

—Bueno —empiezo en polaco apoyándome en mi palo—. Mañana nos veremos con los rusos. Quieren hablar de la jugada final.

Jonas mete la nueve y la once, todavía confiado y sonriente.

—Antes de debatir los detalles, quiero escuchar vuestras ideas. Si tenéis algo que aportar, decidlo ahora.

—¿Por qué no matamos a la chica? —pregunta Andrei.

Está sentado junto a la barra, bebiéndose una Heineken. Tiene la cabeza cuadrada y ancha, muy poco cuello y el pelo de un tono rojizo. Hoy parece hosco y malhumorado. Detesta a los rusos y odia trabajar con ellos. Es comprensible, pues la Bratva asesinó a sus dos hermanos: uno en una cárcel de Varsovia y otro aquí en Chicago.

Andrei le da un buen trago a su cerveza y la deja sobre la barra.

—Nos hemos librado de Miller y hemos incriminado a Dante Gallo. Deberíamos hacer lo mismo con la chica. Hacer como que la asesinó Nero o Enzo. Eso destruirá la alianza entre los irlandeses y los italianos más rápido que cualquier otra cosa.

No le falta razón. Cuando secuestré a Nessa Griffin, esa era mi intención. Su desaparición debía sembrar el caos. Su muerte dividiría a ambas familias.

Fue una boda lo que las unió en un principio. La muerte es más poderosa que el matrimonio.

Pero ahora quiero acercarme con el palo de billar y romperlo en el cabezón de Andrei solo por sugerirlo. Solo de imaginar que va a su habitación y le rodea la garganta con esas manos feas y callosas... No lo permitiré. No pienso ni considerarlo. No va a tocarla, joder, ni él ni nadie.

Nessa no es un peón sin importancia que se pueda mover por el tablero a voluntad. Tampoco pienso sacrificarla.

Se merece algo más que eso. Podemos usarla para causar algo más impactante.

Jonas falla el siguiente tiro. Yo meto la uno, la cuatro y la cinco, una detrás de otra, mientras contesto.

—No vamos a matarla. Es la mejor baza que tenemos ahora mismo. ¿Por qué crees que los Griffin y los Gallo no nos han atacado de forma directa?

—¡Sí que lo han hecho! —replica Marcel—. Hicieron una redada en el almacén de los rusos e incendiaron Exótica.

Resoplo y meto también la bola tres.

—¿Crees que eso es lo mejor que saben hacer? Fue una nimiedad. ¿Por qué crees que no han dinamitado esta casa?

Jonas y Andrei intercambian una mirada en la que no comparten ninguna información porque los dos son igual de idiotas.

—Porque saben que ella podría estar aquí —dice Marcel.

—Exacto. —Meto la dos y la siete de un mismo tiro—. Mientras no tengan claro dónde se encuentra, si aquí o con los rusos, lo único que pueden hacer es arrojar unas cuantas granadas. No pueden lanzarnos una lluvia de napalm. Por ahora, Nessa es nuestra salvaguarda.

La seis verde está atrapada detrás de la trece de Jonas. Doy en el borde para golpearla por detrás, lo que hace que la seis ruede limpiamente hasta el hueco lateral. Jonas frunce el ceño.

—¿Por qué no matamos a los capos que dispararon a Zajac? Deberíamos cargarnos a Enzo y a Fergus.

—¿De qué nos serviría eso? —replico—. Ya han establecido sus sucesores.

Meto la bola ocho sin mirar siquiera. Marcel bufa con sorna y Jonas aprieta tan fuerte su palo que le tiembla el brazo. Parece como si quisiera partirlo en dos.

—¿Entonces qué? —exige saber—. ¿Cuál es el siguiente paso?

—Callum —respondo—. Lo secuestramos una vez. Podemos hacerlo de nuevo.

—La última vez se te escapó —suelta Jonas mirándome fijamente con sus ojos negros.

Me acerco a él y apoyo el palo en la mesa. Nos miramos cara a cara, nariz con nariz.

—Es cierto —repongo con suavidad—. Tú también estabas allí, hermano. Si no recuerdo mal, tú eras el encargado de vigilar a su mujer. La pequeña Aida Gallo, esa muchachita italiana. Te hizo quedar como un idiota. Casi tira abajo todo el almacén. Todavía tienes una cicatriz del cóctel molotov que te lanzó a la cabeza, ¿no?

Sé perfectamente que Jonas tiene una larga y bella quemadura en la espalda. Aida le destrozó uno de sus tatuajes favoritos, y le escuece desde entonces. Literal y figuradamente.

—Deberíamos secuestrarlos a los dos —gruñe Jonas—. A Callum y a Aida.

—Ahora sí que estás pensando —asiento—. Dicen que el matrimonio concertado ha sido todo un acierto. Él hará lo que sea por ella.

—No si le parto el puto cuello —suelta Jonas.

—Yo no quiero sobornar a esos cabrones irlandeses —dice Andrei con amargura—. Quiero derramar sangre.

—Eso —interviene Marcel con tranquilidad—. Asesinaron a Tymon. Como poco, deberíamos matar a uno de cada familia: un Griffin y un Gallo.

—Es mejor matar al hijo que al padre —explica Jonas—. Callum Griffin es el único hijo que tienen. Es el heredero, a menos que su mujer esté embarazada. Callum debería morir.

Se oyen murmullos por la sala cuando Andrei y Marcel muestran su apoyo. Yo no les doy la razón ni se la quito. Es lo que tenía en mente. Pero me distrae el sonido atragantado que suena junto a la puerta. Algo a medio camino entre la sorpresa y el sollozo.

Me acerco a la puerta y la abro de un tirón, creyendo que encontraré a Klara al otro lado. En cambio, veo el rostro histérico de Nessa Griffin. La agarro por la muñeca antes de que dé la vuelta y se escape. La llevo a rastras a la sala de billar mientras ella patalea y se resiste.

—¡No! —chilla—. ¡No puedes matar a mi hermano! ¡No te lo permitiré!

—Todos fuera —les ladro a mis hombres.

Estos vacilan, con expresiones mudas y desconcertadas.

—¡Fuera! —rujo.

Se dispersan y cierran las puertas a su paso.

Lanzo a Nessa a la alfombra que hay a mis pies. Se levanta de un salto y agita los brazos en un intento descabellado por golpearme, arañarme, hacerme pedazos.

—¡No te lo permitiré! —grita—. ¡Te lo juro por Dios que os mataré a todos!

Después de mi sorpresa inicial de verla cuando Klara debería haberla encerrado en su habitación como cada noche, empiezo a caer en algo totalmente distinto.

Estábamos hablando en polaco.

Pero Nessa ha entendido todo lo que hemos dicho.

—*Co robisz, szpiegując mnie* —siseo.

—¡Te espiaré lo que me dé la gana! —exclama.

Se lleva la mano a la boca al darse cuenta de que se ha delatado.

—*Kto nauczył cię polskiego?* —pregunto con rabia, aunque ya sé la respuesta: ha tenido que ser Klara.

Nessa me empuja y se planta erguida, con tanta dignidad como le es posible teniendo en cuenta que tiene el pelo enredado y la cara hinchada de llorar, y que lleva un camisón.

—*Nikt nie nauczył mnie polskiego* —responde con arrogancia.

«Lo he aprendido yo sola, en la biblioteca. Tengo mucho tiempo libre».

Creo que jamás me he quedado tan atónito.

Pronuncia como la mierda y su gramática es mediocre. Pero sí que ha aprendido una cantidad de polaco impresionante.

Esta diablilla escurridiza. No me importaba un carajo que se paseara por aquí porque no pensé que pudiera entender lo que hablábamos. Tampoco es que cambie nada, no puede hacer nada con la información. Sigue siendo mi prisionera.

Pero… estoy impresionado. Nessa es más lista de lo que yo pensaba, y más atrevida.

Aun así, está muy equivocada si cree que puede darme órdenes en mi propia casa, delante de mis hombres. Aquí no puede levantar la voz, solo yo lo hago. Soy el señor de esta casa. Ella es la cautiva.

—¿Qué vas a hacer al respecto? —digo, mirándola a la cara—. ¿Crees que puedes amenazarme? ¿Atacarme? Podría partirte todos los huesos del cuerpo sin esforzarme siquiera.

Nessa niega con la cabeza, más lágrimas surcan sus mejillas. Cuando llora, sus ojos se vuelven más verdes que nunca. Cada lágrima es una lente refractora, adherida a esas pestañas negras, que amplía las pecas de sus mejillas.

—Sé que eres más fuerte que yo. Sé que no soy nada ni nadie. Pero adoro a mi hermano. ¿Eso lo entiendes? Lo quiero más que a nada en este mundo. ¿Alguna vez has sentido eso antes de volverte tan frío y enfadado? ¿Alguna vez has querido a alguien? Sé que sí. Sé lo de Anna.

Ahora sí que quiero pegarle.

Cómo se atreve a decir su nombre, joder.

No sabe nada en absoluto.

Se cree que puede hurgar en mi cerebro y sacar las cosas que he escondido tanto tiempo.

Quiere hacerme débil y sensible como ella.

La agarro por la pechera del camisón y le hablo pegado a la cara.

—No te atrevas a volver a decir su nombre.

Nessa levanta una mano. Creo que va a intentar abofetearme. En cambio, posa su mano sobre la mía y aferra mi puño con sus finos deditos.

Alza la vista para mirarme a los ojos.

—Mikolaj, por favor —suplica—. Mi hermano es un buen hombre. Sé que esto es una guerra y que estáis en bandos contrarios. Sé que te ha hecho daño. Pero, si lo matas, no se la estarás devolviendo a él. Me estarás haciendo daño a mí. Y yo no te he hecho nada.

Me habla de equidad, de justicia. No existe la justicia en este mundo, joder. Solo hay deudas que reparar.

Pero existen muchos tipos de monedas.

Nessa está delante de mí: esbelta, delicada, temblando como una hoja. Mechones de cabello castaño le envuelven el rostro y los hombros como una nube. Ojos grandes anegados de lágrimas y labios rosa claro.

Me está tocando la mano. Nunca me ha tocado por voluntad propia.

A mí me arde la mano, me envía descargas de calor por todo el cuerpo y hace que cada parte de mí palpite como carne congelada que por fin vuelve a la vida. Tengo los nervios a flor de piel.

Ese fuego recorre mis venas. La polla me palpita, tan fuerte que podría atravesar una pared.

Miro su cara surcada de lágrimas.

—Convénceme, Nessa... Convénceme de que salve a tu hermano.

Ella me mira, al principio no me entiende. Entonces cae en la cuenta.

Todavía estoy agarrando la pechera de su camión. Noto el latido de su corazón en los dedos agarrotados. La suelto y espero a ver qué hace.

Saca la lengua para humedecerse los labios.

—Siéntate en el sofá —me pide.

Me siento en un sillón. Es la primera orden que obedezco en mucho tiempo. Me reclino sobre los cojines con las manos a cada lado y las piernas ligeramente abiertas.

—¿Me dejas tu móvil? —susurra Nessa.

Se lo entrego en silencio.

Ella va pasando pantallas un momento y luego pulsa algo. Una música suena por los altavoces: un ritmo grave, lento e insistente. No es la música que suele escuchar mi pequeña bailarina. Esto es mucho más oscuro.

La lluvia golpetea en las ventanas. El sonido de las gotas de lluvia se mezcla con el ritmo de la música. La luz es tenue y acuosa, las sombras se distorsionan a través de la lluvia.

Es como si Nessa estuviera bajo el agua. Tiene la piel más pálida que nunca. Está plantada delante de mí y mueve las caderas al ritmo de la música.

La he visto bailar miles de veces. Pero nunca así. Nunca delante de mí. Nunca para mí. Me mira fijamente, mientras mueve el cuerpo de forma sensual.

La primera vez que la vi en la discoteca sí que bailó algo parecido a esto.

Aquello fue como asomarse por la mirilla. Ahora ha abierto las puertas de par en par.

Estoy viendo a Nessa desatada. A Nessa cuando nadie la mira, excepto yo.

Se balancea y menea, mueve las caderas como nunca, con la mirada clavada en la mía. Se inclina hasta el suelo y luego desliza las manos por una larga pierna, levantándose la falda del camisón para mostrarme un muslo suave y de piel clara.

Luego se gira y, cuando se agacha de nuevo, veo la curva de sus nalgas por debajo del dobladillo del camisón.

Me está tentando. Sabe que tengo la mirada clavada en su cuerpo, que todos sus movimientos me provocan escalofríos por la espalda y hacen que la polla se me ponga dura y se me hinche tanto que tengo que recolocarla para aliviar la tensión.

Se da la vuelta de nuevo para mirarme. Sin interrumpir el contacto visual, coge el dobladillo de su camisón y empieza a levantarlo despacio por encima de su cabeza, dejando a la vista unas caderas estrechas, una cinturita imposible y, luego, unos pechos pequeños y redondeados. Arruga el fino camisón de algodón y lo deja a un lado.

Ahora está desnuda, salvo por las braguitas.

Es la primera vez que veo sus pechos al completo. Los he visto a través de una tela mojada, pero nunca al desnudo. Apenas son lo bastante grandes como para ocupar mis manos, pero son una puta preciosidad, altos y con los pezones apuntando dolorosamente hacia arriba. Parecen esculpidos en mármol, si el mármol pudiera ser suave, móvil y sensible.

Tienen la carne justa para que reboten y se muevan junto al resto del cuerpo, como si cada centímetro de ella me llamara, me atrajese, me suplicara que la tocase.

Nunca he visto un cuerpo como el suyo. Sin excesos, una estructura perfecta y esbelta que ha sido entrenada y esculpida para su propósito. Es fuerte, grácil y lo más sexy que uno podría imaginar, joder.

La música resuena. Como la lluvia.

La letra me atraviesa la mente.

Nessa gira y se tira al suelo para después arrastrarse hacia mí, como una gata, sinuosa, una pantera que caza a su presa. Yo debería ser el cazador. Pero estoy petrificado en el sillón, fascinado por esos ojos verdes que me miran desde abajo.

Se acerca a mi pierna y me desliza las manos por el muslo. Sé que ve mi polla empujando la tela de mis pantalones. Cuando se da la vuelta y pega su cuerpo al mío, sé que también la nota, clavándosele en el culo.

Mi polla se humedece. Está deseando ser liberada, sentir esa piel suave en vez de la tela opresiva de los pantalones. Una mancha aparece ahí donde la punta roza los pantalones, y una marca húmeda aún más grande donde Nessa se restriega contra mí.

Se gira y se sienta a horcajadas sobre mí, apoyando el culo en mi entrepierna. Me rodea el cuello con los brazos y sus pechos preciosos quedan a milímetros de mi cara. Dios, quiero meterme en la boca esos pezoncillos duros.

Estoy esperando. Quiero ver qué hace Nessa por su cuenta, sin que yo intervenga. Requiere de toda mi fuerza de voluntad. Jamás en mi vida he estado tan cachondo. Mi polla lucha por salir, por clavarse en lo más hondo de su cuerpecito apretado. No solo quiero hacerlo, lo necesito. Si no lo hago, explotaré, joder.

Nunca he visto a una mujer moverse así, y soy el dueño de un puto club de estriptis. Nessa es lo más inocente del mundo. La besé una vez... Sé lo torpe que es y la poca experiencia que tiene.

Pero tiene algo dentro. Algo profundamente sensual enterrado en lo más hondo de su interior. Un pozo negro sin fondo.

El baile la desata.

Se frota contra mí, rozando esos pechitos suaves y ese coño palpitante contra mi cuerpo. Me suplican que le devuelva las caricias, que le responda de alguna manera. Deja caer las pestañas en una expresión de deseo, se ruboriza, separa los labios.

Se desliza de nuevo por mi cuerpo y queda arrodillada entre mis piernas. Sus dedos tantean con torpeza el botón de mis pantalones. Los desabrocha y deja salir mi polla, que rebota al hacerlo, gruesa y completamente dura. Es uno de los pocos sitios donde tengo la piel lisa, sin rastro de tatuajes.

Nessa suelta un leve grito de sorpresa. Estoy casi seguro de que lo que suponía es cierto: es virgen. No ha visto una polla en su vida, y mucho menos la ha tocado.

Con vacilación, estira una mano y me rodea con ella la polla. Le ocupa toda la mano, hasta el punto de que, cuando la cierra, sus dedos no se tocan.

Alza la vista hacia mí de nuevo, nerviosa y con los ojos abiertos.

Separa los labios rosa palo y los acerca a mi polla.

Pero la detengo.

La aparto con delicadeza y vuelvo a meterme la polla en los pantalones.

Quiero que Nessa me la chupe. Joder, lo quiero con toda mi alma. Pero así no. Bajo coerción no.

No quiero que lo haga porque está asustada, porque intenta convencerme de que no le haga daño a su hermano.

Quiero que lo haga porque me desee tanto como yo a ella.

Eso no va a pasar. Es mi prisionera, y yo soy el monstruo que la tiene encerrada aquí.

Tengo que llevarla de vuelta a su habitación antes de perder la última pizca de autocontrol.

20

NESSA

Estoy tumbada a oscuras sobre la cama. El corazón me late como si estuviera en la cinta de correr.

«Madre mía, madre mía, madre mía».

¿Por qué me ha traído de vuelta aquí?

Sé que Mikolaj me desea. Lo he visto en su expresión.

Sentía lo mismo que yo. La misma desesperación, el mismo deseo. La misma ansiedad que me pedía que ignorara cualquier pensamiento racional, que tomara lo que quisiera y a la porra las consecuencias.

Lo quería a él.

Sé que es una locura. Sé que es mi enemigo, que quiere destruir todo lo que quiero.

Pero mi cuerpo y mi cerebro son organismos independientes.

¡Ni siquiera he tenido novio nunca! Me he encaprichado de chicos que me parecían monos. Era casi como un juego, me gustaba imaginarlo sin hacer nada en realidad.

Nunca he querido que me besaran, no tanto como para dar el primer paso. Ninguno de esos chicos tenía nada de especial. Nada que los hiciera destacar. Eran intercambiables en mis fantasías.

Jamás he sentido una atracción fuerte por nadie.

Hasta ahora.

La atracción que siento por Mikolaj es una obsesión. No es tan simple como el deseo. Son todas las emociones convertidas en una:

miedo, intimidación, deseo sexual, obsesión y angustia. Es tan intenso que algo tan normal como un encaprichamiento no puede ni comparársele. Es una fuerza de la naturaleza. Es un puto tsunami.

Me controla. La antigua Nessa se vuelve pálida y transparente como un fantasma. La nueva Nessa es algo totalmente distinto... Una criatura oscura y terrorífica que parece controlar más mi cuerpo a cada día que pasa.

Sé que él también lo nota. Pero me ha apartado, me ha traído a mi habitación y me ha dejado aquí.

¿Por qué?

Un rinconcito de mi cerebro sigue pensando racionalmente. Me dice: «Porque sabe que esto está condenado. Sabe que va a matar a tu hermano, a tus padres e incluso a ti. Y ese ligero atisbo de moralidad que le queda sabe que está mal follar contigo antes de matarte».

Ese pensamiento me devuelve a la realidad. Debería alejarme de esta locura.

Me meto bajo las mantas, cierro los ojos e intento obligarme a dormir.

Me atormenta la palpitación que siento entre los muslos. Ese picor y quemazón en la piel. Quería con ansia que me tocase. ¿Por qué no ha pasado las manos por mi cuerpo, al menos?

Si me hubiera besado de nuevo, me daría por satisfecha. Podría dormirme pensando en eso. Pero se ha negado a tocarme.

Casi me dan ganas de enfadarme. Me ha pedido que lo convenciera. Luego se ha quedado ahí sentado como un puto robot.

Sí, estoy cabreadísima.

Antes era una chica que se encogía y lloraba cuando sentía decepción. Pues se acabó. Estoy harta de llorar. Estoy harta de hacer lo que me pide la gente. Estoy harta de estar encerrada en esta habitación.

Salgo de entre las mantas y camino descalza hacia la puerta.

Todavía estoy desnuda, solo llevo la ropa interior. No he llegado a recoger el camisón, seguramente siga en el suelo de la sala de billar.

Pruebo el pomo de la puerta, que gira silencioso bajo mi mano. Voy a tomármelo como una señal. Mikolaj no ha echado el pestillo de mi habitación. No es descuidado, así que o bien lo ha hecho aposta o en su subconsciente lo desea tanto como yo.

Me escabullo de mi habitación y recorro el oscuro pasillo.

Recuerdo el miedo que sentí la primera vez que lo hice.

Llevo ya más de un mes en esta casa. Conozco sus crujidos tanto como el sonido de mi corazón y la respiración de mis pulmones. Sé perfectamente cómo evitar a Andrei, que debería vigilarme esta noche. Lo oigo en la cocina, sirviéndose un vaso de leche. Siempre bebe leche, nunca agua.

Atravieso la planta baja.

Luego oigo otro sonido en las escaleras que llevan a la habitación de Klara. Es un murmullo grave, como de dos personas que hablan en voz baja para que nadie los escuche. Apuesto lo que sea a que es Marcel. He visto cómo mira a Klara y he visto cómo ella lo mira a él cuando cree que nadie se da cuenta.

No me prestarán atención. Están demasiado concentrados en su propia conversación en susurros.

Eso significa que solo tengo que estar pendiente de Jonas.

Cruzo hasta el ala oeste, la parte prohibida de la casa. No han pasado ni nueve horas desde que Mikolaj me echó de aquí. Parecía tan enfadado que pensé que me iba a estrangular allí mismo.

Antes me impulsaba la pura curiosidad. Ahora me posee algo más fuerte.

Subo las escaleras y recorro en silencio el largo pasillo. Cuando paso por el despacho de Mikolaj, me asomo por si se ha quedado despierto trabajando. La silla está vacía.

Llego a la habitación principal y sus pesadas puertas dobles. Giro el pomo y me cuelo dentro, estoy casi segura de que sigue despierto. Solo ha pasado una hora desde que me ha dejado en mi habitación. Espero oír su voz grave y clara, exigiendo saber por qué he vuelto aquí. Pero la habitación está a oscuras y en silencio.

Me acerco a la cama. Ahí está. Mi bestia. Mi enemigo. Mi captor.

Está prácticamente desnudo sobre las sábanas, solo lleva unos bóxers. Es la primera vez que veo su cuerpo al completo.

Cada centímetro de su piel está cubierto de tatuajes, excepto las palmas y la cara. Su cuerpo es una obra de arte con vida propia. Es todo un tapiz de diseños, imágenes, remolinos de gris, azul y rojo oscuro.

Por debajo de los tatuajes hay músculos firmes y fuertes. Está más petado que un bailarín. Veo las profundas marcas de los abdominales, de los huesos de la cadera y la cinturilla de los calzoncillos, que apenas le tapan la polla.

Se me humedece la boca. Tengo que tragar saliva.

Antes he estado a punto de meterme esa polla en la boca.

No sé cómo coño he tenido el valor para hacerlo. Le he desabrochado los pantalones y su polla me ha saltado como una serpiente, el doble de grande de lo que esperaba. Me ha dado pavor y no tenía ni idea de qué hacer con ella.

Además, me ha fascinado esa piel suave y desnuda. Parecía la piel más suave de todo su cuerpo. Cuando le he cogido la polla con las manos, era como si tuviera vida propia: se movía y palpitaba contra la palma de mi mano.

Confío en que despertará en cualquier momento y estaré aquí mirándolo. Seguramente se enfade.

Pero por ahora tiene la cara totalmente relajada.

Jamás la he visto así.

Ahora me doy cuenta de lo guapo que es Mikolaj. Sus rasgos están bien definidos, como si fuera un dios. ¿Cómo sería si estuviera feliz, si sonriera de verdad?

Sería demasiado. No creo que pudiera soportarlo.

Contemplo su rostro durante mucho tiempo.

Estoy mirando al hombre que podría haber sido. Un hombre sin rabia ni amargura. Un hombre sin dolor.

Ahora me duele el corazón y no sé por qué. ¿Por qué debería sentir empatía por la Bestia?

Pero la siento. Se ha desarrollado una extraña conexión entre nosotros, aunque ninguno de los dos lo pretendíamos.

Me deslizo en su cama y espero que despierte en cualquier momento.

Se despertará ahora que estoy a su lado.

Ahora que he posado la mano en su vientre.

Ahora que la meto por debajo de sus calzoncillos...

Suelta un suspiro largo, lento y masculino, que hace que se me contraigan los muslos.

Tengo su polla en la mano. Está caliente, a media asta, endureciéndose a cada segundo que pasa.

Entonces me inclino y me la meto en la boca.

Huelo su piel, un olor cálido y almizcleño. Y pruebo su polla, que tiene su propio sabor: intenso, salado y cautivador. La boca se me llena de saliva. Mi lengua se desliza fácilmente por su piel suave, la punta me ocupa toda la boca.

Cuanto más se empalma, más tengo que abrir la mandíbula.

No tengo ni idea de cómo se hace una mamada. Voy probando cosas conforme sigo. Unas veces lamo, otras chupo y otras solo deslizo los labios y la lengua alrededor.

Lo cierto es que estoy haciendo lo que me apetece. Parece que está funcionando bastante bien, porque la polla se le ha puesto tan dura como la tenía en la sala de billar, cuando he bailado para él.

Mikolaj me acaricia el pelo con las manos, me sujeta la cabeza por ambos lados.

Miro hacia arriba y descubro que está totalmente despierto, mirándome.

Creía que estaría enfadado o molesto. Esas eran las únicas opciones que esperaba. En cambio, veo una expresión que no logro descifrar. Se asemeja a la gratitud.

Me está sujetando la cabeza y mueve las caderas para que su polla entre y salga de mi boca a un ritmo constante. Yo sigo lamiendo y chupando todo lo que puedo. Se le acelera la respiración y empieza a emitir ruiditos, algo a medio camino entre un suspiro y un gemido.

Embiste con más fuerza, y su polla se adentra demasiado, hasta rozarme la campanilla. Me viene una arcada.

—Lo siento —jadea.

Mikolaj no se ha disculpado nunca. Me parece tan extraño que casi me echo a reír.

Mantengo los ojos abiertos, fascinada de tan solo mirarlo. Su cuerpo me parece increíblemente sexy, con los brazos tensados, todos los músculos del pecho y del vientre marcados.

Sigue metiendo y sacando la polla. Me está empezando a doler la mandíbula, pero no quiero parar. Me está mirado, y yo a él. Estamos unidos en esto que es tan íntimo, intenso e imposible de parar.

Mikolaj cierra los ojos y echa la cabeza hacia atrás sobre la almohada. Su polla empieza a palpitar en mi boca. Deja escapar un gemido largo y grave, y entonces me inunda la boca una calidez pegajosa y salada que no me resulta desagradable.

Su polla sigue palpitando, así que sigo chupando, no quiero detenerme antes de tiempo.

Cuando por fin termina, me suelta la cabeza y me coge por los brazos para tumbarme en la cama y ponerse encima de mí.

Me besa, sin importarle que todavía tenga el sabor de su corrida en mi boca.

Este beso no es como el del salón de baile. Mikolaj sigue embotado por el sueño. Sus labios son más suaves que un copo de nieve.

—¿Qué estás haciendo, pequeña bailarina? —gruñe.

—No podía dormir.

—Ya sé por qué.

Ahora es él quien se desliza por mi cuerpo. Se detiene en mis pechos y se los mete, primero uno y luego el otro, en la boca. Succiona un pezón hasta que está totalmente duro y, después, lo hace girar y lo aprieta entre los dedos mientras succiona el otro.

Sigue bajando hasta mis muslos.

Siento el impulso de apartarlo. Me preocupa que ahí abajo sepa o huela mal. Ojalá lo hubiera comprobado antes de venir.

Pero a Mikolaj no le preocupa el estado de mis partes, al igual que no le preocupa el de mi boca. Entierra la cabeza entre mis muslos y recorre mi coño con lametones largos y húmedos.

Dios mío, nunca imaginé que se pudiera sentir algo tan agradable.

Me he masturbado muchísimas veces. Pero una lengua no se parece en nada a los dedos. Es cálida y húmeda, y parece despertar terminaciones nerviosas que no sabía que existían.

Siento que me inunda una humedad tan potente que, por un instante, me preocupa haberme hecho pis encima. Mikolaj sigue lamiendo y besándome en mis partes, sin preocuparse de nada.

Se humedece uno de los dedos y lo mete dentro. Yo suelto un grito ahogado, pensando que me va a doler. No suelo meterme nada dentro, ni juguetes ni mis propios dedos, porque está tan apretado que duele.

Aunque el dedo de Mikolaj es mucho más largo que el mío, parece que entra perfectamente. Seguramente sea porque estoy más cachonda que en toda mi vida.

De hecho, es mucho más que tolerable. Es increíble.

Su dedo me ofrece un punto de apoyo mientras su lengua me recorre el clítoris sin parar. Parece que así se incrementan las sensaciones, así que aprieto su dedo mientras restriego el clítoris contra su lengua.

Esa sensación reconocible se va formando, el principio del clímax. Pero, joder, madre mía, lo siento mucho más con su lengua que con mi almohada. Es como un baño caliente y un masaje y el sueño más erótico del mundo, todo en uno.

El placer va aumentando más y más, tanto que me da miedo.

El orgasmo me recorre y me inunda como una cascada.

Empujo las caderas contra su cara e intento acallar mis gemidos en la almohada. Me da vergüenza hacer tanto ruido, pero en realidad me importa un carajo, porque me siento de maravilla.

Chillo y me retuerzo. Cuando termino, me quedo tumbada en la cama jadeando y sudando, pensando en lo loco que es todo esto.

Mikolaj me ha provocado el momento más placentero de mi vida.

Nos estamos mirando el uno al otro desde nuestras almohadas. Creo que él está tan perdido como yo. No sabe qué hacer.

Me besa una vez más con suavidad.

Entonces me dice:

—Vuelve a tu habitación, pequeña bailarina. Que nadie te vea.

En silencio, salgo de la cama y corro por donde he venido, con el cuerpo débil por el placer y la cabeza dándome más y más vueltas.

21

MIKO

A la mañana siguiente, todo sigue como siempre.

Cuando bajo a la planta principal, oigo a Nessa ensayando en su estudio con un nuevo vinilo en el tocadiscos. Debe de haber acabado con la coreografía de un baile y ha empezado el siguiente.

La casa parece como siempre. Mi cara luce igual en el espejo después de ducharme y vestirme.

Aun así, me siento totalmente distinto.

Para empezar, tengo hambre de verdad.

Voy a la cocina, donde Klara está recogiendo los restos del desayuno que le ha hecho a Nessa.

Parece sobresaltada al verme. Normalmente solo bebo café por las mañanas.

—¿Queda algo de beicon?

—¡Ah! —exclama, afanándose entre las sartenes—. Un par de trozos. Pero deme un momento, ¡le hago más!

—No hace falta —respondo—. Me como este.

Cojo el beicon de la sartén y me lo como allí mismo, apoyado sobre la encimera. Está crujiente, salado y ligeramente quemado. Sabe que te cagas.

—¡Puedo hacerle más! —dice Klara agobiada—. Solo tardaré un minuto. Seguramente esté frío.

—Está perfecto —replico pescando también la última salchicha que queda en la sartén.

Klara parece alarmada, no sé si por el hecho de que yo haya entrado en la cocina, cosa que nunca hago, o porque estoy de buen humor, cosa que nunca pasa.

—¿Nessa está en el estudio? —pregunto, aunque ya sé la respuesta.

—Sí —dice con cautela.

—Le gusta trabajar. Siempre la escucho allí.

—Así es.

Seguramente Klara respete eso. Tiene una ética laboral sobresaliente: entre la cocina, la limpieza y los recados, hace el trabajo de al menos tres personas.

Le pago bien. Pero conduce un Kia de hace veinte años y lleva un bolso de tela. Manda todo el dinero a Polonia, para sus padres y sus abuelos. Jonas comparte esos mismos abuelos, pero él no manda una mierda, a pesar de que gana mucho más dinero que Klara.

—Has cuidado muy bien de nuestra pequeña prisionera.

Klara deja las sartenes a remojar en el fregadero y abre el grifo sin levantar la cabeza para mirarme.

—Sí —dice en voz baja.

—Tenéis muy buena relación.

Echa jabón lavavajillas en las sartenes. Le tiembla un poco la mano y una parte del líquido cae en el grifo. Lo limpia rápidamente con el estropajo.

—Es una buena chica —repone Klara—. Tiene buen corazón —añade, con un ligero tono de reproche en la voz.

—¿Sabías que ha aprendido a hablar polaco?

Klara se endereza y me mira con culpabilidad.

—¡No pretendía enseñarle nada! —dice, tragando saliva—. Lo aprende todo tan rápido... Pensé que aprendería a decir «cuchara» o «taza» solo para entretenerse. Cuando me di cuenta, estaba montando frases...

La explicación de Klara suena atormentada, tiene las mejillas ruborizadas por los nervios. No es necesario que me convenza. He visto con mis propios ojos lo lista y perceptiva que es Nessa. Parece un fauno pequeño e inocente, pero su mente siempre funciona a mil por hora.

—Por favor, no se enfade con ella —añade Klara—. No es culpa suya.

Pensé que Klara suplicaría por sí misma, para que no la castigara. Ahora veo que solo le preocupa Nessa.

Esto es peor de lo que imaginaba. Se han hecho amigas. Muy amigas.

Debería despedir a Klara. O, al menos, alejarla de Nessa.

¿Pero a quién podría confiarle su protección? A nadie, joder. Nessa le robaría el corazón incluso a un tejón rabioso.

Así que miro a Klara fijamente y en silencio hasta que deja de hablar, se muerde el labio y se seca las manos mojadas de forma compulsiva en su delantal.

—Me preocupa a quién eres leal.

Se tironea el delantal con las manos agrietadas.

—Nunca traicionaría a la Braterstwo.

—Nessa Griffin no es una mascota. Es una baza, una baza muy valiosa.

—Lo sé —susurra Klara.

—Si se te pasa por la cabeza liberarla...

—¡Nunca!

—Recuerda que sé dónde vive tu familia en Boleslawiec. Tu madre, tu tío, tus sobrinitos y tus abuelos... No están a salvo porque sean parientes de Jonas. Jonas le metería un tiro a su madre si yo se lo pidiera.

—Lo sé —jadea Klara—. Sé que lo haría.

—Pues tenlo presente. Estás criando a un cordero para el matadero. Por muy simpático que sea el cordero.

Klara asiente y baja la vista al suelo.

Me sirvo una taza de café y salgo de la cocina.

Le he dado un buen rapapolvo. Me pregunto si de verdad era para Klara o estaba intentando convencerme a mí mismo.

No dejo de pensar en lo de anoche. Se me antoja un sueño. Aunque fue más real que mi vida diaria habitual. Sigo pensando en el sabor del coño de Nessa en mi boca, en el tacto de su piel contra la mía. Podría subir ahora mismo y volverlo a hacer...

No. Ni de coña. Tengo que prepararme para mi reunión con Kristoff.

Paso el resto del día con mis hombres para planificar el último asalto a los Griffin. A estas alturas ya tenemos una idea clara del horario de Callum y Aida. El concejal y su mujer irán a la inauguración de una nueva biblioteca en Englewood dentro de seis días. Es la oportunidad perfecta para secuestrarlos a ambos.

Volveremos a ejecutar la idea de Tymon, pero esta vez estará mejor planificada. Usaremos a Aida contra su marido y vaciaremos lo que queda en sus cuentas del Hyde Park Bank y el Madison Capital.

Mientras tanto, haremos un trato con los Gallo. Nos darán la torre de Oak Street a cambio de que Aida regrese sana y salva y de que desaparezcan las pruebas contra Dante Gallo. Dejaré que Dante salga de la cárcel. Y, en cuanto ponga los pies en la acera, le pegaré un tiro en la cara.

Ese es el plan por el momento. Esta noche se lo presentaré a Kristoff.

Preferiría no llevar conmigo a Nessa, pero Kristoff ha insistido en ello.

Mientras Klara prepara a Nessa, yo me visto con un jersey fino de cachemira gris, unos pantalones elegantes y unos mocasines.

No llevo traje como la mayoría de los gángsteres. Se creen que así parecen hombres de negocios. Es una puta farsa. La americana de un traje viene bien para esconder un arma, pero, aparte de eso, es gruesa y limita el movimiento. Yo no soy un hombre de negocios, soy un depredador. Y no voy a permitir que la moda me encorsete. No pienso recibir una bala porque no pude apartarme de su camino lo bastante rápido.

No tardo mucho en prepararme. Espero al final de las escaleras y alzo la vista hacia el ala este.

Por fin, Nessa aparece en lo alto, apoyada contra una ventana como si fuera una pintura en un cuadro.

Lleva un vestido blanco de raso con capas ligeras que flotan a su alrededor como si fueran alas. Se ha recogido el pelo y luce unos diamantes en forma de lágrima en las orejas. Lleva a la vista los brazos esbeltos y los hombros, resplandecientes a la luz de la noche.

Cuando baja las escaleras, me quedo clavado en el sitio, observándola. En vez de bajando las escaleras, la imagino yendo al altar donde yo la espero. En vez de un vestido de gala, la veo con un vestido de novia blanco. Veo cómo sería Nessa si fuera mi esposa.

Es como una visión. El tiempo se detiene, el sonido se amortigua, y lo único que veo es a esta chica: un poco tímida, algo nerviosa, pero irradiando una alegría que jamás conseguiré arrebatarle. Porque no proviene de las circunstancias ni del entorno. Proviene de la bondad de su corazón.

Nessa llega al final de las escaleras.

Parpadeo, y la visión desaparece.

No es mi esposa; es mi prisionera. La voy a llevar a una reunión negociadora en la que Kristoff y yo vamos a decidir cómo dividirnos el cadáver del imperio de su familia.

Ella levanta la mirada, cálida y expectante, seguramente crea que voy a decirle lo guapa que está.

En su lugar mantengo la expresión seria.

—Vámonos. Vamos a llegar tarde.

Le doy la espalda e intento ignorar el dolor en su gesto.

Me sigue hasta el coche.

Nessa se detiene cuando pone un pie en los escalones de la entrada. Está atardeciendo. El sol proyecta colores en el lienzo blanco que es su vestido. Su piel reluce, dorada, y los ojos le brillan más que nunca.

Me meto en el coche tratando de no mirarla.

Jonas la toma de la mano para que ella pueda recogerse la falda y subir al coche sin mancharse el vestido. Me cabrea que la esté tocando. Me cabrea que ella lo permita.

En cuanto Nessa y yo estamos sentados en la parte de atrás, y Jonas y Marcel delante, nos marchamos. El coche acelera por la entrada sinuosa y cruza las verjas. Nessa se endereza un poco y apoya la frente contra la ventana para ver mejor.

Hace mucho que no se monta en un coche. Hace mucho que no ve más que la casa y el jardín. Percibo su entusiasmo al ver calles y edificios, gente en las aceras, vendedores en las esquinas.

Las ventanas están totalmente tintadas. Nadie ve qué hay dentro. Aun así, me da ansiedad sacarla de la casa. Es como liberar un pájaro cantor de su jaula; si algo sale mal, se irá volando.

Nos dirigimos al sur, hasta Lincoln Park, donde vive Kolya Kristoff. Es un complejo extenso, construido hace poco y bastante moderno. La casa principal se me antoja un montón de cajas de cristal amontonadas unas sobre otras. Me parece una disposición malísima desde el punto de vista de la seguridad. Pero Kristoff es así de extravagante. Le gusta alardear, desde su Maserati hasta sus trajes Zegna.

El interior es igual de poco práctico. Hay un río artificial que recorre el vestíbulo, bajo una lámpara de araña hecha de esferas que rotan, como si se tratara del sistema solar.

Cuando Kristoff baja a recibirnos, lleva puesto batín de terciopelo y unos mocasines con borlas. Estoy a punto de cancelar nuestra alianza solo porque no quiero hacer negocios con alguien que se piensa que es la reencarnación de Hugh Hefner.

Estoy de mal humor e irritable, y todavía no hemos empezado.

No ayuda que lo primero que hace Kristoff sea caminar alrededor de Nessa, como si fuera una escultura en un pedestal, mientras recorre con la mirada cada palmo de su cuerpo.

—Madre mía, qué espécimen —comenta—. ¿Qué has estado haciendo con ella, Mikolaj? Secuestraste a una niña y la has convertido en una diosa.

Nessa nos mira de hito en hito con las mejillas arreboladas con ese tono rosa que tan bien conozco. No le gusta llamar la atención de esta forma y me busca a mí para que la proteja.

—Es la misma de siempre —le espeto.

Ojalá Klara no la hubiera arreglado tanto. Le dije que la dejara presentable, no que la convirtiera en Grace Kelly.

—Creía que los rusos teníamos a las mujeres más bonitas —sonríe Kristoff—. Supongo que no he probado más variedades…

Nessa se está pegando a mí, alejándose de Kristoff.

—¿Pero los irlandeses las entrenan? —prosigue Kristoff levantando sus cejas oscuras—. Las rusas te comen la polla mejor que una estrella porno. Te hacen una mamada en el tiempo que tarda en calentarse una tetera. ¿Qué me dices, Mikolaj? ¿Tiene punto de comparación?

Si Kristoff sigue hablando, le voy a arrancar las cuerdas vocales de la garganta para estrangularlo con ellas.

Nessa parece a punto de echarse a llorar. Yo tengo el estómago encogido como una nuez.

No hay forma de responder bien a esta pregunta. Si le digo a Kristoff que no me la he follado, no me creerá. Si le cuento la verdad, será peor. Nada sería más peligroso para Nessa que el hecho de que el jefe de la Bratva sepa que tiene a la bella y virgen hija de su rival en su casa.

—No te interesaría —respondo sin más—. No se le da nada bien.

Nessa vuelve esos grandes ojos verdes hacia mí, dolida y sorprendida. No puedo mirarla. No puedo ni mostrarle el más leve indicio de empatía.

—Pongámonos manos a la obra. No tengo toda la noche —ladro.

—Por supuesto —concede Kristoff con media sonrisa.

Nos conduce a un comedor formal, donde la mesa está atestada de comida. Kristoff se sienta a un lado de la mesa junto a sus tres generales de más alto rango. Nessa y yo nos sentamos en el extremo opuesto, entre Jonas y Marcel.

Nessa está pálida y en silencio, no quiere probar la comida.

—¿Qué sucede? —dice Kristoff—. ¿No te gusta el *pelmeni*?

—Ya conoces a las bailarinas —contesto yo—. No comen mucho.

Nessa me recuerda a Perséfone, secuestrada por Hades y obligada a gobernar como reina de los muertos. Perséfone se esforzó mucho por no comer la comida de Hades para poder regresar algún día al reino iluminado por el sol.

Pero Nessa ya se ha comido mi comida. Al igual que Perséfone, que tuvo tanta hambre que perdió la determinación y comió seis semillas de granada.

Kristoff parece ofendido. Los rusos son muy sensibles con sus platos. Por suerte, Jonas y Marcel se están zampando suficiente comida para compensarlo.

—*Davayte pristupim k delu* —digo.

«Vayamos al grano».

Kristoff se sorprende de que hable ruso. Sé hablarlo perfectamente, pero normalmente me niego a usarlo con él. Este es nuestro idioma franco. Sin embargo, no quiero que Nessa tenga que soportar una larga discusión sobre cómo vamos a destruir a su familia. Bastante tiene con tenerme a mí a un lado, a Jonas en el otro y a Kristoff mirándola desde el lado contrario de la mesa. Lo menos que puedo hacer es mantenerla ajena a lo que va a suceder.

Pero es demasiado lista para mantenerse al margen. Conforme repasamos nuestros planes, con alguna discusión y bastante debate, capta el tema sin entender los detalles. Su expresión se vuelve cada vez más triste, al tiempo que va dejando caer los hombros.

Por fin, Kristoff y yo llegamos a un acuerdo. Atacaremos a Callum Griffin en la inauguración de la biblioteca y nos llevaremos a Aida al mismo tiempo. Es un evento sin importancia. Tendrán poca seguridad.

Una vez decidido, Kristoff se reclina en su asiento y da un sorbo al vino.

—¿Y qué tienes pensado hacer con ella? —pregunta señalando a Nessa con la cabeza.

—Por el momento, se queda conmigo.

Nessa me lanza una mirada de reojo. Sabe que estamos hablando de ella.

—Deberías dejarla preñada —comenta Kristoff—. Mataron a tu padre. Que te dé un hijo.

No puedo decir que no lo he pensado.

Los Griffin y los Gallo se aliaron mediante un matrimonio. Yo podría hacer lo mismo.

Pero no busco una alianza. Nunca ha sido mi objetivo. Yo quiero una dominación absoluta y completa. No quiero compartir la ciudad, quiero poseerla. No quiero una recompensa, quiero venganza.

—Por la victoria —dice Kristoff levantando la copa por última vez.

—*Nostrovia* —digo, entrechocando mi copa con la suya.

Cuando estamos listos para marcharnos, Kristoff nos acompaña de vuelta a la puerta de entrada. Nos damos la mano lentamente para sellar nuestro acuerdo.

Luego echa un vistazo a la tobillera de Nessa.

—Yo le pondría un collar alrededor del cuello —dice—. Me encantaría tener una gatita que venga arrastrándose detrás de mí...

Estira la mano para tocar la cara de Nessa.

Antes de pensarlo, le aferro la muñeca con los dedos.

Los hombres de Kristoff se ponen en alerta, dos me flanquean y uno empuña su pistola. Jonas y Marcel también se tensan, echando un ojo a los soldados rusos y preparándose para luchar. La tensión se masca en el aire, hay tanto silencio que se oye el río artificial que atraviesa el suelo.

—No la toques.

—Ten cuidado —me dice Kristoff con delicadeza—. Recuerda quién es tu amigo en esta sala y quién es tu enemigo.

—Recuerda lo que es mío si quieres que sigamos siendo amigos. —Le suelto la muñeca.

Da un paso atrás y sus soldados se relajan. Jonas y Marcel hacen lo mismo, al menos de cara a la galería. Estoy seguro de que el corazón les sigue latiendo tan rápido como a mí.

—Gracias por la cena —añado con sobriedad.

—Espero que sea la primera de muchas —repone Kristoff.

Su mirada es fría. Mira a Nessa, pero esta vez no es con deseo, sino con resentimiento.

—*Spokoynoy nochi malen'kaya, shlyukha* —le dice.

«Buenas noches, putilla».

Estoy a punto de pegarle en la boca. Ya tengo el puño apretado y el brazo en tensión, pero me contengo a tiempo.

Si ataco a Kristoff en su casa, dudo que ninguno de nosotros salga de aquí con vida. Incluida Nessa.

Ella no entiende el insulto, pero capta el tono. Le da la espalda a Kristoff sin molestarse en responder.

Cuando nos alejamos de su casa, Nessa se queda mirando por la ventana. Ha perdido la emoción de cuando salió. Ya no parece fijarse en las últimas hojas que caen ni en las luces de la ciudad. Parece cansada. Y derrotada.

—No permitiré que te toque —le prometo.

Me mira de reojo un instante, pero luego suspira y vuelve a mirar por la ventana sin responder.

Tiene derecho a ignorarme. Sabe que la Bratva y la Braterstwo preparan planes mucho peores para su familia mucho peores que cualquier cosa que pudiera hacerle Kristoff a ella.

—Gira aquí —le digo a Jonas de repente cuando entramos en Halsted Street.

—¿Aquí?

—Sí.

Gira bruscamente hacia la izquierda y vamos hacia el sur, en dirección opuesta a mi casa. Recorremos ahora el paseo fluvial y Jonas va siguiendo mis escuetas órdenes.

—Aparca aquí —le pido—. Esperad en el coche.

Jonas aparca delante del teatro The Yard. Entro un momento y, después, vuelvo para recoger a Nessa.

—¿Qué estamos haciendo? —pregunta ella, desconcertada.

—Quiero que veas una cosa. Pero tienes que prometer que no montarás un numerito ni intentarás escapar.

Estoy seguro de que la tobillera está rota. Si me la juega, estoy jodido. Pero, si me lo promete, creo que mantendrá su palabra.

—Yo... De acuerdo —accede.

—¿Me lo prometes?

Nessa alza la vista con esos ojos verdes y brillantes, sin atisbo de mentira en ellos.

—Lo prometo, Mikolaj.

La acompaño escalones arriba hasta el vestíbulo. Ya he sobornado al portero. Este nos cuela por una escalera trasera hasta el palco superior, que normalmente está reservado para los principales benefactores del teatro.

En cuanto Nessa ve la actuación que hay en el escenario, que resplandece iluminado a nuestros pies, deja escapar un grito ahogado y se lleva las manos a la boca.

—¡Es mi espectáculo!

Esta es la última noche que el Lake City Ballet va a interpretar *Bendición*. Nos hemos perdido la mitad del ballet, pero a Nessa no parece importarle. Tiene la mirada fija en el escenario, y mueve los ojos de un lado a otro siguiendo cada giro de los bailarines. No se sienta en las butacas cómodas y reclinables que hay delante del cristal, sino que se queda de pie apoyada en la ventana, tan cerca como puede para ver todos los detalles.

—Mi amiga Marnie hizo esos decorados —me cuenta—. Pintó a mano todos los girasoles. Tardó varias semanas. Venía por las noches y escuchaba todos los libros de Jack Reacher mientras lo hacía.

Isabel cosió ese vestido. Está hecho con una cortina del último espectáculo que hicimos. Y esos dos bailarines de ahí son hermanos. Fui al instituto con el pequeño...

Me lo cuenta todo, está tan emocionada que se le olvida la incomodidad y la humillación que ha soportado esta noche. Mientras la música suena por los altavoces, veo que sigue el ritmo con la punta de los dedos, tamborileando contra el cristal. Veo lo mucho que le gustaría bailar por el palco, pero no puede apartar la mirada del escenario.

Cuando suena la siguiente canción, junta las manos.

—¡Ay, esta es mi favorita! ¡La hice yo!

Cuatro bailarines cruzan el escenario vestidos de mariposa: una monarca, una morpho, una cola de golondrina y una mormón escarlata. Giran a la vez, luego se separan y vuelven a juntarse. A veces se mueven sincronizados y otras crean un complejo diseño en cascada. Es un baile complicado, ligero y alegre. No sé cómo se llaman los movimientos. Solo sé que lo que veo es una preciosidad.

—¿Tú has coreografiado todo esto?

Ya sé que sí. Veo sus huellas en todas partes, como los fragmentos de su trabajo que he visto en mi casa.

—¡Sí! —exclama Nessa con alegría—. ¡Mira qué bien ha quedado!

Solo pretendía estar un rato, pero no puedo llevarme a Nessa de aquí. Lo vemos hasta que acaba; Nessa tiene la cara y las manos pegadas el cristal.

Cuando termina la actuación, el público aplaude y un hombre atlético de pelo canoso se asoma al escenario para hacer unas reverencias.

—¿Ese es el director? —le pregunto a Nessa como si nada.

—Sí —responde—. Ese es Jackson.

—Vámonos —le insto—. Antes de que salga todo el mundo.

No puedo arriesgarme a que alguien vea a Nessa cuando se vaya el público.

De camino a casa vamos en silencio. Nessa, porque está absorta en la felicidad de haber presenciado su actuación en directo, de haber visto cobrar vida sobre el escenario lo que ella había imaginado. Yo, porque me estoy dando cuenta cada vez más de lo brillante que es esta chica. Canalizó una parte de su propio espíritu, de su propia bendición y le insufló vida para que todo el mundo lo viera. Me ha hecho sentirla. A mí, que nunca siento felicidad, mucho menos pura alegría.

Cuando aparcamos en casa, Nessa se baja y me espera, creyendo que entraremos juntos.

En cambio, le digo a Jonas que espere. Luego le digo a Marcel:

—Acompáñala a su habitación. Asegúrate de que tiene todo lo que necesita.

—¿Adónde vas? —me pregunta Nessa frunciendo el ceño en un gesto de preocupación.

—Un recado rápido.

Se pone de puntillas y me da un beso en la mejilla.

—Gracias, Miko —dice—. Llevarme a ver esa actuación ha sido el mejor regalo que podrías hacerme.

Noto que Marcel me está mirando, igual que Jonas.

Asiento con rigidez.

—Buenas noches, Nessa.

Luego me meto en el coche.

—¿Adónde vamos? —me pregunta Jonas.

—De vuelta a The Yard.

Paseamos por las calles silenciosas. Ahora voy sentado en el asiento del copiloto, junto a Jonas. Percibo la tensión en sus hombros y en sus manos, que sujetan el volante con fuerza.

—¿Ahora la llevamos a hacer excursiones? —suelta.
—La llevaré a Marte si me sale de los cojones.
Jonas se queda callado un instante.
—Miko, eres mi hermano —dice al rato—. No solo en la Braterstwo, sino en todo. Me salvaste la vida en Varsovia. Te dije que nunca lo olvidaría y nunca lo olvidaré. Hemos trabajado juntos muchísimas veces. Vinimos juntos a este país. Hemos construido un imperio juntos. Prométeme que no lo echarás todo a perder porque te ha trastocado la cabeza una niña bonita.

Mi primer impulso es arrancarle la cabeza de un bocado por atreverse a cuestionarme. Pero oigo sinceridad en sus palabras. Jonas ha sido un hermano de verdad para mí. Hemos sufrido, hemos aprendido y hemos triunfado juntos. Es una conexión que solo conocen los soldados.

—Es una pesada carga asumir el puesto de Zajac —le digo—. Le debemos algo a nuestro padre. Pero no quiero sacrificar a mis hermanos para pagarlo.

—No me dan miedo los italianos ni los irlandeses —repone Jonas—. Somos más fuertes que ellos. Sobre todo, con los rusos de nuestra parte.

—Las palabras no son resultados —digo.
Es algo que siempre nos decía Zajac.
—¿Ya no tienes fe en tu propia familia? —pregunta Jonas, cuya voz suena grave y furiosa.
—Quiero elegir la batalla que pueda ganar.

Podría casarme con Nessa Griffin y ella podría traer a mi hijo en su vientre. Y yo me quedaría con un pedazo del imperio sin andar sobre los cadáveres de todos aquellos a los que quiere. Sin sacrificar las vidas de mis hermanos. Porque da igual lo que diga Jonas, si seguimos con este asalto a los Griffin y los Gallo, no ganaremos la guerra sin bajas. Eso si es que ganamos.

Llegamos de nuevo al teatro. Le pido a Jonas que pare en la puerta delantera. Observamos a los bailarines rezagados y a los empleados que salen por las puertas cuando termina el espectáculo. Luego, por fin, sale Jackson Wright, junto a una mujer rechoncha de pelo rizado y un hombre alto y delgaducho.

Caminan por la calle juntos, riendo y hablando del éxito de la noche antes de girar a la izquierda y entrar en el pub Whiskey.

—Espera aquí —le pido a Jonas.

Sigo a Jackson al interior del pub. Me siento en la parte de arriba y lo observo mientras se pide una Guinness. Se sienta y charla con sus amigos diez, veinte minutos. Ya me cae mal, incluso a una distancia de seis metros. Me percato de sus gestos pomposos y de cómo acapara la conversación, interrumpiendo a la mujer rechoncha cada vez que esta quiere hablar.

Al final, la Guinness hace su efecto. Jackson se dirige al baño de la parte trasera del bar.

Solo hay un baño. Perfecto para mis intenciones.

Cuando Jackson entra, me cuelo antes de que pueda cerrar la puerta tras él.

—¡Eh! —exclama en tono irritado—. Es evidente que está ocupado.

Cierro la puerta y echo el pestillo por dentro. Jackson me mira a través de sus gafas de montura de carey, con las cejas arqueadas.

—Aprecio el entusiasmo, pero no eres ni del género ni del tipo que me gusta, lo siento.

Cruzo el pequeño baño de un paso y le rodeo la garganta con una mano. Lo levanto y le estampo la cabeza contra la pared de azulejos.

Jack emite un chillido de terror y trata de apartar la mano que lo está asfixiando. Tiene las gafas torcidas. Sus pies patalean sin remedio en el aire.

—Esta noche he visto tu actuación —digo como quien no quiere la cosa.

—No... puedo... respirar... —jadea con el rostro cada vez más morado.

—Es curioso... He reconocido parte de la coreografía. ¿Conoces a Nessa Griffin? He visto su huella en el espectáculo. Pero no he visto que se la haya mencionado en ninguna parte.

Lo bajo un poco, solo para que pueda apoyarse de puntillas, pero no tanto como para que esté cómodo. Relajo la mano para que pueda hablar.

—¿D-de qué estás hablando? —balbucea—. No conozco a ninguna...

—Respuesta equivocada —respondo, y vuelvo a alzarlo.

Me clava las uñas en las manos y en los antebrazos. Me importa una mierda. Sigo asfixiándolo hasta que empieza a desmayarse y entonces lo bajo otra vez.

—Despierta. —Le doy un bofetón en la cara.

—¡Au! ¡Suéltame! —chilla Jackson, que vuelve en sí.

—Probemos otra vez. ¿Te acuerdas de Nessa Griffin?

Un silencio repentino. Seguido de un «sí» resentido.

—¿Te acuerdas de que le robaste su trabajo y lo colaste como tuyo?

—Yo no... —Otro golpe en la cabeza contra la pared y Jackson grita—: ¡Está bien, está bien! Participó en el espectáculo.

—Pero no la has mencionado en los créditos.

Tuerce el gesto como si le estuviera obligando a comer gachas mohosas.

—No —reconoce finalmente.

—Me alegra que estemos de acuerdo.

Lo bajo. Antes de que pueda parpadear siquiera, lo agarro del brazo izquierdo y se lo retuerzo por detrás de la espalda. Después de verlo bebiendo cerveza, sé que es zurdo. Lo retuerzo por completo hasta que vuelve a chillar y a sudar.

—¡Para, para! —gime—. ¿Qué quieres que haga? ¡El ballet ya ha acabado!

—Compénsaselo.

—¿Cómo?

—Eso lo dejo en tus manos.

—Pero… Pero…

—¿Qué?

—¡Nessa ha desaparecido! Hay quien dice que está muerta.

—Nessa está vivita y coleando. No te preocupes por ella, preocúpate por ti. Preocúpate de lo que te haré yo si no me gusta tu solución.

—¡De acuerdo, lo que tú digas! Pero suéltame —jadea.

—Lo haré. Pero antes tienes que pagar un precio.

Con un solo movimiento, le fracturo el radio y le tapo la boca con la mano para amortiguar el grito. Es asqueroso, porque me mancha de mocos, lágrimas y saliva. Menudo esperpento.

Suelto a Jackson, que se desploma en el suelo gimiendo y temblando.

—Ya hablaremos —le digo.

Se encoge.

—¿Trabajas para su padre? —me pregunta con una especie de graznido cuando me dispongo a salir.

—No, solo soy un amante del arte.

Lo dejo llorando en el baño.

Cuando vuelvo al coche, cojo unas toallitas de la guantera para limpiarme la porquería de las manos. Es como si me hubiera peleado con un gato.

—¿Ha ido bien? —pregunta Jonas.

—Pues claro. Pesa menos que tu última novia.

Jonas resopla.

—Nunca he estado con una tía a la que considerara mi novia.

Tiene razón. Aunque me une un lazo fuerte a mis hermanos, no son precisamente lo que yo describiría como «buenas personas». Sobre todo, Jonas.

Pero, claro, yo tampoco soy una buena persona.

22

NESSA

Marcel me lleva al interior de la casa y me acompaña hasta mi dormitorio en la planta superior, tal como se le ha ordenado. Klara estaba aireando la cama, como hacen en los hoteles de primera. No me deja una chocolatina en la almohada, pero estoy convencida de que lo haría si se lo pidiera.

Se endereza cuando entro en la habitación. Marcel está justo detrás de mí. Cuando Klara lo ve, respira hondo, y me percato de que se estira el bajo del delantal, como si quisiera quitar las arrugas.

—Hola, Klara —saluda Marcel.

—Hola —responde ella mirando el suelo.

Cualquiera diría que no se conocen. Pero yo sé de buena tinta que llevan años trabajando juntos.

—Deja que te ayude a prepararte para dormir —me dice Klara.

—En realidad, ¿te importaría hacerme un té, Klara? De hierbas. Si no te importa... Es que necesito relajarme un poco.

—Por supuesto —responde Klara.

Sale de la habitación. Marcel me da las buenas noches y corre tras ella.

Lo cierto es que no quiero té. Simplemente quería darles la oportunidad de hablar si quieren hacerlo. Mikolaj y Jonas se han ido, así que nadie los va a pillar. Excepto yo.

Sé que esto es terrible, y debería quedarme quietecita donde estoy. Pero la curiosidad me está matando. Tengo que saber qué está pasando entre estos dos. En mi cabeza invento todo tipo de situaciones de telenovela.

Bajo las escaleras tan silenciosa como un ratón. Resulta que soy mucho más cotilla de lo que pensaba. O tal vez me haya convertido en una fisgona después de que la soledad y el aburrimiento me hayan acechado durante un mes. Antes no mentía ni escuchaba a escondidas. Por Dios, se me estará pegando de mis captores.

Bueno, si han sido una mala influencia, serán ellos quienes paguen el precio.

Me quedo de pie fuera de la cocina, con la espalda apoyada en el antiguo papel pintado de color verde, y prácticamente pego la oreja al marco de madera de la puerta.

—Solo es una cena, Klara —dice Marcel en polaco.

Su voz es bonita. No habla mucho, así que no la escucho a menudo. Tiene un tono agradable y suave. Y está intentando usarlo a su favor como sea.

—Yo me preparo mis propias cenas —afirma Klara en tono frío.

La oigo llenar la tetera y sacar las tazas. No tardará mucho en preparar el té, así que más le vale a Marcel darse prisa.

—¿Cuándo fue la última vez que cenaste algo que no te hubieras preparado tú? —pregunta Marcel.

—Hace menos que la última vez que tú cocinaste algo. Seguro que no sabes usar ni una tostadora.

—¿Por qué no me enseñas? —insiste Marcel.

No puedo resistirme a echar un vistazo. Klara está colocando la tetera en su sitio. Marcel se ha acercado por detrás, tan cerca que sus cuerpos están prácticamente pegados entre sí: apenas los separan unos centímetros. Hacen una pareja preciosa. Tal para cual: los dos son altos, delgados y de cabello oscuro.

Marcel intenta poner las manos en las caderas de Klara. Esta se da la vuelta. No me queda otra que esconderme, así que no veo el tortazo, pero vaya si lo escucho.

—¡Yo no trabajo en uno de tus clubes! —grita Klara—. No seré una de esas chicas que te la chupan a cambio de coca y bolsos hasta que te canses de mí.

—¿Cuándo me has visto hacer algo así? —le replica Marcel en el mismo tono—. Lo único que te pido es una oportunidad, todos los días, desde hace tres putos años.

—No llega a tres —dice Klara.

—¿Qué? —pregunta Marcel, que parece desconcertado.

—Dos años y once meses. No llega a tres.

—Me estás volviendo loco, mujer. —Los pasos rápidos de Marcel me indican que está caminando de un lado a otro—. Creo que simplemente te gusta torturarme.

—Tengo que subir esto —sentencia Klara.

La oigo preparar la bandeja de té y salgo corriendo escaleras arriba antes de que pueda pillarme.

Me subo a la cama de un salto y me echo las sábanas por encima. Busco frenéticamente algún libro.

Cuando Klara entra poco después, deja la bandeja junto a la cama y me mira con suspicacia.

—¿Qué estás haciendo? —pregunta en polaco.

—Nada. Esperándote.

—¿Por qué estás jadeando?

—¿Estoy jadeando? Supongo que tenía ganas de que llegara el té.

Sus cejas desaparecen por debajo del flequillo. No se cree ni una palabra de lo que digo.

—Ah, gracias. ¡Qué buen té! —digo rápidamente, y le doy un sorbo demasiado rápido que me quema la lengua.

Klara pone los ojos en blanco y se dirige hacia la puerta con la bandeja en las manos.

Me bebo el té, pero no voy a dormir.

Estoy demasiado alterada por la noche que he vivido. Ha empezado de forma prometedora, ya que por fin he salido de la casa por primera vez en sabe Dios cuánto tiempo. Pero luego me he dado cuenta de que Mikolaj me estaba llevando a la casa de un mafioso ruso asqueroso. Creía que Jonas era malo, pero ese tipo me ha puesto la piel de gallina. Aunque apenas he entendido nada de lo que han dicho durante la cena, la aspereza de su voz me ha dejado claro qué tipo de hombre es.

Después ha tratado de tocarme cuando nos íbamos. Nada grave, no es que quisiera meterme mano ni nada, pero Mikolaj lo ha agarrado del brazo como si pretendiera arrancárselo de la articulación. De repente, estábamos en una especie de duelo mexicano, y yo estaba convencida de que esos eran los últimos segundos de mi vida.

Cuando hemos subido al coche, Mikolaj parecía un cable pelado que chisporroteaba, como si fuera a electrocutarme hasta la muerte si me atrevía a tocarlo.

Sin previo aviso, ha ordenado que nos llevaran a The Yard. Ni siquiera se me había ocurrido que *Bendición* estuviera en cartelera. Casi me había olvidado de que el espectáculo existía tras vivir en el extraño mundo de fantasía de la mansión de Mikolaj. Pero, en cuanto he visto a Marnie y a Serena en el escenario, he sabido exactamente dónde estábamos.

Dios, ver algo que yo creé cobrando vida... es una experiencia totalmente distinta a actuar en el ballet. Es como si viera mi propio sueño, intenso, vibrante y real. No podía respirar.

He visto muchos de los ensayos, pero esto era diferente; todos maquillados, con el vestuario, las luces y la escenografía. Podría haber llorado de lo feliz que estaba.

Debería haber estado sentada en primera fila del público con mi familia. Eso es lo que hubiera pasado la noche del estreno si Mikolaj no me hubiera secuestrado.

Al principio he sentido una punzada de rabia. He recordado todas las cosas que me he perdido en estas últimas semanas: mi baile, el cumpleaños de mi padre, mi semestre en la universidad.

He mirado a Mikolaj con tanta rabia que pensé que acabaría gritándole algo. Pero no me estaba mirando a mí, estaba mirando más allá del cristal, observando el ballet. Tenía en el rostro una expresión parecida a cuando estaba durmiendo. La dureza y la furia se habían evaporado. Solo había calma.

Entonces he caído en la cuenta de que, en realidad, no me he perdido ningún baile en su casa. De hecho, he estado ensayando más que nunca, creando algo totalmente distinto a lo que he hecho en el pasado. No es producto de la antigua Nessa, sino de la nueva Nessa, una chica en desarrollo, que crece y cambia por momentos de una forma que jamás me habría resultado posible si hubiera seguido en mi casa.

La rabia ha desaparecido. Hemos terminado de ver el espectáculo y me ha llevado a casa. Pensaba que Mikolaj me acompañaría escaleras arriba, pero se ha ido corriendo a otro sitio.

Ahora estoy aquí tumbada, incapaz de dormir hasta que oiga su coche en la entrada. Porque, cuando los mafiosos se van, nunca están a salvo. Siempre existe la posibilidad de que esta sea la noche que no vuelvan a casa.

Transcurre una hora. Tal vez más. Por fin, oigo las ruedas aplastando las piedrecillas de la entrada.

Salgo de la cama de un salto y aparto el dosel polvoriento.

Corro escaleras abajo, con las piernas desnudas por debajo de la tela del camisón. Klara me ha llenado el armario y los cajones de unas prendas de ropa maravillosas. Los camisones es lo único que me hace reír. Son anticuados, como si fueran de una chica de la época victoriana. Soy un fantasma corpóreo correteando por la mansión.

Cuando estoy a mitad de las escaleras, Mikolaj me oye. Se da la vuelta. Vislumbro los largos arañazos que le recorren los brazos y el dorso de las manos.

—¿Qué ha pasado? —exclamo.

—Nada.

—¿Adónde has ido?

Cuando estoy a punto de revisar sus heridas, me quedo petrificada. Las personas con más probabilidades de acabar heridas a manos de Mikolaj son los miembros de mi propia familia. Lo que significa que podría haberles hecho algo terrible.

Abro la boca horrorizada.

Mikolaj cae en la cuenta.

—¡No! No ha sido... No es...

—¿Le has hecho daño a alguien que conozco? —digo con los labios entumecidos.

—Bueno... Yo...

Nunca lo he visto tartamudear. Se me encoge el estómago. Creo que voy a vomitar. Me doy la vuelta para alejarme, pero Mikolaj me agarra por los hombros y me encara.

—Espera —dice—. Deja que te lo explique.

Me saca del vestíbulo y me lleva al invernadero.

Me conduce entre el espejo follaje verde. Afuera es prácticamente invierno, pero aquí todavía hace calor y humedad, el aire está cargado de oxígeno y clorofila. Me hace sentarme en el mismo banquito en el que me esperó cuando desperté por primera vez en esta casa.

—No he matado a nadie. Le he hecho daño a alguien, pero se lo merecía, joder.

—¿A quién? —exijo saber.

—A ese director.

Lo miro estupefacta unos instantes. Esto es tan descabellado que tardo en encontrarle el sentido.

—Está bien —afirma Mikolaj—. Solo le he roto el brazo.

Una interpretación libre de «bien», pero mucho mejor de lo que me temía.

—Le has roto el brazo a Jackson Wright —digo sin comprender del todo.

—Sí.

—¿Por qué?

—Porque es un ladronzuelo asqueroso.

Estoy perpleja.

Mikolaj le ha roto el brazo a Jackson... por mí. Es el favor más raro que me ha hecho nadie.

—No quiero que le hagas daño a la gente por mí.

—La gente así no aprende sin consecuencias —replica Mikolaj.

No tengo claro que un capullo como Jackson vaya a aprender nada de una u otra forma. Pero lo cierto es que no me importa. Un miedo muy distinto empieza a arremolinarse en mi interior.

En casa de Mikolaj he estado totalmente aislada. No he tenido contacto con nadie a quien conozca y quiera. He dado por hecho que no ha sucedido nada malo desde que desaparecí. Pero no sé si eso es cierto.

—¿Qué sucede? —pregunta Mikolaj.

Tiene los ojos azul claro clavados en mí.

Me percato de que, en todo el tiempo que llevo aquí, Mikolaj nunca me ha mentido. Al menos hasta donde yo sé. Ha sido duro y agresivo en ocasiones, hasta despreciable. Pero siempre ha sido sincero.

—Miko —digo—. ¿Mi familia está bien? ¿Le has hecho daño a alguno de ellos?

Veo cómo circulan los pensamientos por su cabeza mientras decide si responder o no. Se le marca la mandíbula cuando traga saliva.

—Sí. Jack Du Pont está muerto.

Se me hace un nudo en el estómago. Du Pont es uno de los subalternos más cercanos de mi hermano. Fueron juntos al instituto. Ha trabajado en nuestra casa durante años. Era mi chófer y mi guardaespaldas, y también un amigo.

—Ah —suelto.

Noto que las lágrimas me caen por las mejillas.

Mikolaj no se disculpa ni aparta la mirada. Sigue mirándome fijamente.

—Te he hecho daño a ti.

—¿Todos los demás están bien? —pregunto.

—Dante Gallo está en la cárcel —responde—. Por lo demás, sí.

Me tapo el rostro con las manos. Tengo la cara caliente y las manos frías en comparación. Aida quiere a Dante tanto como yo a Callum. Ahora mismo debe de estar de los nervios.

Toda la familia debe de estarlo. Porque yo sigo desaparecida. Y Jack está muerto. Y saben que pasarán más cosas.

Levanto la cara de las manos e intento mirar los ojos de Mikolaj con la misma compostura que demuestra él.

—¿Qué va a pasar ahora?

La primera vez que hablamos en esta habitación, me dijo que iba a destruir todo lo que amaba. Tengo que saber si ese sigue siendo su plan. Si no ha cambiado nada entre nosotros.

—Bueno —dice Mikolaj—, eso depende.
—¿De qué?
—De ti, Nessa.
Se pasa la mano por el pelo rubio ceniza para apartárselo de la cara. Le vuelve a caer de inmediato. Es la única forma de saber que Mikolaj está nervioso; si no, sería imposible darse cuenta.
—¿Te gusta esta casa? —me pregunta.
Qué pregunta más extraña.
—Pues claro —digo vacilante—. Es preciosa, de una forma un poco espeluznante.
—¿Y si te quedaras aquí? —pregunta, clavando sus ojos azul hielo en los míos—. Conmigo.
Hay demasiado oxígeno en este sitio. Me siento un poco mareada, como si hubiera esnifado un poco de óxido nitroso.
Respondo con cautela.
—Tampoco es que tenga elección, ¿no?
—¿Y si la tuvieras? —replica Mikolaj—. ¿Serías feliz aquí?
—¿Contigo? —repito.
—Sí.
—Estás hablando de acordar un matrimonio.
—Sí —responde—. Si tu familia accede.
La habitación me da vueltas. Esto es lo más terrorífico del mundo y, al mismo tiempo, lo único que podría darme esperanzas.
Jamás me habría imaginado algo así en mi vida. Soy consciente de que existen los matrimonios concertados en la mafia, evidentemente; mi hermano se casó con Aida con una premisa parecida. Pero me parece muy distinto.
Mi hermano es un mafioso. Es político y empresario también, pero lo educaron para vivir esta vida. Yo no. Ni por asomo.

Yo no soy como Callum y Aida. No soy fuerte ni tengo recursos. No soy valiente. Me da miedo que me hagan daño. Tanto físicamente como a un nivel más profundo y duradero.

Ahora me doy cuenta de lo peligroso que es Mikolaj en mi vida. En el tiempo que llevo viviendo en su casa, se ha abierto paso por mi piel y se ha metido en mi cabeza. Sueño con él por las noches. Pienso en él durante el día, cuando estoy componiendo mi ballet. Después de secuestrarme se ha hecho conmigo en todos los sentidos.

¿Cómo empeoraría la situación si fuera mi marido?

Siempre pensé que me enamoraría como una persona normal. Con flirteo y romanticismo, y con amabilidad y educación.

En cambio, me he enamorado de algo mucho más oscuro.

Cada vez que Mikolaj me habla, cada vez que me mira, lanza una pequeña tela de araña a mi alrededor. Es un hilo tan fino y ligero que no me doy cuenta. Cada baile, cada beso, cada vez que mira en mi dirección... No tenía ni idea de lo enredada que estoy.

Lo que me da miedo es cuánto más podría estarlo.

Todo lo que ha sucedido entre nosotros hasta el momento ha sido por casualidad. ¿Y si nos adentráramos en esto de forma intencionada? ¿Cómo de profundo es este pozo? Siento que podría caer eternamente. Tanto que jamás vería de nuevo la luz del día.

No lo miro porque no puedo. Tiene una mirada tan penetrante que es como si pudiera leer todos mis pensamientos.

Mikolaj me coge la cara entre las manos y la gira hacia él para obligarme a mirarlo a los ojos.

La primera vez que lo vi, pensé que tenía una expresión intensa y cruel. Ahora creo que es pura devastación. Destroza la concepción que yo tenía de la belleza. Me gustaban los chicos de rasgos aniñados. Me gustaba que fuesen dulces y convencionales.

Nunca había visto a un hombre que se pareciese a Mikolaj. Es la combinación de la belleza masculina y femenina, todo en uno. Son esas mejillas marcadas, esos ojos de vidrio marino y ese pelo rubio platino junto a esa mandíbula afilada, esos labios finos y esa mirada despiadada.

Es feroz y tierno. Sus tatuajes son una armadura que nunca puede quitarse, con unos pálidos puntos de vulnerabilidad: la cara y las manos, las únicas partes de su cuerpo que permanecen tal como era antes.

Sé que por dentro es igual de multifacético. Es un líder, un estratega, un asesino. Pero también adora la música y las artes. Es leal. Se preocupa por la gente: su hermana, su padre adoptivo, sus hermanos...

Y tal vez, tal vez... por mí también.

Mikolaj me ha abochornado y asustado. Me ha atormentado y provocado. Pero soy muy consciente de las líneas que no ha cruzado.

Creo que él tampoco quería que se produjera esta conexión entre nosotros. Pero ha sucedido igualmente.

Es real. No sé si podría cortarla, aunque quisiera hacerlo.

¿Y si me manda a casa ahora?

Eso es lo que he querido todo este tiempo.

Me imagino de vuelta en la moderna y luminosa casa del lago. Mis padres me abrazan, me besan y me protegen. Estoy sana y salva.

Pienso en mi habitación en casa. Ahora hasta en mi mente me resulta infantil. Sábanas con volantes. Cojines peludos. Cortinas rosas. Mi viejo osito de peluche.

Me da vergüenza solo de imaginarlo. ¿Me sentiría como en casa ahora? ¿O me tumbaría en esa estrecha cama llena de volantes y recordaría el olor de la piedra, de la pintura añeja, del polvo y la naranja, el aroma masculino del propio Mikolaj...?

Ya sé la respuesta.

Echaría de menos esta casa oscura y vieja y al hombre que la habita, más oscuro aún. Me sentiría atraída a volver, como una de las víctimas de Drácula, mordida e infectada y obligada a volver a casa.

¿Está bien sentirse atrapada por un hombre? Seguramente no. Probablemente sea algo retorcido y equivocado a muchos niveles.

Pero es potente y real al mismo tiempo. No puedo evitarlo. No sé si querría hacerlo.

Todo este tiempo ha estado mirándome a los ojos, sin parpadear, con una paciencia infinita. Esperando a que yo tome la decisión.

No hay ninguna decisión que tomar.

Ya ha sucedido sin que yo me diera cuenta.

Me ha cautivado y no hay forma de escapar.

Cierro los ojos y acerco mis labios a los suyos. Lo beso, al principio con suavidad. Luego saboreo sus labios y su lengua, aspiro su aroma, y es como echar gasolina a las llamas. Yo soy la madera y él es el acelerante. Da igual cuánto nos quememos, nunca nos consumimos.

Estoy a horcajadas sobre su regazo, acunándole el rostro con las manos mientras él me las sujeta. Nos besamos con pasión, con voracidad, como si nunca estuviéramos satisfechos.

Me lleva a mi habitación como si fuéramos recién casados. Nuestros labios no se separan en ningún momento. Cada respiración que doy proviene de sus pulmones.

Me deja sobre la cama, y yo siento pavor cuando veo su cara de lobo y sus ojos relucientes.

Lo deseo. Tanto como él a mí.

23

MIKO

Lanzo a Nessa sobre la cama y me digo a mí mismo que debo ir lento, que debo ser cuidadoso con ella.

Pero he estado semanas esperando, semanas deseando. Me he contenido miles de veces. No puedo seguir haciéndolo.

Lleva uno de esos camisones anticuados de encaje color crema, con cientos de botoncitos en la parte delantera. Manipulo con torpeza el primero y, acto seguido, cojo la tela con ambas manos y la hago trizas para abrir el camisón del cuello a la cintura y dejar a la vista los pechos de Nessa, pequeños y delicados.

El encaje es suave. Pero sus pechos lo son mil veces más. Recorro con la lengua la curva de uno de ellos y acerco la boca al pezón. Tiene los pechos tan pequeños que puedo succionar mucho más que el pezón; mi boca se llena con su carne caliente. Succiono con fuerza y presiono firmemente el otro con la mano.

Nessa jadea. Sus gemidos leves y sobresaltados me resultan increíblemente eróticos. Es como un animal en una trampa. Cuanto más gime, más se prende mi hambre.

Le paso la lengua por los pechos y la garganta. Le lamo los labios y le meto la lengua hasta el fondo de la boca.

Recorro todo su cuerpo, hasta ese lugar con el que he soñado día y noche. Coloco la cara entre sus muslos e inhalo su aroma. Su coño es dulce como la miel y sabroso como una frambuesa madura.

Cada mujer tiene un aroma diferente. Si pudiera embotellar el de Nessa, sería la cura para las pollas flácidas de este mundo. No hay hombre hetero en el mundo que huela un poco de esto sin que su polla cobre vida al instante.

Es un aroma embriagador, inolvidable, adictivo. Desde el momento en el que puse mi lengua entre sus piernas, quise más.

Le como el coño como un animal salvaje. Lamo, mordisqueo e introduzco mi lengua en su interior. Luego meto los dedos también, para ver si lo tiene tan apretadito como recuerdo.

Dios, lo es aún más. Me vuelvo a decir a mí mismo: «Ten cuidado, no le hagas daño».

Apenas soy capaz de controlar mi respiración. El corazón me late cada vez más rápido. Se me dilatan las pupilas, me arde la sangre. Mi polla suplica que la entierre en este coño caliente y aterciopelado.

Antes pensaba sobre el sexo lo mismo que sobre dormir: necesario, pero una pérdida de tiempo.

Ahora quiero follarme a Nessa como si fuera mi destino. Como si fuese la única cosa para la que he sido creado.

Empleo los dedos y la lengua para dejarla a punto todo lo posible. Espero hasta que está absolutamente empapada, hasta que puedo meter y sacar el dedo índice con facilidad. Le masajeo el clítoris con la lengua y la voy acercando al clímax.

Entonces saco mi pene. Lo froto en su humedad para lubricar la punta. Hasta ese contacto superficial de la punta del pene deslizándose entre sus labios vaginales me parece una puta pasada. Tengo los nervios a flor de piel. Podría explotar ahora mismo solo de ver su cuerpecito esbelto y sus labios vaginales sonrosados.

—¿Estás lista? —le pregunto antes de penetrarla.

Ella alza la vista y me mira con esos ojos verdes enormes, esas cejas expresivas que parecen tener vida propia. Por primera vez están quietas, todo su rostro en calma y expectante.

—Sí —jadea.

Me introduzco en ella lentamente.

Nessa deja escapar un leve gemido. Me detengo con la polla enterrada hasta el fondo.

La miro. Estamos tan conectados como podrían estarlo dos personas. Estoy totalmente dentro de su cuerpo, y ella me tiene envuelto: me rodea el cuello con los brazos y las caderas con los muslos. Compartimos el mismo aliento; yo respiro su aroma y ella está hundida en mi cama, en el hueco en el que duermo cada noche.

La miro a los ojos. Esta chica no es la misma a la que secuestré de su hogar. Ha habido una metamorfosis. Aunque no sé cómo es Nessa ahora. Todavía está cambiando, no ha adoptado su forma definitiva.

Lo que veo es precioso. Algunas cosas permanecen igual: su amabilidad, su creatividad. Era una corriente que relucía bajo la luz del sol. Pero sus aguas cada vez son más profundas. Se está transformando en un lago y, después, en un océano.

La veo y ella me ve a mí.

Yo era muerte y ella era vida.

Creía que, al secuestrarla, la arrastraría conmigo al inframundo.

Mientras tanto, ella me ha ido despertando. Removiendo la sangre de mis venas. Insuflando aire a mis pulmones.

Estoy tan impresionado de verla así, de la conexión que hay entre nosotros, que se me olvida moverme.

Solo cuando Nessa me abraza más fuerte y mueve ligeramente las caderas, recuerdo que estamos en mitad de un polvo.

La penetro una y otra vez mientras observo su expresión para asegurarme de que no le duele demasiado.

Hace una mueca, pero por la forma en que se ruboriza y me mira deslumbrada, como si flotara, sé que a ella también le está gustando.

La beso en la boca y en el cuello mientras la penetro, hasta que echa la cabeza hacia atrás y gime. Noto su pulso contra mi lengua.

Empieza a rotar las caderas como respuesta, moviéndose al unísono, adaptándose a mi ritmo. Es como si estuviéramos bailando juntos otra vez. Nos movemos en sincronía, nuestros cuerpos están alineados, hasta respiramos a la vez.

Nunca he tenido problemas para «durar». De hecho, el problema solía ser llegar al orgasmo. Me aburría y solía rendirme a menudo.

Ahora estoy experimentando la otra cara de la moneda. El placer extraordinario y el impulso desesperado por explotar inmediatamente, ahora, sin que pase un solo segundo más.

Nessa todavía no se ha corrido. Respira cada vez más rápido, se retuerce debajo de mí. Quiero que se corra. Quiero sentir cómo se encoge ese coñito apretado.

Entro un poco más en ella. La abrazo y la sujeto con fuerza. Entierro la cara junto a su cuello y muerdo con delicadeza ahí donde se une al hombro.

Nessa se tensa al recibir el mordisco. Eso la lleva al clímax. Frota su cuerpo contra el mío con fuerza, la contracción rítmica de su vagina asfixia mi pene.

—Joder —exclama.

Mi orgasmo es mucho menos elocuente. Suelto un gruñido junto a su cuello, largo, grave y gutural. Se me encogen los huevos y estallo en su interior, un chorro blanco y caliente que parece drenar el alma de mi cuerpo. Sigue y sigue, vertiéndose dentro de ella y ella aferrada a mí, hasta que nos quedamos temblando de placer, agotados hasta la médula.

Cuando acabamos, nos separamos y nos quedamos tumbados en la cama, jadeando. Hay un poco de sangre en sus muslos, algo más en las sábanas, pero no tanto como me temía.

—¿Te duele?

—Me escuece un poco —responde.

Introduzco la mano entre sus muslos y la masajeo con suavidad, rozando la protuberancia hinchada de su clítoris con el pulgar.

—¿Esto ayuda o lo empeora?

—Ayuda.

Toco algo más abajo, donde mi corrida se está diluyendo y saliendo de su interior. Me moja los dedos y así puedo masajearle el clítoris más fácilmente.

—¿Y ahora?

—Sí —suspira y cierra los ojos—. Mejor aún.

Le froto el clítoris con el pulgar dando lentos círculos. Cuando el rubor se extiende de sus mejillas al pecho, froto con los dedos para aplicar más presión en una zona más amplia.

—Ay, Dios… —jadea Nessa—. Voy a correrme otra vez…

—Lo sé.

Observo su rostro para saber cuándo ir más rápido o cuándo hacerlo más fuerte. Su piel no tarda en arder, en temblar como si tuviera fiebre. Arquea las caderas contra mi mano y se vuelve a correr. Hasta en este momento exuda elegancia, con la espalda arqueada y el cuerpo en tensión. Todos sus movimientos son preciosos; no puede evitarlo.

No me canso. Quiero hacérselo una y otra vez. Y mil cosas más. Solo acabo de empezar.

Cuando Nessa deja escapar sus últimos gemiditos, me pongo encima de ella y la beso con pasión.

Saboreo sus fluidos. Es un sabor intenso y embriagador, como chocolate negro en su aliento.

—¿Quieres más?

—Por favor —suplica.

24

NESSA

A la mañana siguiente me despiertan unos gritos.
El sonido es distante, pero abro los ojos igualmente.
Estoy sola en la cama. Mikolaj se ha ido.
No me siento abandonada. En parte, porque me ha dejado en su habitación, cuando hace apenas unos días me echó de aquí a voces. Las cosas han cambiado entre nosotros.
No tengo tiempo para reflexionar sobre eso o para asimilar los recuerdos agradables de anoche. Salgo de la cama y encuentro mis bragas y el camisón. Está hecho jirones, sin posibilidad de arreglarlo, así que me pongo una camiseta sucia de Mikolaj. Me llega hasta la mitad de los muslos y huele a él, a tabaco y a mandarinas.
Salgo corriendo de la habitación y recorro el pasillo. La discusión acaba antes de que pueda pillar de qué va. Veo que las puertas de la sala del billar se abren de par en par: Jonas y Andrei se van ofendidos en una dirección y Marcel se aleja en otra.
No veo a Mikolaj, pero supongo que sigue dentro.
Bajo las escaleras descalza. Estoy segura de que tengo el pelo enredado y no me he lavado los dientes. Me da igual. Tengo que hablar con él.
Está pasando algo. Noto tensión en el ambiente.
Cuando entro en la sala del billar, Mikolaj está de pie, de espaldas a mí. Sostiene una de las bolas en la mano, la número ocho. Le está dando vueltas entre sus dedos largos y flexibles.

—¿Juegas al billar, Nessa? —me pregunta sin darse la vuelta.

—No.

—Se gana cuando metes tus bolas antes de que el contrario haga lo mismo. Solo hay una forma de ganar. Pero hay muchas formas de perder. Puedes meter su última bola sin querer. O meter la bola número ocho demasiado pronto. O meter la ocho y la bola blanca al mismo tiempo.

Deja la bola sobre el fieltro y se gira para mirarme.

—Incluso cuando está terminando la partida, por mucha ventaja que lleves, cuando crees que tienes la victoria asegurada, puedes perder. A veces es por un desperfecto imperceptible de la mesa. O por culpa tuya. Porque te has distraído.

Entiendo la metáfora, pero no sé a dónde quiere llegar con esto. ¿Soy yo la distracción? ¿O soy el premio si conseguimos llegar al final de la partida?

—He oído gritos. ¿Era Jonas?

Mikolaj suspira.

—Ven aquí —me pide.

Me acerco a él. Coloca las manos alrededor de mi cintura. Luego me alza para sentarme en el borde de la mesa de billar.

Coge la tobillera con las manos. De un solo movimiento rápido, la rompe. Deja caer los trozos rotos al suelo.

—¿Qué estás haciendo? —digo sorprendida.

—Dejó de funcionar aquella noche en el jardín. Cuando le diste con una piedra.

—Ah. —Me ruborizo—. No me había dado cuenta.

Noto la pierna rara sin la tobillera. Mi piel siente cada ráfaga de aire. Froto el pie por la zona.

—Ya no la necesitas. Vuelves a casa hoy.

Me quedo mirándolo pasmada.

—¿Qué quieres decir?

—Justamente lo que he dicho.

No entiendo su expresión. No parece enfadado, pero tampoco parece contento. Tiene una cara de póquer absoluta.

—¿He hecho algo malo? —pruebo a decir.

Se le escapa una carcajada de impaciencia.

—Creía que te alegrarías.

No sé si estoy contenta. Sé que debería estarlo, pero lo único que siento es desconcierto.

—¿Has cambiado de opinión?

—¿Sobre qué?

Me miro las rodillas, me embarga una vergüenza sin sentido.

—Sobre... querer casarte conmigo.

—No.

El corazón vuelve a latirme con fuerza.

Ahora entiendo el conflicto de su expresión. La batalla entre lo que está haciendo y lo que de verdad quiere hacer.

—¿Entonces por qué me dejas volver?

—Una muestra de buena fe —dice—. Te mandaré a casa. Concertaré una reunión con tu padre. Negociaremos. Y si después de eso quieres volver conmigo...

Levanta la mano para impedirme hablar.

—No digas nada ahora, Nessa. Vete a casa. A ver cómo te sientes.

Cree que anoche accedí solo porque estoy atrapada en su casa. Porque era la única forma de evitar que asesinara a mi familia.

Lo hice por muchísimos motivos. Pero... tal vez tenga razón. Tal vez sea imposible pensar con claridad si estoy aquí, como prisionera, con Mikolaj siempre presente. Lo que me ofrece es demasiado generoso: libertad y tiempo para pensar.

Por eso se han enfadado sus hombres. Van a renunciar a su mejor baza y no van a obtener nada a cambio.

—Recoge todo lo que quieras llevarte —dice Mikolaj—. Marcel te acompañará a casa.

Siento como si fuera de papel y me estuvieran rompiendo en dos.

Tengo muchas ganas de volver a ver a mi familia. Pero no quiero marcharme.

Anoche fue la experiencia más increíble de mi vida. Fue oscura y salvaje y placentera, más que nada que hubiera imaginado.

Es como un chute de heroína. En esta casa siempre estoy intoxicada. Tengo que alejarme de ella para poder reflexionar con sobriedad.

Así que asiento, aunque no quiera irme.

—De acuerdo —afirmo—. Voy a hacer las maletas.

Mikolaj se da la vuelta de nuevo, sus hombros rectos y anchos, una barrera que no puedo cruzar.

Cuando salgo de la sala de billar, veo a Jonas y a Andrei al final del pasillo hablando en voz baja con las cabezas juntas. Guardan silencio cuando me ven. Jonas me dedica la más falsa de sus sonrisas falsas y Andrei me mira con frialdad.

Corro escaleras arriba hasta el ala este. Me alivia ver a Klara en mi habitación. Siento menos alivio al ver la maleta que ha puesto en mi cama.

—Pensé que querrías llevarte parte de la ropa nueva —dice.

—¿Jonas está enfadado porque me voy? —le pregunto—. Parece cabreado.

—Los hombres harán lo que diga Mikolaj —dice Klara sin responder del todo a mi pregunta—. Es el jefe.

No estoy tan segura. Confiaban en él con los ojos cerrados cuando era el mercenario sin corazón que tenían en mente. Pero hasta yo sé que lo que está haciendo ahora no es por el bien de la Braterstwo. Es por mí.

—No sé si debería irme.

Klara está tirando cosas en la maleta sin su habitual perfeccionismo.

—Eso no lo decides tú —me dice sin más—. Mikolaj lo decide. Además, Nessa, no es seguro que te quedes aquí.

Ha bajado la voz, tiene el cuerpo en tensión. Me doy cuenta de que, por mucho que diga, tiene miedo. Ella tampoco sabe lo que va a pasar.

—¿Es seguro para ti? —le pregunto.

—Claro que sí. —Los ojos oscuros de Klara muestran entereza y firmeza—. Yo solo soy la criada.

—No eres una criada. Eres mi amiga.

La rodeo con los brazos y la estrecho con fuerza. Klara se tensa al principio, pero después se relaja y deja caer el bodi que tenía en la mano para devolverme el abrazo.

—Gracias por cuidar de mí.

—Gracias por no ser una niñata de mierda —replica ella.

—La mayor parte del tiempo —digo, recordando todas las comidas que rechacé.

—Sí —ríe—. Mayormente.

Klara huele rico, como a jabón y lejía y vainilla. Abrazarla es reconfortante porque es muy competente y siempre parece saber lo que hay que hacer.

—Nos veremos pronto —le digo.

—Eso espero —responde, aunque no parece que lo crea del todo.

Me ducho, me lavo los dientes, me pongo unos *leggings* limpios y una sudadera suave y extragrande. No sé dónde está mi ropa, los vaqueros y la sudadera que llevaba cuando Jonas me secuestró. Ha desaparecido.

Klara me seca el pelo por última vez y me hace una coleta.

Mientras recoge mis enseres de baño, me quedo mirando por la ventana y contemplo el jardín. Veo a dos de los hombres de Mikolaj atravesando el césped, caminando rápido y con la cabeza agachada. Reconozco a uno de ellos; es un portero de la Jungle. Al otro no lo he visto nunca.

Sé que Mikolaj tiene más soldados que los que viven en la casa. No les suele permitir la entrada. Klara me contó que antes sí lo hacían, pero que nadie podía verme aquí. O solo unas cuantas personas. Supongo que ahora que me voy, ya no importa.

—Vamos —me insta Klara—. No hay por qué deprimirse tanto.

La casa está inusualmente silenciosa cuando bajo la escalera curva. La quietud me pone nerviosa. Normalmente siempre hay algún ruido: el tintineo de los platos en la cocina o las bolas de la sala de billar. Una tele que resuena en algún sitio o alguien que se ríe.

Marcel me está esperando junto a la puerta de entrada. Tiene el coche preparado: el mismo Land Rover que me trajo aquí. O tal vez tengan toda una flota. Lo cierto es que no me conozco los entresijos de este sitio tan en profundidad.

Creí que Mikolaj también estaría esperándome.

Su ausencia me duele. Es una punzada intensa que solo parece aumentar cuando Marcel me abre la puerta y me doy cuenta de que no ha venido a despedirse.

¿Pero qué me pasa? ¿Por qué tengo que contener las lágrimas cuando estoy a punto de irme a casa? Debería acercarme al coche dando saltos de alegría.

En cambio, camino como un prisionero condenado mientras Marcel mete mi maleta en el compartimento trasero. Cuando vuelvo la vista hacia la vieja mansión, solo encuentro a Klara en la puerta, con los brazos cruzados sobre la pechera de su delantal y una expresión solemne en el rostro.

Apoyo la palma de la mano en el cristal.

Ella se despide con un gesto. Marcel aleja el coche.

Hace un día nuboso y oscuro. El cielo está tan soso y gris como una pizarra, y el aire es tan frío que duele. El viento mece las últimas hojas secas y la basura que hay en la calle. Ha cambiado la estación. Ahora es invierno.

Miro de reojo a Marcel, su perfil atractivo y su expresión contrariada.

—A Klara le gustas —le digo en polaco.

Suelta una risilla.

—Lo sé.

Se queda en silencio un rato, y creo que ya no va a volver a hablar, como suele hacer. Entonces parece cambiar de opinión. Me mira abiertamente, tal vez por primera vez. Veo que sus ojos son más claros de lo que pensaba; son más de color miel que marrón oscuro.

—El padre de Klara era un borracho. Sus tíos son asquerosos —me cuenta—. Sobre todo, el padre de Jonas. Solo conoce un tipo de hombre. Pero no importa. Soy tan cabezota como ella. Y persistente.

—Ah, eso es bueno —replico.

—Sí —dice, al tiempo que sonríe y vuelve la vista a la carretera—. No me preocupa.

Nos estamos acercando a la Gold Coast. Me conozco estas calles. He conducido por ellas cientos de veces.

Debería entusiasmarme a cada metro que avanzamos. Dentro de unos minutos cruzaré las puertas de mi casa y veré a mi familia.

Se van a quedar tan sorprendidos que lo mismo les da un infarto. De hecho, debería pedirles a los guardias de la entrada que los avisen.

En lugar de ese entusiasmo previo, noto que aumenta mi inquietud. No me ha gustado la forma en que me ha mirado Jonas en el pasillo. Solo era otra de sus estúpidas sonrisillas, pero esta vez ocultaba algo más. Un tipo diferente de maldad.

—¿Por qué han venido esos hombres a la casa? —le pregunto a Marcel.

—¿Qué? —dice mientras gira en dirección a mi calle.

—He visto a uno de los porteros de la Jungle en el jardín. Y a otro hombre.

—No lo sé —responde Marcel impasible—. No me han dicho nada.

—Para el coche —le pido.

—¿Qué estás…?

—¡PARA EL COCHE!

Marcel pisa el freno y se echa a un lado de la calle, mientras una furgoneta blanca nos pita con irritación y nos adelanta.

Me mira fijamente con el motor aún encendido.

—Tengo que llevarte a casa. Son órdenes de Mikolaj.

—Algo va mal, Marcel. Jonas va a hacer algo. Lo sé.

—Solo es un fanfarrón —dice Marcel sin darle importancia—. Mikolaj es el jefe.

—Por favor —le suplico—. Por favor, vuelve, solo un momento. O, al menos, llama a Miko.

Marcel me mira, sopesando sus opciones.

—Lo llamaré —dice al fin.

Selecciona el número y se lleva el móvil a la oreja con una expresión que me deja claro que solo lo hace para contentarme.

El móvil suena, pero nadie responde.

Al sexto o séptimo intento, Marcel pierde la sonrisa y aleja el coche de la acera.

—¿Vamos a volver para comprobarlo? —le pregunto.

—Sí —responde—. Voy a comprobarlo.

25

MIKO

Ver el Land Rover salir de la finca para llevar a Nessa de vuelta a su casa es como ver el sol hundirse en el horizonte. La luz desaparece y todo lo que queda a su paso es oscuridad y frío.

La casa está en silencio. No hay música en el pequeño estudio de Nessa. Ni pizca de su risa suave o sus preguntas a Klara.

De hecho, no hay ningún ruido. Los hombres también están en silencio. Están enfadados conmigo.

Desde un punto de vista estratégico, lo que estoy haciendo es una locura. Que Nessa vuelva con los Griffin sin pedir nada a cambio, ni tan siquiera un acuerdo, es el colmo de la estupidez.

Me da igual.

Anoche estuve despierto toda la noche, mirándola mientras dormía.

Por la mañana, cuando la luz pasó del gris al dorado, su rostro resplandeció como un cuadro de Caravaggio. Pensé que, de todas las cosas que había visto en mi vida, Nessa era la más bonita.

Supe que no merecía tenerla en mi cama. Nessa es una perla, y yo solo soy el lodo que hay en el fondo del océano. Es perfecta y pura, talentosa y lista, mientras que yo soy un criminal sin educación. Un monstruo que ha hecho cosas horribles.

Por extraño que parezca, puede que yo sea la persona que mejor puede apreciarla. Porque he visto lo peor de este mundo y sé lo poco habitual que es su bondad.

En ese momento, mientras la observaba dormir, me di cuenta de que la quería.

El amor es lo único que no se puede robar. Tampoco se puede crear. O existe o no. Y, si existe, no puedes tomarlo por la fuerza.

Si obligo a Nessa a casarse conmigo, nunca sabré si me quiere. Ella tampoco lo sabrá nunca.

Tengo que darle la oportunidad de tomar una decisión. Libremente, sin coerción.

Si me quiere, volverá.

Pero no espero que lo haga.

Cuando miro el coche alejarse, dudo que vuelva a verla.

Volverá a casa con su madre, su padre, su hermana y su hermano. La envolverán en sus brazos, derramarán lágrimas y compartirán la dicha. Ella estará contenta y aliviada. Y lo que ha sucedido aquí entre nosotros empezará a parecerle una locura. Será como un sueño febril, real en el momento, pero que desaparece con la luz del día.

Sé que la he perdido.

Mi vacío me devora por dentro.

No me importa que mis hermanos estén enfadados. No me importa lo que hagan los rusos. No me importa nada en absoluto.

Recorro toda la planta baja de la casa y salgo al jardín trasero.

Ahora mismo no hay mucho jardín. Las hojas se han caído y se pudren en el suelo. Solo quedan ramas desnudas que contrastan con el cielo gris. Los rosales no son más que espinas. Las fuentes están en silencio, desprovistas de agua.

Todo parece muerto en invierno. Los inviernos de Chicago son fríos y despiadados, tan malos como los de Polonia. Tal vez sería un hombre distinto si viviera en un sitio más cálido. O puede que el destino obligue a las almas resabiadas a nacer en climas congelados.

Unas botas arañan el suelo seco.

Jonas está a mi lado con gesto sombrío.

—Solo de nuevo —dice.

—Solo no —me limito a responder.

Todavía quedan cuatro personas viviendo en la casa, además de mí. Soy el comandante de dos docenas de soldados y muchos más empleados, un pequeño ejército a mi disposición. Estoy tan «solo» como estaba antes de que llegara Nessa. Es decir, absolutamente.

—¿Has hablado ya con Kristoff? —pregunta Jonas.

—No.

—¿Cómo crees que se tomará el cambio de planes?

Miro a Jonas con los ojos entrecerrados y empleo un tono frío.

—Eso no es asunto tuyo. Me encargaré de los rusos como me encargo de todo lo demás.

—Por supuesto. Por eso eres el jefe —repone Jonas.

Sonríe. Jonas siempre sonríe, independientemente de su ánimo. Tiene sonrisas de rabia, sonrisas de burla y sonrisas falsas. Esta es difícil de descifrar. Casi parece triste.

Jonas deja escapar un largo silbido y luego un suspiro. Después me toca el hombro con la mano izquierda y me lo aprieta con fuerza.

—Y por eso te quiero, hermano.

Nos conocemos desde hace mucho tiempo. Lo suficiente como para saber cuándo me está mintiendo.

El cuchillo atraviesa el aire que nos separa, directo a mi hígado.

Jonas es rápido, pero yo lo soy más. Giro el cuerpo lo bastante como para que el cuchillo se me clave en el costado, justo debajo de las costillas.

Es una herida superficial: escuece, pero no me matará.

Es la siguiente la que me preocupa.

Otro cuchillo se acerca silbando por detrás y se me clava en la espalda. Se introduce hasta la empuñadura en mi omóplato derecho.

Me zafo de Jonas y me giro hacia mi nuevo agresor. Andrei, cabrón traidor. Debería haberlo sabido. Andrei siempre imita lo que hace Jonas. No es lo bastante listo para trazar sus propios planes. A su lado están Simon y Franciszek, dos de mis «leales» soldados.

Me atacan con cuchillos desde todas las direcciones. Esquivo el de Simon, apartándole el brazo y pegándole un puñetazo en toda la mandíbula. Mientras tanto, Franciszek me hunde su arma en el vientre.

Las puñaladas duelen más que los disparos. Una bala es pequeña y rápida, los cuchillos son enormes. Te atraviesan, se cuelan en tu cuerpo como un hierro al rojo vivo. Te quedas en shock. Empiezas a sudar como loco. Tus rodillas quieren plegarse y dejarte caer. Tu cerebro te pide que te tumbes, que minimices la pérdida de sangre. Si lo hago, estoy muerto.

Jonas me arranca el cuchillo de Andrei de la espalda con intención de apuñalarme de nuevo. Me duele más cuando lo saca que cuando ha entrado. Casi me desmayo al sentirlo.

Sé perfectamente lo que me va a pasar. Esta es la versión mafiosa de una moción de censura. Es una tradición antigua que se remonta a Julio César. Se asesina de esta forma para que nadie sepa qué cuchillo asestó el golpe letal. Nadie es el traidor; la muerte es responsabilidad del grupo.

Todos se abalanzan hacia mí a la vez con los cuchillos en alto. No puedo luchar contra todos.

—¡Parad! —grita alguien.

Klara viene corriendo por el césped, agitando los brazos como si tratara de asustar a una bandada de cuervos.

—Vuelve a la casa —le espeta Jonas.

—¿Qué estáis haciendo? —llora—. ¡Esto no está bien!

—Ignoradla —le dice Jonas a los demás.

—¡No!

Klara ha sacado una pistola del bolsillo de su delantal. Apunta a Jonas con las manos temblorosas.

—Parad, todos —dice.

Sé que está aterrorizada. Apenas es capaz de mantener firme la pistola, ni siquiera con las dos manos. Pero alguien le ha enseñado a sostenerla y a apuntar. Supongo que fue Marcel.

—Encárgate de ella —le masculla Jonas a Simon.

Simon hace amago de ir a por ella con los puños apretados.

—¡Atrás! —exclama Klara.

Al ver que no lo hace, aprieta el gatillo. El disparo le acierta en el hombro. Tras soltar un bramido, como si fuera un toro, Simon va a por ella.

Aprovecho la oportunidad para lanzarme a por Franciszek y quitarle el cuchillo de la mano. Cuando Andrei va a por mí, bloqueo su cuchillo: me llevo un corte en el antebrazo, pero yo le rajo el vientre. Andrei se tambalea hacia atrás con la mano sobre la herida. La sangre se escapa entre sus dedos.

Jonas y Franciszek se me echan encima cada uno desde un lado. Recibo otro tajo en el brazo, de Jonas, y Franciszek me tira al suelo. No me muevo tan rápido como siempre, he perdido demasiada sangre. Se me está entumeciendo el brazo derecho.

Oigo dos tiros más. Espero que Klara haya aniquilado a Simon, en vez de que Simon le haya arrebatado la pistola de las manos y la haya usado contra ella. Me estoy peleando con Franciszek, que quiere recuperar su cuchillo. Jonas se acerca por el otro lado e intenta apuñalarme cuando me pongo encima.

Un rugido de rabia surca los aires, seguido de un grito de sorpresa de Klara.

—¡Marcel!

Jonas vuelve a apuñalarme, esta vez justo por encima de la clavícula.

Oigo cuatro disparos más que parecen provenir de la Sig Sauer de Marcel.

—¿Le pego un tiro? —pregunta Franciszek en un susurro a Jonas.

No sé si se refiere a mí o a Marcel.

Jonas me mira desde arriba. Sus ojos son profundamente negros e inexpresivos, no hay ni pizca de pena o arrepentimiento.

—A la mierda —dice en un gruñido a Franciszek—. Está muerto, vámonos.

Franciszek se zafa de mí y se baten en retirada llevándose a Andrei con ellos.

Yo intento darme la vuelta para ver qué cojones está pasando, pero parece que no puedo moverme de la posición de lado que he adoptado. Me duele todo el cuerpo. Solo de girar la cabeza, el cielo y el césped dan vueltas e intercambian sus posiciones rápidamente.

Siento una mano en el hombro que me da la vuelta. Luego la cara de un ángel sobrevuela la mía.

—¡Miko! —exclama Nessa.

Me acaricia el rostro con sus manos suaves. El resto de mi cuerpo es pura agonía. Al principio sentía fuego, pero ahora empiezo a enfriarme. He perdido demasiada sangre.

—¡Ayúdalo!

Unos pasos tardan lo que se me antoja una eternidad en llegar...

Levanto la mirada hacia Nessa. Veo más preocupación que nunca en sus ojos grandes y verdes, y en sus cejas castañas. Las lágrimas resbalan hasta mi rostro. Es la única calidez que siento. Mi sangre se derrama sobre el suelo medio congelado.

Ella es tan tan bonita.

Si es lo último que voy a ver, puedo morirme en paz.

—Nessa —susurro—. Has vuelto.

Me sujeta la mano y me la aprieta con fuerza.

—Te vas a poner bien —me promete.

Seguramente no, pero no quiero discutir. Tengo que decirle algo ahora que todavía me queda tiempo.

—¿Sabes por qué te he pedido que te fueras?

—Sí —solloza—. Porque me quieres.

—Eso es —suspiro.

Marcel está arrodillándose a mi lado, presiona con la mano la peor de mis heridas en el vientre. Klara hace lo mismo en mi hombro. Tiene un tajo feo en la mejilla, pero salvo eso, parece estar bien.

—Llama una ambulancia —le pide Klara a Nessa.

—No hay tiempo —contesta Marcel.

Ojalá Nessa posara la cabeza en mi pecho. Eso me mantendría caliente. Pero no puedo alzar los brazos para acercarla a mí.

Marcel está diciendo algo que no puedo escuchar. Su voz se desvanece, junto al cielo gris y el hermoso rostro de Nessa.

26

NESSA

Llevamos a Mikolaj a un piso franco en Edgewater. Klara conduce mientras Marcel grita indicaciones y abre un botiquín médico con los dientes. Destroza el envoltorio de un paquetito que contiene un tubo largo y una jeringuilla.

Mikolaj está tirado de cualquier forma en el asiento trasero. Tiene los ojos cerrados y la piel cenicienta. No responde cuando le aprieto la mano. Trato de apretar un paño contra su vientre, pero es difícil con los bandazos que está pegando Klara y lo empapado que está el paño de sangre.

—¿Cuál es tu grupo sanguíneo? —me ladra Marcel.

—¿Qué? Yo...

—¡Tu grupo sanguíneo!

—Eh... O positivo, creo —respondo.

He donado un par de veces cuando vienen los del hospital a la universidad.

—Bien —repone aliviado—. Yo soy AB, así que no le sirve. —Clava la aguja en el brazo de Mikolaj y añade—: Dame el tuyo.

Me obliga a ponerme medio en pie en el coche que sigue circulando a toda velocidad, para que mi brazo esté a más altura que el de Mikolaj.

—¿Cómo sabes hacer esto?

—Fui a la facultad de Medicina de Varsovia —contesta. Su voz suena amortiguada porque sujeta con los dientes uno de los extremos de la goma elástica que me está enrollando en el brazo—. La lie al tomarme pastillas para aguantar despierto. También empecé a venderlas. Así es como conocí a Miko.

Me clava el otro extremo de la cánula en la vena.

Una sangre oscura se desliza rápidamente por el tubo hasta el brazo de Mikolaj. No noto que esté saliendo de mí, pero rezo para que vaya deprisa, porque Mikolaj la necesita urgentemente. Ni siquiera estoy segura de que siga vivo.

Un minuto después, parece que ha recuperado algo de color en las mejillas. O tal vez sean solo mis ganas de verlo.

Me resulta extraño pensar que mi sangre corre por sus venas. Ya tenía algo suyo en mi interior. Ahora él me lleva dentro.

—A la izquierda —le dice Marcel a Klara.

Klara está totalmente concentrada en la carretera, con las manos rígidas sobre el volante.

—¿Cómo se encuentra? —pregunta sin poder mirar hacia atrás.

—Todavía no lo sé —responde Marcel.

Paramos delante de un edificio que parece abandonado. Las ventanas están oscuras; algunas están destrozadas, y otras, tapiadas con cartón. Marcel detiene la transfusión de sangre y saca la aguja de mi brazo.

—Ayúdame con los pies —me ordena.

Cargamos con Mikolaj hasta el edificio tratando de no moverlo demasiado.

En cuanto entramos por la puerta, Marcel grita:

—¡Cyrus! ¡Cyruuus!

Un hombrecillo aparece en el pasillo: bajito, con entradas, una piel demasiado bronceada y una perilla canosa.

—No me has llamado para avisarme de que venías —dice en tono áspero.

—¡Sí que lo he hecho! —repone Marcel—. ¡Dos veces!

—Ah —dice Cyrus—. Se me ha olvidado encender el sonotone. —Tantea el dispositivo que tiene metido en la oreja derecha.

—Deberíamos llevarlo a un hospital —le susurro a Marcel en tono preocupado.

—Esto está más cerca —dice Marcel—. Nadie cuidará mejor de Mikolaj, te lo prometo. Cyrus es un mago. Podría coser hasta un queso suizo.

Llevamos a Mikolaj a una habitación pequeña en la que solo hay lo que parece una silla de dentista y un par de armarios con material médico. Es un batiburrillo desordenado de cosas, a cuál más antigua; la mayoría tienen signos de óxido o están abolladas. Empiezo a preocuparme cada vez más.

Una vez que dejamos a Mikolaj en la silla, Marcel nos empuja a mí y a Klara a la salida.

—Nosotros nos encargamos —afirma—. Esperad fuera. Os aviso si necesito algo.

Y nos cierra la puerta en las narices.

Klara y yo nos retiramos a una salita con una televisión del Pleistoceno, un frigorífico y un conjunto de sofá y sillones. Klara se hunde en un sillón tapizado, agotada.

—¿Crees que se pondrá bien? —le pregunto.

—No lo sé —contesta sacudiendo la cabeza. Luego, al ver mi expresión triste, añade—: Probablemente ha sobrevivido a cosas peores.

Intento sentarme en el sofá, luego camino de un lado a otro de la habitación un rato y, finalmente, me vuelvo a sentar. Estoy nerviosa, pero he donado demasiada sangre para mantener el ritmo.

—Ese cabrón traidor —siseo, furiosa con Jonas.

Klara levanta las cejas. Normalmente no hablo así. Nunca me ha visto tan alterada como ahora.

—Es un mierda —coincide con calma.

—¿No es tu primo?

—Sí —suspira, retirándose el flequillo, que está oscuro por el sudor—. Pero nunca me cayó bien. Mikolaj siempre me ha tratado bien. Es justo. No dejaba que sus hombres me pusieran una mano encima. Y me dio dinero para mi madre cuando enfermó. Jonas no mandó ni un céntimo. Es la hermana de su padre, y aun así le importó un carajo.

Podría apuñalar a Jonas yo misma si estuviera aquí delante.

Jamás he sentido este tipo de rabia violenta. No suelo perder los papeles. No tengo ganas de asesinar a nadie. Ni siquiera mato a las arañas cuando me las encuentro en mi casa. Pero si Mikolaj muere... dejaré de ser pacifista.

—Marcel cuidará de él, ¿verdad? —le pregunto a Klara.

—Sí —asegura—. Sabe lo que se hace. —Se queda callada un instante y luego continúa—: Marcel provenía de una familia adinerada de Polonia. Por eso parece tan pijo. Su padre era cirujano, igual que su abuelo. Él podría haberse dedicado a lo mismo. —Suelta una risa suave—. Jamás me habría mirado dos veces en Varsovia.

—¡Claro que sí! —la contradigo—. Aquí te mira cien veces al día. No le presta atención a nada más cuando tú estás presente.

Klara se ruboriza. No sonríe, pero en sus ojos oscuros veo una expresión satisfecha.

—Disparó a Simon —cuenta, aún horrorizada—. Simon me estaba asfixiando... —Se lleva la mano a la garganta, donde le están empezado a salir moratones.

—Esto es una locura. —Niego con la cabeza—. Todo el mundo se ha vuelto loco.

—Todos tenemos que decidir a quiénes somos leales —dice Klara—. Mikolaj te ha elegido a ti.

Sí, es cierto.

Y yo lo he elegido a él.

Estaba a pocos minutos de la casa de mi familia.

He dado la vuelta y he corrido en su busca.

Sabía que estaba en peligro por mi culpa. Tenía que ayudarlo.

¿Tomaré la misma decisión cuando esté a salvo?

No sé cómo sería un futuro con Mikolaj. Tiene un lado oscuro que me aterroriza. Sé que ha hecho cosas terribles. Y que todavía siente rencor hacia mi familia.

Por otro lado, sé que se preocupa por mí. Me entiende como no lo hacen mi madre, mi padre o mis hermanos. No solo soy una chica dulce y simple. Siento las cosas en lo más profundo. Tengo un pozo de pasión en mi interior... por las cosas bellas y por las cosas que están rotas...

Mikolaj saca esa parte de mí. Me deja ser mucho más que una chica inocente.

Apenas estamos rascando la superficie de este lazo que hay entre nosotros. Tengo que sumergirme hasta el fondo. Quiero perderme en él y encontrarme de nuevo... Descubrir a mi verdadero yo. La Nessa definitiva.

Y quiero conocer al auténtico Miko: pasional, leal, irrompible. Lo veo. Veo quién es.

Soy algo más que buena, y él es algo más que malo.

Somos opuestos y, aun así, estamos hechos el uno para el otro.

En esto pienso mientras pasan las horas. El tiempo parece alargarse de forma horrible. Klara también se queda callada. Estoy segura de que está pensando en Marcel, deseando poder ayudarme con algo más que pensamientos.

Por fin, la puerta se abre. Marcel emerge de la improvisada sala de operaciones. Tiene la ropa manchada de sangre y parece agotado. Pero en su bello rostro se adivina una media sonrisa.

—Está bien —nos comunica.

El alivio que siento es indescriptible. Me pongo en pie de un salto.

—¿Puedo verlo?

—Sí —responde Marcel—. Está despierto.

Salgo corriendo hacia la habitación abarrotada. Cyrus todavía se está lavando las manos en el lavabo, junto a una montaña de gasas llenas de sangre.

—Con cuidado —dice en un graznido—. No lo abraces muy fuerte.

Mikolaj está tumbado en la silla de dentista, medio reclinado, medio incorporado. Tiene un color espantoso. Le han cortado la camiseta, así que veo los muchos sitios en los que Cyrus y Marcel han cosido puntos, y aplicado esparadrapo y vendas.

Tiene los ojos abiertos. Están tan claros y azules como siempre. Me encuentran al instante y me atraen hacia él.

—Miko —susurro, cogiéndole una mano y llevándomela a los labios.

—Tenías razón —dice.

—¿Sobre qué?

—Me dijiste que no moriría. Yo pensé que sí. Pero tú siempre tienes razón... —Hace una mueca de dolor.

—No tenemos que hablar ahora —le digo.

—Sí que debemos —dice con otra mueca—. Escucha, Nessa... Jonas, Andrei y los demás... van a ir a por tu hermano... No solo ellos, también la Bratva. Kolya Kristoff.

—Llamaré a Callum. Lo avisaremos.

Sé que le cuesta hablar porque ha perdido demasiada sangre, pero está decidido a asegurarse de que entiendo el peligro.

—Quieren matarlo.

Mikolaj también quería matar a mi hermano. Ahora está haciendo todo lo posible por salvarlo. Por mí. Solo por mí.

Me ha elegido a mí por encima de su deseo de venganza.

Me ha elegido a mí por encima de sus hermanos.

Me ha elegido a mí por encima de su propia vida.

—Gracias, Miko.

Me inclino sobre él, con cuidado de no rozar su cuerpo lleno de heridas, y le doy un beso suave en los labios. Sabe a sangre, tabaco y naranjas. Como nuestro primer beso.

—Vamos —dice Marcel desde la puerta—. Te llevaré con tu hermano.

—No quiero dejarte —le digo a Mikolaj aferrándome a su mano.

—Seguiremos juntos —coincide Miko, que intenta levantarse.

—¿Estás loco? —grita Cyrus, que se acerca corriendo para obligarlo a recostarse—. Te abrirás todos los puntos.

—Estoy bien —dice Mikolaj con impaciencia.

No está bien, pero parece decidido a hacer realidad su voluntad.

—No podemos quedarnos aquí. Tenemos muchas cosas que hacer —afirma Miko.

—Has estado a punto de morir —le recuerda Marcel.

Mikolaj lo ignora por completo, como si eso perteneciera ya a un pasado lejano. Se está poniendo en pie, haciendo una mueca sin pensar en el dolor. Su mente va a mil por minuto, está planeando, ideando nuestros próximos pasos. La mitad de sus hombres lo han traicionado, pero él sigue siendo el mismo líder y estratega. Sigue siendo el jefe.

—Tenemos que ir al oeste, a la prisión de Cook County.

—¿De qué estás hablando? —suelta Marcel, que claramente cree que Mikolaj ha perdido el juicio.

Miko gruñe al poner los pies en el suelo y levantarse poco a poco.

—Vamos a por Dante Gallo.

27

MIKO

Me siento como si me hubiera pasado por encima un camión de la basura. No hay parte de mí que no esté palpitando, escociendo o inmóvil. Cyrus me ha advertido que, si no voy con cuidado, se me abrirán las heridas y volveré a sangrar.

Me gustaría tirarme una semana durmiendo. Pero no tengo tiempo para eso.

Jonas y Kristoff ya se habrán reunido para planear el asalto definitivo contra Callum Griffin. No sé si mantendrán el ataque en la inauguración de la biblioteca o si se decidirán por otra cosa.

Lo que sé con certeza es que los Griffin van a necesitar toda la potencia de fuego posible para mantenerlos a raya. Lo que significa que debo reunir a aquellos de mis hombres que me siguen siendo leales y liberar también a Dante. Cuando hablamos de defensa estratégica, hace falta un francotirador.

Mientras nos dirigimos hacia el oeste de la ciudad, Nessa llama a Callum desde mi móvil. Escucho las dos partes de la conversación en el reducido espacio del coche.

—Cal, soy yo —dice Nessa.

—¡Nessa! —exclama. Noto el inmenso alivio en su voz—. ¡Gracias a Dios! ¿Estás bien? ¿Dónde estás? ¡Voy a buscarte!

—Estoy bien —le asegura—. Escucha, tengo que...

—¿Dónde estás? ¡Voy ahora mismo!

—Cal —insiste—, ¡escúchame! La Bratva y la Braterstwo van a por ti. Puede que también a por Aida. Es posible que se presenten en la inauguración de la biblioteca. Quieren matarte.

El hermano se queda callado un instante mientras procesa la información.

—¿Te refieres a Mikolaj Wilk y Kolya Kristoff? —dice al fin.

—Kristoff, sí. Pero Mikolaj no. Es su mano derecha, Jonas, y parte de sus hombres.

Se produce un silencio más largo.

—Nessa, ¿qué está pasando?

—Te lo explicaré todo —afirma Nessa—. De hecho, te veo en casa en... —Me mira de reojo. Yo levanto un dedo—. Dentro de una hora.

Se escucha el silencio al otro lado de la línea. Callum está desconcertado, sin duda tratando de averiguar qué cojones está pasando ahora mismo. Lleva semanas buscando a Nessa y ahora ella lo está llamando sin previo aviso y no suena para nada como una rehén. Se pregunta si esto es una trampa, si la están obligando a decir todo lo que ha dicho.

—Estoy bien —le asegura Nessa—. Tú ven a verme. Confía en mí, hermano.

—Siempre he confiado en ti —dice Callum sin dudar.

—Nos vemos pronto entonces.

—Te quiero.

Nessa cuelga.

Yo ya he llamado al oficial Hernández. Y no le ha hecho ni puta gracia. Pero nos vamos a ver en la prisión de Cook County.

Nosotros ya nos hemos armado con las reservas que teníamos en el piso franco. Mientras Marcel conduce, le enseño a Nessa a cargar una Glock, a meter una bala y a asegurarse de que está quitado el seguro. Le enseño a apuntar por la mirilla y a apretar suavemente el gatillo.

—¿Así? —dice practicando con la recámara vacía.

—Eso es —respondo—. No te la pongas cerca de la cara o te golpeará con el retroceso.

Nessa recuerda los pasos a la perfección; es como una coreografía, al fin y al cabo. Pero luego deja la pistola en su regazo y me mira con seriedad.

—No quiero hacerle daño a nadie.

—Yo tampoco quiero que lo hagas —replico—. Esto es por si acaso.

Llegamos hasta el parque de La Villita y esperamos.

Unos cuarenta minutos después, un coche patrulla se detiene a nuestro lado. Un agente Hernández de muy mala leche se baja del asiento del conductor. Mira a su alrededor para asegurarse de que nadie lo ve en este rincón desierto del aparcamiento y luego abre la puerta trasera para que salga Dante Gallo.

Dante todavía viste su uniforme carcelario, que parece un pijama sanitario marrón claro con las letras «Centro Penitenciario Cook County» en la espalda. No lleva zapatos de verdad, solo unos calcetines y unas chanclas. Tiene las manos esposadas delante. El uniforme le queda pequeño, cosa que lo hace parecer más grande que nunca. Los hombros se le marcan bajo la tela y los grilletes se le clavan en las muñecas. Su pelo oscuro está despeinado y la barba sin afeitar.

Salgo del Land Rover con mucha más dificultad. Cuando Dante me ve, sus cejas de color castaño oscuro descienden como una guillotina y endereza los hombros como si estuviera a punto de abalanzarse sobre mí, sin considerar las esposas. Pero entonces Nessa se interpone entre nosotros y Dante la mira como si hubiera visto un fantasma.

—¿Nessa?

—No te enfades —le ruega ella—. Ahora estamos todos en el mismo bando.

No parece que Dante se esté creyendo ni una palabra.

Hernández tampoco parece contento.

—He tenido que falsificar el papeleo de traslado de un prisionero —dice entre dientes—. ¿Sabes en qué follón me has metido? No puedo entregártelo sin más... ¡Me despedirán! Y me llevarán a juicio.

—No te preocupes —le digo—. Puedes decir que lo hiciste bajo coacción.

—¿Cómo coño se van a creer eso? —me grita Hernández, que se sube los pantalones por encima de la barriga cervecera—. No accedí a nada de esto, yo...

Interrumpo su diatriba pegándole un tiro en la pierna.

Hernández se cae al suelo, quejándose y gimiendo.

—¡Aaaaaah, pero qué cojones! Puto polaco de mierda...

—Cállate la boca o te disparo otra vez.

Deja de gritar, pero no de quejarse. Se aferra al muslo, lloriqueando a pesar de que he apuntado al músculo y no he rozado ni arteria ni hueso. Sinceramente, no podría haber pedido un tiro más limpio.

Me giro hacia Dante.

—Los rusos y la mitad de mis hombres van a por Callum Griffin. ¿Puedes ayudarnos?

Dante mira al agente Hernández, que se retuerce en el suelo, y luego a mí.

—Supongo. —Levanta las manos hasta que la cadena entre las esposas queda totalmente estirada—. No te olvides de las llaves.

Le hago un gesto de asentimiento a Marcel. Este se arrodilla para sacar las llaves del cinturón de Hernández.

—Será mejor que apliques presión a la herida —le dice Marcel a Hernández como si nada.

Nos volvemos a subir al Land Rover: Marcel y Dante delante; Klara, Nessa y yo detrás.

—Parece cómodo —le dice Marcel a Dante señalando el uniforme.

—Pues sí que lo es —coincide Dante—. Pero la comida es una puta basura.

Ahora ya estamos listos para ir a la casa de Nessa junto al lago. Voy a salir de mi mundo para entrar en el suyo. Nada impedirá a los Griffin matarme en cuanto ponga un pie en su puerta.

Aunque no es eso lo que me da miedo.

Me da miedo perder a Nessa.

¿Está unida a mí solo porque la he tenido cautiva?

¿O seguirá queriéndome cuando tenga al alcance todas las demás opciones?

Solo hay una forma de saberlo.

28

NESSA

Hay una novela llamada *No puedes volver a casa*. Trata de un hombre que se va durante un tiempo y, cuando vuelve, han cambiado tantas cosas que es como si no volviera al mismo sitio.

Por supuesto, lo que más ha cambiado es él mismo.

Cuando por fin veo la casa de mis padres, la reconozco y, al mismo tiempo, me resulta extraña. Me conozco su arquitectura como si fueran mis propios huesos. Pero también se me antoja más luminosa, más plana y más simple de lo que recordaba. Es una casa bonita, pero no tiene la grandiosidad espeluznante de la mansión de Miko.

Esta misma extrañeza se traslada a mis padres. Van vestidos como siempre, con ropa cara y a medida, y llevan el pelo bien cortado y peinado. Pero parecen mayores que antes. Parecen cansados.

Me echo a llorar cuando me rodean con sus brazos y me estrechan más fuerte que nunca. Estoy llorando porque los he echado muchísimo de menos. Y estoy llorando porque están contentísimos de que haya regresado su hija. Pero me temo que no la han recuperado, pues no soy la misma.

Se produce un estallido de rabia en cuanto ven a Mikolaj. Mi padre se pone a gritar, sus hombres amenazan con disparar a Miko y a Marcel. Mikolaj permanece callado, sin defenderse en lo más mínimo, mientras yo me planto delante de él y le devuelvo los gritos a estas personas a las que quiero y que llevo tanto tiempo sin ver.

Entonces Callum y Aida entran en la cocina y resurgen los abrazos y los llantos.

Tardamos un buen rato en calmarnos lo suficiente como para hablar racionalmente.

Mi padre está apoyado en la isla de la cocina con los brazos cruzados. Mira con ansia asesina a Mikolaj, pero está demasiado enfadado para hablar. Mi madre sirve bebidas a aquellos que quieren beber. Le tiembla la mano cuando intenta servir un poco de whisky en cada una de las copas.

Cal es el que está sentado más cerca de Mikolaj, uno frente al otro en la mesa de la cocina. Él también está enfadado, pero escucha a Mikolaj, que, de forma sucinta y sin emoción, explica lo que ha sucedido con la Bratva y la Braterstwo, que ahora funciona bajo el mando de Jonas.

Es curioso, normalmente sería mi padre el que estaría sentado ahí. Cal está ocupando su puesto poco a poco. Sabía que lo haría algún día, pero al verlo me doy cuenta de que todos estamos madurando. Las cosas cambian. Y nunca volverán a ser lo que eran.

Para entonces, Nero y Sebastian también han llegado. Los tres hermanos de Aida se sientan a su lado en los taburetes, alineados de menor a mayor.

Sebastian está al lado de Aida. Es el más joven de los hermanos, y el más alto. Luce ricitos suaves y una cara amable. Solía jugar al baloncesto hasta que Jack Du Pont le destrozó la rodilla; uno de los últimos actos desagradables entre nuestras dos familias. Sebastian todavía cojea un poco. Aida me dice que se está recuperando. Me sorprende verlo aquí. Va a la universidad y normalmente está en el campus, no se involucra en estos tejemanejes familias. Su presencia es un indicador de la seriedad de la situación.

Junto a Sebastian está Nero Gallo. Supongo que podría decirse que es el más guapo de los hermanos de Aida; si es posible que el diablo sea guapo. Sinceramente, Nero me da pavor. Es salvaje y violento, y siempre tiene esos labios anchos torcidos en una mueca. Es la personificación del caos. Jamás me he sentido cómoda a su lado, porque no sé qué va a decir o hacer.

Luego está Dante. Es el hermano mayor y el único que mantiene a raya a los demás. No sé si alguna vez lo he escuchado decir diez palabras seguidas. Posee la complexión de una montaña y parece mayor de lo que es en realidad. Al contrario que Sebastian, que tiene a la mitad de las chicas de su facultad enamoradas de él, o de Nero, que se dedica profesionalmente a seducir mujeres, nunca he visto a Dante con una chica. Aida me contó que estuvo enamorado en el pasado, hace mucho tiempo. Pero la chica le rompió el corazón.

Y, en último lugar, Aida. Es la única que no ha cambiado nada. Y la única que sonríe sin reservas. Está encantada de que haya vuelto. Al contrario que los demás, que parecen querer asesinar a Mikolaj, ella lo mira con curiosidad, como si quisiera absorber con sus ojos grises de mirada entusiasta cada detalle de su persona, desde los tatuajes hasta las vendas en los brazos, pasando por su expresión resignada.

Mikolaj no encaja mucho en la casa de mis padres, al contrario que los demás. Su sitio está en su mansión oscura y gótica. En este espacio luminoso y limpio se nota claramente que es un intruso.

Todo el mundo está discutiendo qué deberían hacer con Jonas y Kristoff.

Dante se decanta por una ofensiva que ataque a los rusos ahora.

—Podemos dividir fuerzas —dice—. No queremos enfrentarnos a la Braterstwo y a la Bratva al mismo tiempo.

Mi padre cree que deberíamos esperar y recabar información para saber qué tienen planeado.

—Ya han unido sus fuerzas, si lo que dice Mikolaj es cierto —añade mi padre con una expresión que indica que no da por sentado la honestidad de Mikolaj.

—Sí —afirma Nero—, pero ya sacudimos ese árbol y no conseguimos ni una puta manzana. Si no logramos dar con Nessa después de buscarla durante un mes, ¿cuántas décadas nos va a costar encontrar una buena fuente de información?

Mientras todos discuten, Aida y Callum hablan en susurros. En un parón de la conversación, Aida le pregunta a Mikolaj:

—¿Tus hombres creen que has muerto?

—Sí —asiente Miko.

—Eso es una ventaja.

—¿El plan es atacarme en la inauguración de la biblioteca? —pregunta Callum.

—Sí.

—Pues dejemos que lo hagan.

A nadie le gusta esta idea, y menos a mi padre.

—Tienes que cancelar el evento y esconderte —dice.

Callum niega con la cabeza.

—A los rusos se les da bien matar a la gente. No podemos evitar todos los coches bomba o un tiroteo desde el coche. Deberíamos fingir que no sabemos nada para que salgan de sus madrigueras.

Aida frunce los labios, no está contenta con esta decisión. Pero no lo discute con Cal, al menos delante del resto.

Tras otra pausa contemplativa, Marcel suelta:

—Creo que tengo una idea.

Todo el mundo se gira para mirarlo. Es la primera vez que habla. Klara está sentada a su lado, todo lo cerca que puede sin llegar a tocarlo.

Lo único que no le he contado a mi familia es que fue Marcel el que asesinó a Jack Du Pont. Ya hay bastante resentimiento en la sala como para añadir eso.

—¿Qué idea es esa? —pregunta Nero Gallo en tono cauteloso.

—Bueno... —Marcel mira a Dante—. Creo que no os va a gustar...

29

MIKO

Son las tres de la madrugada y estoy yendo en coche a la Jungle, con Nero Gallo en el asiento del copiloto y Sebastian en la parte de atrás. Aida también quería venir, pero Dante no lo ha permitido.

—Disparo mejor que Seb —discutió.

—Me importa una mierda —dijo Dante sin más—. No te vas a meter en un tiroteo.

—¿Porque soy una chica? —exclamó Aida con rabia.

—No —replicó Dante—. Porque eres la favorita de papá. Si te pasa algo, se muere.

—Déjalos que se vayan —le dijo Callum, apoyándole una mano en el brazo—. Nosotros tenemos otros planes que poner en marcha.

Aida se zafó con resentimiento de su mano, pero no siguió discutiendo.

Mientras vamos a la discoteca, Nero me observa a mí en vez de la carretera.

—Si traicionas a mi hermano, la primera bala de mi pistola irá entre tus ojos.

—Si quisiera matar a Dante, lo habría hecho esta tarde —replico.

—Podrías haberlo intentado, sí —se mofa Nero—. Dante no es tan fácil de matar.

—Ni yo tampoco —contesto con una carcajada seca.

Creo que hoy lo he demostrado, como poco.

Llegamos a la Jungle por la puerta trasera.

La discoteca ya está cerrada y todas las luces de la fachada están apagadas. Aun así, sigue habiendo una decena de coches en el aparcamiento de atrás. Llevo «muerto» menos de un día y Jonas ya está como en casa en mi club.

De hecho, me siento medio muerto. Puede que esté totalmente vendado, pero sigo rígido y con dolor. Sé que no puedo moverme tan rápido como antes. Si me pegan un buen puñetazo en las entrañas, ahí donde Franciszek me clavó el cuchillo, volveré al punto de partida.

Pero no tengo tiempo para recuperarme.

Marcel llamó a Jonas desde la cocina de los Griffin con intención de reconciliarse. Jonas descolgó al primer tono.

—Marcel —dijo en tono confiado y provocador—. ¿Te estás replanteando el bando que has elegido?

—No estaba de parte de Mikolaj —respondió Marcel con frialdad—. Me importa una mierda ese traidor. Lo que sí me ofende es que alguien le ponga las manos encima a Klara.

—Klara se ha inmiscuido en nuestros asuntos.

—Como si le ha disparado al papa en la frente, me la suda —gruñó Marcel por teléfono—. Klara es mía, ¿entendido?

Se giró hacia Klara y entrelazaron sus miradas. La descarga de energía que compartieron fue palpable.

—De acuerdo, vale. No quería hacerle daño a Klara. Es mi prima, al fin y al cabo —soltó Jonas, magnánimo—. Pero sí que disparaste a Simon, y eso es un problema.

—Tengo una ofrenda de paz —dijo Marcel—. Dante Gallo. Pensé que querrías despellejarlo vivo antes de clavarle un cuchillo en el corazón.

—¿Tienes a Dante Gallo?

—Ahora mismo está en mi maletero —añadió Marcel—. He interceptado su traslado esta tarde. Le he pegado un tiro al policía y me he quedado con el prisionero. Pensaba tirarlo al río con las esposas puestas, por Zajac. Pero se me ha ocurrido que tal vez querrías hacer tú los honores.

—Eso es muy generoso por tu parte —dijo Jonas en el tono de un rey que acepta el tributo de un súbdito.

—¿Dónde quieres que te lo lleve?

Así es como hemos descubierto dónde estaría Jonas esa noche. Convertirse en jefe no lo ha hecho menos chapuzas. Es torpe y se confía demasiado.

Marcel entra primero en la Jungle, por la puerta delantera, arrastrando consigo a Dante Gallo, que ha consentido volver a ponerse las esposas por delante y una bolsa en la cabeza.

A sus hermanos no les gustó lo más mínimo.

—Así es como tiene que ser —les explicó Marcel claramente—. Jonas no es tonto de remate.

Mientras Marcel entra por delante, Nero y yo nos colamos por detrás. Jonas no ha cambiado las cerraduras. ¿Por qué iba a hacerlo? Solo un fantasma tiene la otra llave.

Sebastian se queda fuera para echar un ojo.

Nero y yo nos escabullimos hasta los despachos del fondo, más allá del almacén. Luego nos separamos; Nero se va a la izquierda y yo a la derecha.

Cuando entro en la discoteca, veo que mis hombres están desplegados entre los reservados y se están sirviendo licores de primera calidad. Hay unos quince soldados en total. De esos quince, sé con certeza que tres me han traicionado: Andrei, Franciszek y Jonas. Simon también, pero está muerto.

No estoy seguro de a quién son leales los demás.

Lo que sí sé es que están disfrutando de la generosidad de su nuevo líder. Aleksy y Andrei parecen contentillos, mientras que Olie está más bien tirando a borracho. Nadie está haciendo guardia. Nadie está del todo sobrio. Chapuza, chapuza, chapuza.

Jonas está bebiendo directamente de una botella de Redbreast. Tiene el pelo alborotado y echado hacia atrás, y los ojos inyectados en sangre. Ruge de placer cuando ve a Marcel empujando a Dante Gallo al centro del grupo.

—¡Aquí estás, hermano mío! ¡Y menudo regalo!

Marcel retira la bolsa de la cabeza de Dante, que mira a su alrededor con gesto estoico y no se inmuta cuando lo abuchean.

—¡Este es el hombre que disparó a Zajac! —grita Jonas—. Desde lejos. Como un cobarde de mierda.

Está hablando en su idioma para que lo entiendan tanto sus hombres como el propio Dante. Jonas se inclina hacia Dante hasta que quedan nariz con nariz. Está soltando su aliento con olor a whisky en toda la cara de Dante. Ambos son corpulentos, pero Jonas es una masa blanda, como un oso, mientras que Dante está fuerte como un toro adulto. Tiene los brazos en tensión y parece que podría romper el acero de las esposas sin esforzarse.

—Quítame las esposas y veremos quién es el cobarde —dice Dante en un tono grave.

—Tengo una idea mejor —replica Jonas—. Mataste al Carnicero, así que yo te voy a matar tal como lo hubiera hecho él, trocito a trocito. Voy a cortarte las orejas, la nariz, los dedos, los pies. Voy a despedazarte kilo a kilo. Y luego, cuando no seas más que una masa ciega y muda…, entonces te dejaré morir.

Los ojos negros de Jonas resplandecen. Su sonrisa parece más que cruel…, casi demencial. El poder se le ha subido a la cabeza y ha amplificado sus peores atributos.

Jonas saca el cuchillo del cinturón, el mismo con el que me ha apuñalado esta misma mañana. Lo sostiene bajo la luz tenue para que brille la hoja. Al menos ha limpiado mi sangre.

Noto que Nero Gallo se remueve, tenso, a mi izquierda. Está preparándose para salir. No se quedará quieto mientras su hermano sufre.

Y yo tampoco.

—¿Qué me decís? —le grita Jonas a los hombres—. ¿Qué trocito de Dante Gallo debería cortar primero?

—Deberías acabar un trabajo antes de empezar otro —digo, al tiempo que salgo a la luz.

Mis hombres se mueven, incómodos, y nos miran a Jonas y a mí de hito en hito. Los que están más borrachos parecen desconcertados, como si estuvieran viendo imaginaciones.

Jonas se gira como un látigo, el rostro compungido por la sorpresa y la rabia.

—Mikolaj —espeta.

—En carne y hueso.

—La que te queda —suelta—. No tienes buena pinta, hermano.

—Aun así, soy mejor jefe del que tú serás jamás, Jonas.

Se le oscurecen los ojos. Cambia la posición en que sujeta el mango del cuchillo, que ahora apunta hacia abajo en vez de hacia arriba. De herramienta a arma.

—Ya no eres jefe de nada —repone.

—El jefe es jefe hasta la muerte —le recuerdo—. Y yo estoy bastante vivo.

Los hombres vuelven a removerse, incómodos. Olie, Patryk y Bruno mascullan entre ellos. Son los que parecen más desconcertados de verme con vida y los más espantados con la historia que les hayan contado. En cuanto a los demás, no me queda claro.

Tendré que poner esa incertidumbre a prueba.

Alzo la mano, una señal para que Nero Gallo se quede quieto.

Si Nero, Marcel y yo empezamos a disparar, mis hombres se pondrán de parte de Jonas. Pero, si les doy el empujoncito adecuado, volverán a mi bando. Podríamos salir de esta de una pieza. Bueno..., la mayoría de los presentes.

—Nos traicionaste —me escupe Jonas.

—Qué curioso, viniendo de ti, que me apuñalaste por la espalda.

—Elegiste a esa puta irlandesa por encima de nosotros —sisea Andrei.

—Estoy haciendo una alianza con los irlandeses y los italianos.

—Quieres que les besemos el culo —dice Jonas.

—Quiero que nos enriquezcamos juntos —lo corrijo—. Quiero que todos vayáis en Maserati en vez de en ataúdes.

—¡Mentira! —exclama Jonas, salpicando saliva—. Dirá lo que sea con tal de salvar su pellejo y proteger a esa zorra. No le importamos nosotros. ¡Y no le importa Zajac! ¡Mataron a nuestro padre! Zajac merece venganza.

—Les quité a Nessa —explico—. Es mejor quedárnosla que matarla. Es mejor compartir el poder con los irlandeses que un mausoleo con Zajac.

—Esas son las palabras de un perro asustado —espeta Jonas.

—¿Crees que tengo miedo? —Mi voz es tranquila y fría como un glaciar—. ¿Crees que puedes liderar a mis hombres mejor que yo? Pues demuéstralo, Jonas. No con cuatro hombres contra uno. Demostrémoslo entre nosotros. Uno contra uno. Jefe contra jefe.

Jonas sonríe con malicia, y veo un destello de locura en sus ojos. Aferra el cuchillo con más fuerza. Dudo que ayer hubiera accedido a esto: ayer yo era el mejor luchador; hoy sigo vivo a duras penas.

Jonas sabe lo graves que son mis heridas. Sabe que tiene ventaja.

—Si eso es lo que quieres, hermano —dice.

Nos rodeamos el uno al otro en la zona abierta de la discoteca, donde suele bailar la gente. La única iluminación es la de las luces verdes que dan forma a hierbas altas y follaje de jungla. Jonas y yo damos vueltas como depredadores. Dos lobos que luchan por el control de la manada.

En una pelea, Jonas tendría ventaja porque pesa más que yo. En un duelo con cuchillos, yo soy mucho más rápido. Pero ahora no soy rápido. Noto los brazos pesados e hinchados, el cuerpo agotado. Intento no delatar mis heridas, pero sé que no me estoy moviendo con tanta gracilidad como siempre. Jonas sonríe, huele la sangre.

Nos tanteamos el uno al otro, Jonas hace un par de fintas en mi dirección. La clave en los duelos con cuchillo es el juego de pies. Tienes que mantener la distancia exacta con tu oponente. Esto es complicado, porque el brazo de Jonas es más largo que el mío.

Imagina dos boxeadores cara a cara en un ring. Luego piensa en las muchas veces que Muhammad Ali recibió un golpe, a pesar de que era el mejor del mundo a la hora de esquivar puñetazos. Uno no puede permitirse tantas puñaladas.

Así que mantengo una buena distancia entre nosotros. Jonas sigue intentando colarse en ese círculo, lanzándome tajos a la cara y el cuerpo. Los esquivo a duras penas, aunque tengo que moverme rápidamente a los lados para hacerlo. Noto que los puntos del vientre y la espalda se están abriendo.

No pretendo abrir en canal a Jonas. Estoy apuntando a otro sitio: la mano que sostiene el cuchillo.

Jonas se lanza a por mí. Esta vez soy demasiado lento. Me hace un corte alargado en el antebrazo izquierdo. La sangre salpica la pista de baile. Ahora también debo esquivar eso para no acabar resbalando.

—Venga —me gruñe Jonas—. Deja de esquivarme. Acércate a luchar conmigo, *suka*.

Finjo que bajo la guardia. Esto significa que tengo que bajarla de verdad por un instante. Jonas aprovecha la oportunidad y acerca el cuchillo a mi cara. Me agacho, y de nuevo soy demasiado lento. La hoja deja una herida que me escuece en la mejilla derecha. Pero Jonas se ha acercado. Le rajo el dorso de la mano que sostiene el cuchillo, atravesando músculo y tendón. Lo llamamos «descolmillar la serpiente». El efecto es inmediato: ya no puede sostenerlo. Se le cae el cuchillo, y yo lo cojo en el aire. Ahora tengo un arma en cada mano.

Jonas trastabilla hacia atrás al resbalarse con mi sangre. Cae al suelo con fuerza, y me echo encima, listo para rajarle la garganta.

Andrei y Franciszek saben lo que pasará si Jonas muere. Corren a ayudar a su líder caído.

Dante Gallo intercepta a Franciszek. Junta los puños, todavía esposados, y descarga el brazo como un martillo contra la barbilla de Franciszek. La cabeza de este cae bruscamente hacia atrás, sale disparado en la dirección opuesta y acaba estrellándose contra uno de los reservados vacíos.

Andrei sigue corriendo hacia mí mientras saca la pistola del abrigo. Yo estoy sujetando a Jonas contra el suelo. Le he clavado un cuchillo en el hombro para que permanezca en el sitio, como un insecto en un paspartú. El otro cuchillo lo presiono contra su garganta. Voy a tener que soltarlo para ponerme en pie y enfrentarme a Andrei.

Pero, antes de que lo haga, oigo la detonación de un disparo.

Andrei deja de correr. Se le cae la pistola de la mano inerte. Se le doblan las rodillas y se desploma al suelo.

Miro hacia atrás, donde Nero Gallo está escondido, y creo que es él quien ha disparado. Pero Nero está de pie junto a la barra con la boca abierta, tan perplejo como yo.

Me giro hacia el otro lado, hacia la puerta delantera.

Sebastian Gallo baja el arma. Ha disparado desde el lado contrario de la habitación y le ha acertado a Andrei en la nuca. Supongo que Aida se equivocaba con su puntería.

El resto de mis hombres se quedan petrificados, no saben qué hacer. No entienden qué está pasando, no hay precedentes de algo así.

Solo sé algo con certeza.

Aquí no hay más que un jefe.

Jonas sigue resistiéndose y escupiendo debajo de mí, con un brazo inutilizado por el cuchillo que le he clavado en el hombro y con el otro intentando darme un puñetazo en cualquier parte del cuerpo.

—Yo debería haber sido el jefe —ruge—. Era mi derecho de nacimiento...

—No te pareces a Zajac en nada —le digo—. No tienes su inteligencia ni su sentido del honor.

—¡Vete al infierno! —aúlla, retorciéndose y luchando.

—Allí nos veremos, hermano.

Le rajo la garganta de lado a lado.

La sangre mana como una fuente y me empapa la mano. Me la limpio en la camiseta de Jonas, donde también limpio la hoja de mi cuchillo.

Luego me pongo en pie sin hacer ninguna mueca de dolor.

Me palpita la cara, también el brazo. Allí donde se me han abierto los puntos, la sangre está manchando la parte delantera de la camiseta. Aun así, me yergo. No puedo dejar que mis hombres perciban debilidad.

Todos me miran fijamente, impresionados y con sentimiento de culpa. No saben qué hacer.

Es Marcel el que reacciona primero. Se acerca a mí a zancadas y se arrodilla delante de mí.

—Me alegro de tenerle de vuelta, jefe —dice.

Olie y Bruno no tardan en imitarlo y se arrodillan delante de mí, donde la sangre derramada de Jonas les empapa las rodillas de los pantalones.

El resto de mis soldados se apresuran a arrodillarse. Esta es la posición de arrepentimiento. Sea cual sea el castigo que decida, lo aceptarán.

Si fuera Zajac, les cortaría un dedo a cada uno.

Pero yo no soy Zajac. Los culpables ya han sido castigados.

—Quítale las esposas a Dante Gallo —le pido a Marcel.

Lo hace. Dante, Nero y Sebastian se quedan en el borde de la pista de baile, hombro con hombro. Mis hombres los miran con cautela, algunos con enfado.

—Nuestra disputa con los italianos ha acabado —les digo—. Al igual que con los irlandeses.

—¿Qué pasa con Zajac? —pregunta Olie con discreción.

—Pondré un monumento en su tumba —dice Dante Gallo con su voz estruendosa—. En honor a la nueva amistad entre ambas familias.

Olie se limita a asentir.

—Levantaos —ordeno a mis hombres—. Limpiad este desorden. Os habéis divertido; ahora toca volver a trabajar.

Mientras mis hombres devuelven la discoteca a la normalidad, yo me dirijo a mi despacho con los hermanos Gallo.

—¿Qué cojones ha sido ese tiro? —le pregunta Nero a Sebastian.

Este se encoge de hombros.

—Ya te dije que soy el atleta de la familia. Soy el que tiene mejores reflejos.

—No me jodas —resopla Nero—. Yo tenía un ángulo de mierda.

Dante posa una mano pesada sobre el hombro de Sebastian.

—¿Estás bien? —le pregunta a su hermano.

—Sí. —Se encoge de hombros.

Parece alterado. Supongo que es la primera vez que mata a alguien.

Yo tampoco estoy contento. Conozco a Andrei desde hace seis años. Vivía en mi casa. Jugábamos al billar juntos. Comíamos en la misma mesa. Nos reíamos de las mismas bromas.

Pero, en nuestro mundo, o eres mi hermano o eres mi enemigo. No hay nada entre medias.

Una vez que estamos en mi despacho, llamo a Kolya Kristoff. Responde al cabo de unos tonos, con una voz pastosa de sueño, pero con tanta agilidad mental como siempre.

—No esperaba ver el nombre de un difunto en mi teléfono.

—¿Has respondido para ver lo que hay en el más allá?

Se ríe.

—Ilumíname.

—Tendrás que preguntarle a Jonas.

—Ah —suspira—. Su reinado no ha durado mucho.

—He hecho las paces con los Griffin y los Gallo.

Kristoff suelta una risilla leve.

—Así que es la pequeña Nessa Griffin la que te ha atado con correa a ti.

No muerdo el anzuelo.

—Se acabó nuestro acuerdo.

—Un acuerdo entre dos no lo puede romper uno solo —repone Kristoff.

—Haz lo que quieras. Pero ahora sabes que los Griffin te estarán esperando. Si pretendes secuestrar a Callum y Aida, te matarán.

—Ya lo veremos —dice Kristoff. Y cuelga.

Miro a los hermanos Gallo.

—Es un cabroncete presumido, ¿eh? —suelta Nero.

Dante frunce el ceño.

—Yo lo esperaré en la biblioteca —dice—. Si Kristoff es lo bastante idiota como para asomar la cabeza, se la arrancaré de los hombros.

30

NESSA

Mikolaj regresa a casa de mis padres a altas horas de la madrugada. Tiene un nuevo tajo en la mejilla derecha y otro en el brazo. Unas manchas oscuras en las partes delantera y trasera de la camiseta indican que se le han abierto las heridas. Corro hacia él por el jardín. Está más pálido que nunca y casi se desmaya en mis brazos.

—¡Por Dios! —exclamo sosteniéndole la cara entre las manos—. ¿Qué ha pasado? ¿Estás bien?

—Sí —responde—. Estoy bien.

Apoyo la frente en la suya y le doy un beso para asegurarme de que sigue respirando, de que huele y sabe igual que siempre.

Él me abraza y su corazón me late pegado al pecho. Me acaricia la oreja con la nariz.

—¡Nessa! —El grito punzante de mi madre nos interrumpe.

Suelto a Mikolaj.

Está plantada en la puerta, mirándonos horrorizada.

—Métete en casa —sisea.

Siguiendo mi antiguo hábito de obediencia, vuelvo a la cocina, donde mis padres se colocan uno junto al otro con los brazos cruzados sobre el pecho y la misma expresión implacable en el rostro.

Mikolaj me sigue.

Lo acompañan los hermanos Gallo; Marcel también.

En cuanto Klara ve a Marcel, se lanza a por él. Lo besa con la misma pasión que yo a Mikolaj. Cuando Marcel se recompone de la sorpresa, la coge en volandas y la besa con más intensidad antes de dejarla en el suelo.

Me encantaría celebrar este avance, pero, por desgracia, tengo que prestar atención a mis furiosos padres.

—Esto ha acabado —afirma mi padre con seriedad, señalándonos a Mikolaj y a mí.

—Sea lo que sea que le hayas hecho —le grita mi madre a Mikolaj—, por muchas tonterías que le hayas metido en la cabeza...

—Lo amo —interrumpo.

Mis padres me miran fijamente, sorprendidos y asqueados.

—No seas ridícula —dice mi madre—. Él fue quien te secuestró, Nessa, te mantuvo cautiva durante semanas. ¿Tienes idea de lo que hemos pasado sin saber si estabas viva o muerta?

Gira el rostro surcado de lágrimas hacia Mikolaj y lo observa con sus ojos azules cargados de rabia.

—Nos arrebataste a nuestra hija —dice entre dientes—. Deberíamos castrarte.

—Me salvó la vida —les digo—. Todos querían matarme. Los rusos, sus propios hombres... Lo arriesgó todo por mí.

—¡Solo porque te secuestró primero! —estalla mi madre.

—No sabes cómo son los hombres como él —me dice mi padre—. Violentos. Crueles. Asesinos.

—¿Criminales? —digo, casi riéndome ante la ironía—. Papá... Sé cómo son los mafiosos.

—No es como nosotros —gruñe mi padre.

—¡No sabes cómo es! —exclamo.

—¡Ni tú tampoco! —grita mi madre—. Te está manipulando, Nessa. ¡Eres una cría! No sabes lo que estás diciendo...

—¡No soy una cría! —le espeto—. Puede que lo fuera cuando me fui, pero ya no.

—¿Me estás diciendo que quieres estar con este animal? —exige mi padre.

—Sí.

—¡De ninguna manera! —chilla—. Antes lo mato con mis propias manos.

—No es asunto tuyo —les digo.

—Vaya que no —repone mi padre.

—¿Qué vais a hacer? ¿Castigarme? —Me río con amargura—. A menos que queráis volverme a encerrar, no podréis mantenerme alejada de él.

—Nessa —interviene Mikolaj—, tus padres tienen razón.

Me doy la vuelta como un látigo, sorprendida y ofendida.

—¡Claro que no! —exclamo.

Mikolaj me toma la mano con suavidad para tranquilizarme. Me aprieta los dedos y su mano me parece tan cálida y fuerte como siempre.

Luego se encara a mis padres, recompuesto y con firmeza.

—Os pido perdón por el dolor que os he causado —dice—. Sé que esto os será difícil de entender, pero amo a Nessa. La amo más que a mi propia alma. Jamás le haría daño. Y eso incluye separarla de nuevo de su familia.

—Miko...

Él me aprieta la mano, como pidiéndome que sea paciente sin palabras.

—He traído a Nessa de vuelta. Lo único que os pido es permiso para seguir viéndola. Quiero casarme con ella. Pero tenéis razón... Es joven. Puedo esperar. Hay tiempo de sobra para que me conozcáis. Para que veáis que siempre adoraré y protegeré a vuestra hija.

Está tan agotado que su voz suena áspera. Aun así, es innegable su sinceridad. Hasta mis padres se dan cuenta. Sin pretenderlo, su rabia se desvanece. Intercambian miradas de nerviosismo.

—Se quedará aquí —dice mi madre.

—La visitarás aquí —dice mi padre.

—De acuerdo —accede Mikolaj.

No es lo que yo quiero en realidad. Entiendo que lo está haciendo por mí, para que mantenga la relación con mi familia. Y para darme tiempo de seguir madurando. Para estar segura de lo que quiero a largo plazo.

Pero yo ya sé lo que quiero.

Quiero a Mikolaj. Quiero volver a la casa donde todos los días que paso con él parecen más un sueño vívido que la realidad.

Quiero volver a casa.

En las semanas siguientes, me adapto a la nueva rutina. Estoy durmiendo en mi antiguo dormitorio. Ya no es como antes. Me he deshecho de todos los peluches, de las almohadas con volantes y de las cortinas rosas. Ahora es un sitio más sencillo.

No he vuelto a la Loyola. He faltado a demasiadas clases este semestre y me he dado cuenta de que no me importa. Solo me estaba sacando una carrera para contentar a mis padres. A mí me interesa otra cosa.

En lugar de eso, voy todos los días al Lake City Ballet. Estoy a punto de acabar mi obra maestra. Trabajo durante horas en el estudio, a veces sola y, en ocasiones, con otras bailarinas. Marnie está diseñando la escenografía y Serena será quien haga uno de los papeles secundarios. Yo seré la protagonista. No porque tenga mejor técnica, sino porque este ballet es tan íntimo que no podría soportar que lo interpretara otra persona.

Jackson Wright está siendo tan increíblemente servicial que casi empiezo a pensar que lo han raptado los alienígenas y lo ha reemplazado con un clon. La primera vez que lo vi, llevaba una escayola en el brazo y estaba tan ansioso por darme la bienvenida que casi se tropieza con sus propios pies. No estaba tan gallardo como siempre: tenía el pelo alborotado y se sobresaltaba con nada, cada vez que alguien le rozaba el hombro o llamaban a la puerta.

Sé perfectamente que apoyó mi ballet por coacción. Pero, conforme fuimos trabajando juntos, creo que empezó a gustarle. Se ofreció a dirigirlo, de manera espontánea, y me ha dado consejos verdaderamente útiles. Después del último ensayo, me lleva a un lado y me dice:

—No puedo creer que esto haya salido de ti, Nessa. Siempre pensé que eras insípida. Guapa, sí, pero insípida, incapaz de crear algo tan exquisito.

Resoplo. Solo Jackson podría hacerte un cumplido con un insulto.

—Gracias, Jackson —afirmo—. Me has ayudado muchísimo. Supongo que, al fin y al cabo, no eres tan capullo.

Frunce el ceño y se traga la respuesta que claramente quiere darme.

Mikolaj viene a verme casi todas las noches. Damos paseos por la orilla del lago. Me habla de cómo fue crecer en Varsovia, de sus padres biológicos y de Anna. Me cuenta los sitios que quería ver. Me pregunta adónde me gustaría ir a mí, de todos los lugares que hay en el mundo.

—Bueno… —reflexiono—. Siempre he querido ver el Taj Mahal.

Sonríe.

—Igual que Anna. Pensaba llevarla cuando tuviéramos dinero.

—Mis padres nunca quieren ir porque hace mucho calor.

—A mí me gusta el calor —dice con una sonrisa—. Es mucho mejor que la nieve.

Ahora está nevando. Enormes y pesados copos que caen a cámara lenta. Se quedan prendidos en el cabello de Mikolaj y le cubren los hombros. Hemos tenido que abrigarnos para dar el paseo. Él lleva un abrigo azul marino con el cuello hacia arriba. Yo me he puesto una parka blanca con una capucha de pelitos alrededor de la cara.

—¿Qué me dices de esto? —le pregunto—. ¿No es bonito?

—Este es el primer invierno que no detesto.

Me besa. Noto sus labios ardiendo en mi cara congelada. La nieve es tan espesa que no veo ni el lago ni mi casa. Podríamos ser las únicas personas en el mundo. Podríamos ser dos figuritas en un globo de nieve, suspendidas para siempre.

Quiero hacer más cosas que besarlo. Le desbrocho el abrigo para meter las manos por dentro. Luego paso los dedos por debajo de su camiseta, por su torso cálido. No le importa que tenga los dedos fríos. Me acerca a él y me besa con más intensidad.

Tengo cuidado de no tocar los sitios que aún no han sanado. Ya no lleva vendas, pero las heridas eran profundas y todavía no le han quitado los puntos.

Normalmente, los hombres de mi padre nos espían cada vez que damos un paso por los alrededores. Hoy hay demasiada nieve. No pueden vernos.

Deslizo la mano por la entrepierna de Miko, debajo de los calzoncillos. Su cuerpo ha calentado mi mano. No hace una mueca cuando le cojo el pene. Gruñe y me muerde suavemente el labio.

—Quiero volver a estar contigo —le digo.

—Se supone que tengo que ganarme la confianza de tus padres.

—Podrías tardar cien años —gimoteo—. ¿No me echas de menos?

—Más de lo pensaba que podía echar de menos a alguien.

Se quita el abrigo y lo coloca sobre la nieve. Acto seguido, me tumba a mí encima. Me desabrocha los vaqueros y los baja un poco; hace lo mismo con los suyos. Se coloca encima de mí e introduce su polla en el estrecho hueco entre mis muslos.

Como todavía llevo los vaqueros, mantengo las piernas juntas. Esto hace que el espacio para su miembro sea más pequeño y estrecho de lo habitual. La fricción es brutal. Apenas es capaz de introducirse y salir de mí. Estoy apretando con fuerza hasta el último centímetro de su miembro.

En la primera embestida, jadea como si fuera a desmayarse.

—Joder, Nessa —gruñe—. Me vas a matar.

—¿Por qué?

—Es demasiado. Da demasiado gusto.

Es una sensación increíble. Pero es mucho más que eso. Me siento conectada con él, como si nos convirtiéramos en una sola alma además de un solo cuerpo de carne entrelazada. Sé que está sintiendo lo mismo que yo. Pensando lo mismo que yo. Me quiere tanto como yo a él: con locura, sin sentido, sin límites.

Aunque nuestros movimientos están limitados, no nos importa. Los dos nos teníamos muchísimas ganas. El clímax es casi inmediato. En apenas un minuto, siento esa calidez y ese placer que aumenta y aumenta en mi interior hasta que me desborda. Me corro, apretando con más fuerza su pene. Miko también alcanza el orgasmo y me abraza tan fuerte que me duelen los huesos. Explota dentro de mí con un sonido estrangulado, no quiere gritar muy fuerte.

Nos quedaríamos aquí tumbados más tiempo, pero hace demasiado frío. Me castañean los dientes. Me pongo en pie, me subo los vaqueros y me los abrocho de nuevo. Noto su corrida saliendo de mí, empapándome las bragas. Me encanta esa sensación, primitiva y salvaje. La marca más evidente de que soy suya y solo suya.

Cuando nos vestimos, vuelve a besarme.

—Pronto te llevaré de nuevo a casa —me promete.

Sabe que la casa de mis padres ya no es mi hogar.

A veces viene con Marcel y Klara para que me visiten. Vemos películas en el cine, con subtítulos en polaco, porque Klara sigue sin entenderlo todo en nuestro idioma. Sé que a mis padres les molesta que hablemos en polaco. Me miran como si les hubieran cambiado a su hija.

No se han acostumbrado a los cambios en mi persona. Mi madre quiere llevarme a hacer las cosas que hacíamos antes: compras, brunch, teatro. Yo voy con ella e intento estar contenta, ser quien ella quiere que sea. Pero echo muchísimo de menos a Miko. Hay una barrera entre mi madre y yo. No quiere hablar del mes que estuve desaparecida. Quiere que sea exactamente igual que antes. No puedo hacerlo, por mucho que lo intente.

Por extraño que parezca, la persona que parece más contenta con mi regreso es Riona. La noche que volví a casa, ella estaba encerrada en el bufete y estuvo trabajando en informes hasta altas horas de la madrugada. Cuando vio el mensaje de mis padres, abandonó las carpetas y volvió a casa corriendo, donde me abrazó durante mucho más tiempo del que me había abrazado nunca. Puede que hasta viera unas lagrimillas en sus ojos, aunque no permitió que cayera ninguna.

Desde entonces, se ha pasado varias veces por el Lake City Ballet para almorzar conmigo, algo que jamás había hecho antes.

Como no solíamos pasar tiempo juntas antes, no espera que me comporte de ninguna manera en concreto. Simplemente me pregunta cómo va el ballet y si hemos decidido alguna fecha para el estreno. Me pregunta qué música voy a poner y hace una lista de reproducción con las canciones para escucharlas de camino al trabajo. Hasta pide hora para hacernos la pedicura el sábado por la mañana para calmar el dolor de mis pies, aunque sé que no resiste treinta y ocho minutazos sentada sin mirar el correo.

Aún más desconcertante es la amistad que se ha desarrollado entre Riona y Dante Gallo. Se pasó varias semanas intentando sacarlo de la cárcel y después se tiró otras cuantas más cuando «lo secuestró una banda rival» durante un traslado penitenciario fraudulento. Al final, aprovechó la versión turbia del agente Hernández para que se retiraran los cargos. También ayudó que el agente O'Malley accediera a testificar contra su excompañero. No sé quién pagó ese soborno, si Mikolaj o los Gallo, pero seguro que no salió barato.

Supongo que Dante y Riona hablaron mucho cuando esta iba a visitarlo a la cárcel. Dante es una presencia muy tranquilizadora. Riona parece crisparse menos a su lado, como si ya no estuviera tan predispuesta a arrancarle la cabeza a alguien a la mínima provocación.

Reúno todo mi coraje para preguntarle si le parece guapo. Ella pone los ojos en blanco.

—No todo es cuestión de amor, Nessa —me responde—. A veces un hombre y una mujer son solo amigos.

—Solo preguntaba por si te da curiosidad ver a este «amigo» en concreto sin camiseta… Tiene pinta de estar petado como la Roca.

Riona resopla como si estuviera por encima de cuestiones tan miserables como los bíceps abultados y los abdominales marcados.

Mis padres no terminan de acostumbrarse a Miko, pero empiezan a entender que lo que siento por él es mucho más que un encaprichamiento momentáneo. Nuestro lazo aumenta a cada día que pasa. Echo de menos su casa, los muros de piedra, el tejado que cruje, la luz tenue, el jardín desbordante. El olor a polvo, a barniz y el del mismo Mikolaj. Echo de menos pasear por ese laberinto, que continuamente me atrae hacia el hombre que hay en el centro. El que tira de mí como un imán.

Sé que se siente solo sin mí. Ahora que Jonas y Andrei han muerto, solo le quedan Marcel y Klara. Y estos podrían mudarse a su propio piso dentro de poco.

Mikolaj se mantiene ocupado con el trabajo. Construyendo sus negocios, expandiendo su imperio sin altercados directos con mi familia o la de Aida. Todos coexistimos... por ahora.

La única amenaza pendiente son los rusos. La tarde de la inauguración de la biblioteca estábamos todos esperando: los hombres de Miko, los Gallo y los hombres de mi padre. Dante estaba en lo alto de un edificio cercano, con el rifle en ristre, pendiente de cualquier señal que indicara la presencia de Kristoff o de alguno de sus hombres.

Pero no sucedió nada. La Bratva no apareció. El evento se desarrolló sin problemas.

Tal vez se hayan rendido al verse sobrepasados en arsenal y en hombres.

Al fin y al cabo, Chicago es una ciudad grande. Hay crimen de sobra para todos.

31

MIKO

Es la noche del ballet de Nessa.

Llevo esperando este momento casi con tanta impaciencia como la propia Nessa. Tal vez más, porque yo solo tengo ganas de verlo, mientras que Nessa se ha ido poniendo más nerviosa conforme se acercaba el día.

A mí no me preocupa. Yo ya sé que es brillante.

El ballet se hará en el teatro Harris. Ese imbécil de Jackson Wright es el director. Tenía pensado hacerle una visita si le daba problemas a Nessa (así como quien no quiere la cosa, claro, como recordatorio sutil. No iba a romperle los huesos, a menos que me fastidiara). Pero no fue necesario; se quedó atrapado en el proyecto tanto como ella.

Nessa ha reservado entradas para todos sus amigos y familiares y me ha sentado junto a sus padres de forma deliberada. No es la ubicación más cómoda, pero tengo que aprovechar todas las oportunidades posibles para conocerlos mejor. No espero llegar a caerles bien. Es posible que nunca dejen de odiarme. Sin embargo, tendrán que aceptarme, porque no pienso alejarme de Nessa.

Lo cierto es que se me está acabando la paciencia. Creí que podía tomármelo con calma, pero sobrestimé mi propia resolución.

La quiero en casa. La quiero al cien por cien. La quiero como esposa.

Estoy sentado junto a Fergus Griffin. Es un tipo alto, esbelto y de aspecto inteligente, bien vestido, con unos perfectos mechones grises en el pelo. Se le notan los buenos modales. Para los poco avispados, parece un empresario rico de Chicago. Yo veo lo que es en realidad: un camaleón que adopta la forma de lo que mejor le viene. No me cabe duda de que, cuando rompía rodillas como sicario, era como ver la venganza en persona. Seguro que vestía como un mafioso mientras subía puestos en las filas de la mafia irlandesa. Ahora se comporta como si hubiera vivido siempre en entornos adinerados.

Es complicado descifrar quién es de verdad debajo de todo eso. Puedo suponer algunas cosas: debe de ser inteligente, un estratega con corazón de acero. Es imposible llegar a lo más alto si no es así. Pero no puede ser un sociópata criminal sin más. Porque es el padre de Nessa. La crio. Ese corazón amable y esa mente creativa tienen que venir de algún sitio.

Tal vez provengan de Imogen Griffin. Está sentada al otro lado de su marido. Noto que me mira con esos ojos azules y fríos que ha heredado su hijo.

—¿Eres mecenas de arte? —me pregunta en tono mordaz.

—No. —Tras un breve instante de silencio, añado—: Pero me gusta el baile.

—¿Ah, sí? —Su expresión de hielo se derrite un ápice.

—Mi hermana y yo participábamos en los bailes regionales cuando éramos niños. —Tomo aire mientras trato de recordar cómo habla la gente normal cuando quiere entablar conversación—. Ganamos un premio una vez, por bailar una polonesa. No nos gustaba bailar juntos, porque siempre nos peleábamos; Anna quería llevarme a mí. Bailaba mejor que yo. Debería haberla dejado. Seguramente ganamos solo porque nos parecíamos mucho, como si fuéramos a juego. Los jueces pensaron que éramos muy monos.

Las palabras salen más rápido una vez que he cogido carrerilla. Me ayuda que Imogen y Nessa se parezcan un poco. Me ayuda a limar las asperezas.

Imogen sonríe.

—Yo bailaba bailes de salón con mi hermano Angus —me cuenta—. Pensábamos que era una vergüenza bailar juntos. Nunca ganamos nada.

—Necesitabas una pareja mejor —repone Fergus.

—Espero que no estés hablando de ti —se ríe Imogen. Y luego, dirigiéndose a mí, añade—: Me rompió el pie en la boda. Me pisó todos los dedos.

Fergus frunce el ceño.

—Tenía mucho en lo que pensar.

—Y estabas borracho.

—Ligeramente ebrio.

—Totalmente pasado de rosca.

Comparten una mirada burlona, hasta que recuerdan que yo estoy sentado ahí al lado y que me odian.

—En fin —corta Fergus—. Nessa ha heredado el talento de su madre.

Me percato del orgullo en su voz. Adoran a Nessa, eso me ha quedado claro.

Antes de que pueda decir nada más, la luz se va apagando y se levanta el telón.

El escenario está impresionante, en tamaño y en escala. Parece un bosque verde y luminoso. La música también es ligera y alegre. Salen tres chicas vestidas de verde, azul y rosa: Nessa, Marnie y Serena.

Me doy cuenta de que Serena Breglio ha mantenido el cabello castaño que le tiñeron los rusos. Supongo que ha decidido que le gusta. No sé cuánto le ha contado Nessa sobre por qué la secuestraron y la soltaron de repente. Lo que sí sé es que Serena es una de las mejores amigas de Nessa y que eso no ha cambiado. Así que, en un arranque de culpa, pagué de forma anónima el préstamo de estudios de Serena. Eran cuarenta y ocho mil dólares. Es menos de lo que gano a la semana, pero para ella son un montonazo de turnos en la cafetería donde trabaja para complementar su sueldo de bailarina secundaria.

Hace unos meses, hubiera dicho que tuvo suerte de que no le rajáramos la garganta y la tiráramos en una cuneta. Ahora soy como Papá Noel. Así de blando me he vuelto.

Las tres chicas están bailando en una formación que, según me contó Nessa, se llamaba *par de trois*. Llevan vestidos suaves en vez de tutús rígidos. Cada vez que giran, las faldas se abren como si fueran pétalos de una flor.

He visto muy pocos ballets, pero los bailes que Nessa ha coreografiado son fascinantes. Hay muchísimo movimiento e interacciones, patrones que cambian y evolucionan con muy pocas repeticiones.

Los padres de Nessa quedan embaucados desde el inicio. Se inclinan hacia delante con los ojos fijos en el escenario. Por su expresión sorprendida, entiendo que ni siquiera ellos eran conscientes de lo bellas que son las obras de Nessa.

Al final del baile, Nessa se separa de las dos chicas. Estas salen del escenario por la izquierda, mientras que Nessa se mueve en la dirección contraria, vagando como si estuviera perdida.

Mientras se va desplazando por el escenario, la iluminación cambia. El bosque que parecía luminoso y acogedor se vuelve denso y oscuro. La música también varía, pasa de alegre a espeluznante.

Nessa llega a un castillo. Tras vacilar un poco, se adentra en el interior.

La escenografía que forma el castillo se desliza por el suelo por secciones hasta componer todo el conjunto. Es increíblemente detallado, obra de Marnie. Unas enormes vidrieras plomadas hacen que los muros del castillo parezcan una jaula, y todo tiene un aspecto desgastado, añejo y abandonado, hasta las mismas velas derretidas de los candelabros.

En el interior del castillo, Nessa conoce a la Bestia.

A la Bestia la interpreta Charles Tremblay, uno de los bailarines principales del Lake City Ballet. En la vida real es alto, fuerte y de aspecto amigable, lleva el pelo rubio cobrizo con un corte desgreñado y tiene un ligero acento sureño. En el escenario, en cambio, está irreconocible. El maquillaje y las prótesis lo han convertido en un monstruo: mitad lobo, mitad humano, como un hombre lobo a medio transformar.

Su forma de moverse también ha cambiado. Ha desaparecido ese rollito confiado. Ahora corre por el escenario a una velocidad inquietante, agachado como un animal.

Nessa me contó que lo eligió por este mismo motivo: su capacidad de actuar además de bailar.

Sé que se han pasado horas ensayando juntos todos los días, algo que en circunstancias normales me pondría terriblemente celoso. Sin embargo, cada noche cuando voy a verla, Nessa corre hacia mí como si no me hubiera visto en cien años. Como si no pudiera soportar ni un segundo más de separación. Así sé en quién ha estado pensando, aunque haya bailado en los brazos de otro hombre.

La Bestia engaña a Nessa para que baile con él.

Las notas seductoras de «Satin Birds» empiezan a sonar. Dejo escapar un largo suspiro. No sabía que Nessa recordara esa canción, y mucho menos que pensara usarla en el ballet. Me transporta a mi propia sala de baile, me hace recordar vívidamente aquella primera noche que tuve a Nessa entre mis brazos.

La pareja baila un vals por el escenario; al principio, de mala gana, luego a gran velocidad y con pasión.

Sé que Nessa está recreando ese momento que vivimos los dos. No me importa que me retrate como la Bestia. De hecho, es de lo más apropiado. Aquella noche me puse como un animal salvaje. Quería hacerla pedazos y comérmela enterita. Apenas fui capaz de controlar las ganas que le tenía.

De lo que no me di cuenta es de lo fuerte que era el deseo que ella sentía hacia mí. Ahora lo veo cuando alza la vista hacia el rostro de la Bestia. Veo que se siente intrigada. Que se siente atraída, a pesar de la necesidad natural de conservar el pellejo.

El ballet continúa.

Es el cuento clásico de la Bella y la Bestia. Pero también es nuestra historia, la de Nessa y la mía. Ha entremezclado fragmentos de lo que sucedió entre nosotros.

Lo revivo todo.

Se me olvida que estoy sentado junto a sus padres. Se me olvida que hay más gente en el teatro. Solo la veo a ella y a mí, cómo nos separamos y nos volvimos a encontrar, incapaces los dos de resistir esa atracción que nos unía y nos ataba con fuerza. Me está enseñando toda nuestra historia, una fantasía oscura contada a través de nuestros ojos.

Al final hay un dueto entre la Bestia y Nessa que se desarrolla en una noche de tormenta. La iluminación del escenario imita la presencia de lluvia, interrumpida por los relámpagos.

Al principio, el dueto es un combate cruento, violento y agresivo. La Bestia arrastra a Nessa, la retiene cuando ella intenta escapar, hasta la levanta en brazos y la carga por todo el escenario. Pero conforme avanza el baile, sus movimientos se sincronizan. Sus cuerpos se entrelazan hasta que quedan perfectamente alineados, en una formación de lo más escandalosa.

Acaban moviéndose como si fueran uno, cada vez más rápido. Nessa me contó que este era el baile más difícil técnicamente hablando. Le daba miedo no estar a la altura de Charles.

Pero está más que a su altura. Está bailando mejor que nunca, con rapidez, precisión y pasión. Es una puta pasada.

No puedo apartar la vista de ella. El teatro está completamente en silencio. Nadie quiere respirar por si interrumpen a la pareja que da vueltas por el escenario. Es algo erótico y etéreo, absolutamente cautivador.

Cuando al final se detienen en el centro del escenario, unidos en un beso, el público se emociona. El aplauso es estruendoso.

Imogen y Fergus Griffin se están mirando el uno al otro. Están fascinados por la actuación de Nessa. Pero hay algo más. Saben lo que significa tan bien como yo. Han visto cómo se siente Nessa en realidad. Se ha dejado el corazón en el escenario para que todo el mundo lo vea.

Cuando termina la actuación, el aplauso sigue y sigue. Los bailarines salen a hacer sus reverencias. El público los recompensa con una ovación en pie, salvo un hombre que se levanta de su asiento y sale por la puerta lateral antes de que Nessa salga a saludar.

El movimiento del hombre me llama la atención. Aunque estoy emocionado y encantado por Nessa, no puedo apagar esa parte de mi cerebro. La parte que siempre está buscando algo fuera de lugar.

Nessa cruza el escenario, ruborizada de alegría, mientras el público aplaude con más fuerza que antes. Hace una reverencia, busca entre el gentío a su familia. Cuando me ve a mí, me lanza un beso.

Jackson Wright le coge la mano y se la levanta en señal de triunfo. Por fin le han quitado la escayola, lo que parece haber mejorado su estado de ánimo. Está sonriendo de lado, parece orgulloso de verdad.

Cuando los bailarines vuelven entre bambalinas, salimos al vestíbulo a esperar a Nessa. Se está quitando el traje y, sin duda, charlando animadamente con sus amigos. Estarán todos a tope por el éxito que han tenido.

Espero junto a los padres de Nessa, Callum, Aida y Riona. Imogen está callada, como si tuviera muchas cosas en la cabeza. Aida está hablando por todos los demás.

—Ha sido el mejor ballet que he visto en mi vida. Es el único ballet que he visto, pero estoy segura de que, si conociera otros, también lo pensaría.

—Ha sido precioso —coincide Riona.

—Es como si hubiera una metáfora escondida en alguna parte... —musita Aida, que me mira de reojo con esos pícaros ojos grises.

Callum le lanza una mirada seria para que se calle.

Ella le sonríe con socarronería, sin amilanarse lo más mínimo. Veo que él curva ligeramente las comisuras de los labios.

Camareros con esmoquin circulan por el vestíbulo con bandejas llenas de copas de champán burbujeante. Fergus Griffin coge una de una bandeja y le da un sorbo. Le ofrece otra a su mujer, pero esta niega con la cabeza.

Me ruge el estómago. No he cenado todavía. Dudo que Nessa haya comido algo. Tal vez podría convencer a Fergus de que me deje llevarla a cenar para celebrarlo...

Los bailarines salen al vestíbulo. Se han puesto ropa de calle, pero no se han quitado el recargado maquillaje, así que no pasan desapercibidos ni por asomo. Algunas personas del público se abalanzan sobre ellos para felicitarlos. Se forma una cola sinuosa como si fuera una boda. Maldigo lo lejos que estoy... Voy a tener que esperar mi turno para hablar con Nessa.

Las muchedumbres tienen cierto ritmo. La gente suele colocarse de forma natural en la cola o apartarse de en medio. De nuevo, por el rabillo del ojo, veo un movimiento que no casa con el patrón habitual. Un hombre con un abrigo de lana camina a zancadas hacia los bailarines desde un rincón del vestíbulo.

Tiene el pelo oscuro y el cuello levantado, así que no le veo la cara. Pero sí lo veo meter la mano por dentro del abrigo.

Busco a Nessa con la mirada, está justo en la trayectoria de este hombre. Ella se ha puesto unos *leggings* y un jersey de punto, pero todavía va maquillada como en el escenario, con pestañas postizas y colorete en las mejillas. Tiene el pelo recogido en un moño apretado que brilla de la purpurina. Está ruborizada y se ríe, los ojos brillantes de la alegría.

Cuando la miro, levanta la vista y nuestras miradas se cruzan. Sonríe de oreja a oreja, hasta que ve la expresión de mi rostro.

Echo a correr hacia ella.

El hombre está sacando una pistola del abrigo. Está quitando el seguro, apuntando.

Me abro paso entre la multitud, llevándome por delante a un camarero y tirándole la bandeja de champán que lleva en la mano. Las copas salen volando. Atrapo al vuelo la bandeja plateada y acelero el paso.

—¡Nessa!

A cámara lenta, veo que el hombre le apunta a la cara. Nessa también lo ve. Se queda petrificada, con los ojos como platos y las cejas oscuras levantadas. Los bailarines que la acompañan se encogen. Se queda sola, desprotegida, demasiado sorprendida como para levantar las manos.

Doy un salto hacia ella con la bandeja por delante.

El arma suena como un cañón.

Noto un cimbronazo al mismo tiempo que oigo el ruido del impacto.

Choco con Nessa y la tiro al suelo para protegerla con mi cuerpo. No sé dónde ha impactado la primera bala. Espero recibir unas cuantas más por la espalda.

Oigo tres disparos más, pero no siento ningún dolor. Sujeto a Nessa para que permanezca debajo de mi cuerpo, donde nada le haga daño. Mientras el resto de la gente grita y sale corriendo de estampida, yo la cubro para mantenerla a salvo.

Cuando abro los ojos, veo la cara retorcida y ensangrentada de Kolya Kristoff. Está tirado en el suelo delante de mí. Muerto.

Fergus Griffin está plantado a su lado; del cañón de su pistola todavía sale humo. Tiene el gesto compungido de la rabia y, por detrás del frágil marco de sus gafas, capto un destello diabólico en sus ojos verdes. Ahora lo veo, el puto mafioso que de verdad se esconde tras la fachada de la amabilidad.

Sus ojos se posan en mí. Leo sus pensamientos con tanta claridad como si fueran míos: podría mover esa pistola unos centímetros a la derecha y dispararme ahí mismo para así resolver el último de sus problemas.

En cambio, sigue apuntando al mismo sitio y dispara de nuevo a Kristoff en la espalda. Luego vuelve a guardarse el arma en el traje de chaqueta.

Callum Griffin me ayuda a levantarme.

También incorporo a Nessa y busco desesperadamente algún signo de que esté herida.

—¿Estás bien?

Está temblando de la conmoción y le castañean los dientes, pero no parece que haya sufrido daño alguno.

—Estoy bien. —Se aferra a mí y me rodea el cuello con los brazos.

Fergus aprieta la mandíbula. Nessa es su niña, normalmente correría a buscarlo a él si quisiera consuelo.

Callum recoge la bandeja de plata. Tiene una melladura del tamaño de una pelota de sóftbol en el centro.

—Joder —suelta—. ¿Cómo sabías que serviría?

—No lo sabía.

Imogen se lanza a los brazos de Nessa con el rostro bañado en lágrimas.

—Por el amor de Dios —dice entre sollozos—. No soportaré más incidentes como este.

—Callum —interviene Fergus rápidamente—. La policía llegará dentro de nada. Vete con Aida a casa. No quiero que tu nombre se vea involucrado en esto.

Luego me mira mí.

—Supongo que tú no tienes el mejor de los historiales.

—No pienso irme sin Nessa.

Suaviza un ápice la expresión.

—Yo me quedaré con ella —afirma—. Declararemos ante la policía. Luego nos veremos en casa.

—Yo me quedo contigo —le dice Riona cruzándose de brazos—. Como consejera legal.

Dudo. No quiero abandonar a Nessa, pero Kristoff está muerto. No tiene sentido discutir con Fergus. Y menos cuando empezamos a llevarnos bien, por fin.

Le doy un suave beso en los labios a Nessa. Sus padres están mirando. Me importa tres cojones.

—Te veo en casa —le digo—. Esta noche has estado espectacular, Nessa. No dejes que esto te lo arrebate. Eres una puta estrella.

Ella me devuelve el beso, no quiere dejarme ir.

Oigo las sirenas y le aparto suavemente las manos de mi cuello.

—Nos vemos ahora —le prometo.

Cuando me giro, Fergus me pone una mano en el hombro.

—Gracias —dice con aspereza—. Has sido más rápido que yo. Yo no habría llegado a tiempo.

32

NESSA

Es Nochebuena.

A mi madre le encanta la Navidad. Normalmente monta una buena fiesta. O, si lo celebramos en familia, seguimos todas las pequeñas tradiciones irlandesas, como poner una corona navideña en la puerta y encender una vela en el alféizar. Después hacemos nuestro propio caramelo de dulce de leche, cocinamos palomitas en la chimenea y abrimos un regalo cada uno, que siempre es un pijama.

Esta noche voy a hacer algo distinto.

Estoy yendo al norte de la ciudad, a la casa de Mikolaj.

Volveré mañana por la mañana para hacer tortitas y abrir los regalos con mis padres. Pero esta noche es de Miko y mía, los dos solos, por primera vez en mucho tiempo.

Me sorprendió que mis padres accedieran. Creo que, después del ballet, se dieron cuenta de que esto es real y que no va a esfumarse.

Al fin y al cabo, Miko me salvó la vida. Vio a Kristoff antes que nadie. Esquivó la bala que iba directa a mi cara. Y me protegió con su propio cuerpo. Eso le dio a mi padre el tiempo necesario para disparar a Kristoff por la espalda.

Supongo que la Bratva tendrá que buscarse otro jefe.

Espero que el nuevo no albergue el mismo resentimiento. A los rusos no les sienta bien que se rompan las alianzas.

Aun así, mereció la pena si aquello les demostró a mis padres de una vez por todas que Mikolaj me quiere. Que me ama de verdad.

Estoy yendo a verlo en un Jeep nuevo, este de color verde militar en vez de blanco. Fue un regalo anticipado de los Gallo. Lo eligió Aida, y Nero se encargó de darle su toque. Ahora ruge como el motor de un cohete, eso sin mencionar las enormes ruedas todoterreno, la suspensión y los parachoques que ha instalado. Es como si pudiera trepar una montaña con este coche.

En realidad, lo habitual es que solo lo use para ir al estudio. Ya estoy trabajando en un nuevo ballet.

Las ruedas van genial sobre la nieve. El fuerte viento que sopla del lago viene cargado de humedad.

No me importa. Ni una ventisca me mantendría esta noche en casa.

Miko me está esperando. Abre automáticamente las puertas cuando me acerco.

Voy en coche hasta la casa, que se me antoja más alta y más oscura que nunca bajo el manto blanco que cubre el tejado.

La puerta delantera está abierta. Dejo el Jeep aparcado y entro corriendo.

Me topo con el brillo de cientos y cientos de velas. Todo el vestíbulo está lleno de velas, de diferentes tamaños y alturas, todas reluciendo en la oscuridad. Las velas son blancas, pero la luz que proyectan es de un dorado intenso; en la atmósfera flota el aroma del humo y de la dulce cera de abeja. Miko me está dando la bienvenida.

Sigo el camino entre las velas, que cruza la planta baja hasta el invernadero.

Aquí siempre es verano. Las plantas están tan frondosas y verdes como siempre. Mikolaj me está esperando en el banco, tal como ya imaginaba. Se pone en pie cuando me ve. Va vestido con una ropa más formal de lo habitual, con una camisa abotonada y unos pantalones de pinzas, y se ha peinado con cuidado. Huelo su colonia y, por debajo, el aroma desbordante de su piel.

Corro a sus brazos y le doy un beso. Un beso que se alarga, ninguno de los dos queremos ponerle fin. Estoy tan contenta de volver. No sé cómo es posible que un sitio extraño como este encaje tan bien conmigo, pero así es. Se construyó un siglo antes de que yo naciera. Y Miko lo compró antes de que supiera de mi existencia.

Cuando por fin nos separamos, sacude los últimos copos medio derretidos de mi pelo.

—Dios, cómo te echaba de menos.

—Tengo algo para ti —digo—. Algo pequeñito.

Lo saco de mi bolso. Está envuelto, aunque es imposible ocultar que es un libro.

Mikolaj hace trizas el papel. Sonríe cuando ve lo que hay dentro.

Es una primera edición de *A través del espejo*, para sustituir el que yo rompí. Tiene una cubierta en color rojo con grabados dorados y una ilustración de la Reina de Corazones.

Lo abre por la primera página: hay un dibujo de un caballero a caballo.

—Todavía no te has tatuado nada de este —le digo de broma—. ¿Te queda hueco en algún sitio? ¿Lo mismo en la planta del pie?

Me besa de nuevo y me abraza fuerte.

—Gracias, Nessa, es perfecto.

—Bueno —digo—, ¿nos vamos arriba? También te he echado de menos en la cama…

—¿No quieres abrir tu regalo? —pregunta Miko.

Trato sin éxito de ocultar mi sonrisilla. Siempre me han gustado los regalos. Hasta los más insignificantes me hacen feliz. Me encantan las sorpresas.

Creo que Mikolaj me ha comprado un vinilo. Me ha dejado quedarme con el tocadiscos antiguo y la caja de vinilos. Sabe que los estoy usando para el ballet nuevo, así que supongo que quiere añadir más a mi colección.

Pero Miko me sorprende de verdad cuando hinca una rodilla.

—No es exactamente un regalo —dice—, ya que no lo he pagado...

Saca una cajita del bolsillo y la abre. En el interior está lo último que esperaba ver: el anillo de mi abuela.

—¿Qué? —digo con voz ahogada—. ¿Cómo lo has...?

—Era un cadáver cuando te conocí, Nessa. Sin aliento, sin corazón, sin vida. No sentía nada ni me preocupaba por nadie. Entonces te vi y tú me despertaste. Al principio fui un imbécil. Estaba tan entumecido que pensaba que esa chispa debía de ser odio. Si hubiera sido una persona normal, habría entendido que era amor. Amor a primera vista. Desde el segundo que posé los ojos en ti.

Saca el anillo de la caja y lo sostiene en alto. El diamante brilla más aún en su engarce antiguo.

—Quería odiarte porque era más fácil. Pero, cuanto más te observaba, más difícil se me hacía ignorar tu bondad, tu inteligencia, tu creatividad. Eres buena, Nessa, de una forma verdadera e intrínseca, algo que otras personas no podrían ni soñar. Pero eres más que eso. Tienes talento, eres preciosa, y la mujer más sexy del puto mundo. Joder, no quería decir palabrotas.

Suelto una carcajada y un ligero sollozo a la vez, porque estoy muy muy contenta. Quiero hablar, pero no quiero interrumpir a Mikolaj. Quiero escuchar todo lo que tiene que decir.

—No me ha gustado nada estar separado de ti estas últimas semanas. Pero, conforme te iba conociendo más, Nessa, he entendido lo importante que es tu familia para ti. La primera vez te privé de ellos. Ahora quería su bendición.

Aprieta con los dedos la banda del anillo.

—Tu madre me lo dio. Sabe que te quiero. Te quiero más que al dinero, al poder o a mi propia vida. Te secuestré, Nessa. Y tú me has secuestrado el corazón. Es tuyo, para siempre. No podría recuperarlo ni aunque quisiera. ¿Quieres casarte conmigo?

—¡Sí! —exclamo—. ¡Por supuesto que sí!

Me pone el anillo en el dedo.

Luce distinto en mi mano. Como si me perteneciera. Como si estuviera hecho para mí.

—¿De verdad te lo dieron? —pregunto sorprendida.

—A regañadientes —responde.

Me río.

—Me vale.

Me coge en volandas y me besa una y otra vez.

Entonces sí que me lleva en brazos a su habitación.

La chimenea está encendida. Me deja delante, sobre una alfombra gruesa.

—Deja que te desvista —le pido a Mikolaj.

Se queda quieto y permite que le desabroche la camisa.

Centímetro a centímetro, le descubro el pecho, amplio y liso, endurecido por la musculación y oscuro por la tinta. Lo recorro con la punta de los dedos, hasta el centro del ombligo. La piel de Mikolaj es sorprendentemente suave para ser un hombre. Es uno de esos rasgos engañosos que tiene. Su aspecto y su tacto no terminan de encajar. Parece tan pálido como un vampiro, pero cuando lo toco siempre está caliente. Es tan esbelto que da la impresión de que sus músculos podrían cortar, pero tiene la piel suave como la mantequilla. Sus ojos parecen esquirlas de cristal, pero no son solo un espejo que refleja todo el dolor del mundo, sino que también ven mi interior, hasta lo más profundo de mi alma.

Le quito la camisa. Luego acaricio con cuidado las cicatrices de su vientre, hombros y brazos. Ya se han curado casi por completo, las cicatrices blancas resaltan sobre los tatuajes negros. Todas estas marcas son cortes que recibió por mí.

Desabrocho el pantalón y se lo bajo. Hago lo mismo con los calzoncillos. Ahora está desnudo delante del fuego. La luz baila por su piel. Realza sus tatuajes, como si cobraran vida y se movieran por su cuerpo.

Le brillan los ojos bajo esta luz parpadeante. Recorre con ellos mi rostro, mi cuerpo. Tiene esa mirada voraz. Una mirada que siempre me desboca el corazón y lo hace latir tres veces más rápido de lo normal. Aún no nos hemos besado siquiera, pero noto un cosquilleo en la piel, los pezones se me endurecen, una humedad me empapa la ropa interior.

No puedo apartar los ojos de él. No existe un hombre que exude tanta autoridad sin la más mínima prenda de ropa. Hay fuerza en cada uno de esos músculos tensos y abultados. Hay ferocidad en su mirada.

Mikolaj haría lo que fuera por mí. Y a mí. No tiene límites, no hay línea que no cruce. Es aterrador e increíblemente excitante.

El pene le cuelga pesadamente entre los muslos, pero empieza a agrandarse y endurecerse en cuanto lo miro.

Como todo lo que tiene Mikolaj, su pene es asombrosamente bello. Grueso, blanco, suave, proporcionado. Cuanto más duro se le pone, más suave y prieta queda la piel. Sé lo suave que es esa piel, la más suave de todo su cuerpo. Quiero tocarla con mis partes más sensibles. Empezando por los labios y la lengua.

Me dejo caer de rodillas delante de él. Dejo que la punta de su polla descanse con pesadez en mi lengua. Acto seguido, paso la lengua por la rugosidad entre la punta y el resto de su miembro. Se le forma una gotita de fluido transparente en el glande, y la lamo para saborearlo. Sabe a lo mismo que su boca: limpia, intensa y un poco salada.

Me introduzco la punta en la boca y succiono con fuerza. Más fluidos se derraman en mi boca, como una recompensa. Mikolaj gruñe de placer.

Muevo la boca hacia delante y hacia atrás, introduciéndome su pene todo lo que puedo, cubriéndolo de saliva. Luego uso la mano para acariciarlo mientras lamo y succiono la punta.

Solo lo he hecho unas cuantas veces, pero creo que ya se me da mucho mejor. Estoy aprendiendo a relajar la mandíbula, a emplear la boca y las manos al unísono. Mikolaj gime. Sé lo que más le gusta por cómo respira y cómo mueve las caderas.

Un minuto después, me detiene.

—¿No te gusta?

—Claro que sí —gruñe.

Me arranca la ropa para que ambos estemos desnudos y, después, me tumba en la alfombra delante de la chimenea. Me coloca encima, pero mirando en la otra dirección: tengo los muslos en torno a su cara y su polla junto a la boca.

Es un poco más complicado boca abajo, pero creo que puedo hacerlo. Hasta que introduce la lengua en mi interior al mismo tiempo.

Joder, eso sí que me dificulta concentrarme. Mientras estoy haciéndole una mamada, él me penetra con la lengua y me frota el clítoris con los dedos. El ángulo es diferente al habitual y la sensación también. Hay algo muy placentero en que su boca esté en mi cuerpo al mismo tiempo que la mía está en el suyo. Hace que sentir su polla en la lengua me resulte cada vez más satisfactorio.

El corazón cada vez me late con más fuerza. Ha pasado mucho tiempo desde que estuvimos juntos los dos solos. Estoy tan cachonda que casi me resulta doloroso. Me he tocado en la cama por las noches pensando en él, pero no es lo mismo que saborear, oler y sentir a Mikolaj en persona. Eso no lo satisface nadie excepto él.

Estoy meciendo las caderas, frotándome contra su lengua. Da tanto gusto que debería ser ilegal. Gimo con su polla en la boca, me distraigo tanto que se me olvida hacer mi parte del trabajo.

A Mikolaj no le importa. Va alternando la penetración con los dedos y los lametones en el clítoris. Mete un dedo dentro, luego dos. Estoy gimiendo y cabalgando sobre su cara, las oleadas de placer me recorren con más intensidad cada vez, hasta que no hay descanso entre ellas y solo queda una larga descarga...

El orgasmo ha terminado, pero siento ganas de más. No tengo suficiente de él. Hemos estado demasiado tiempo separados.

Me doy la vuelta y me monto encima, metiéndome la polla dentro. El calor del fuego acaricia mi piel. Me arde en la cara, en los pechos desnudos, en el vientre. Estoy increíblemente sensible después de llegar al clímax. Cada embestida de Mikolaj parece despertar cientos de receptores que no sabía ni que existían.

Antes de darme cuenta, vuelvo a calentarme. Estoy a punto de tener otro orgasmo cuando el primero apenas ha terminado. Esta vez, la sensación es más profunda, está centrada en mi interior en vez de en mi clítoris. La punta de su pene ha alcanzado ese segundo centro de placer, cada caricia provoca chispas como el pedernal al rozar el acero.

De repente, las chispas prenden fuego y desatan un infierno de placer. Exclamo como si estuviera ardiendo de verdad, un grito ahogado que se convierte en chillido. Se me tensa todo el cuerpo. Caigo desfallecida sobre Miko, inerte.

Mikolaj me da la vuelta y me quedo a cuatro patas, y me penetra por detrás. Gimo cuando se desliza a mi interior. Tiene la polla demasiado grande; con este ángulo llega hasta el fondo, choca contra mi cérvix.

Arqueo la espalda y eso ayuda un poco. Él me toma por las caderas y clava los dedos en mi piel. Noto la fuerza que tiene. Cuánta energía contiene cuando está conmigo.

No quiere esperar más. Me folla con dureza, embistiéndome una y otra vez. Es un placer que raya en el dolor, pero me gusta. Me encanta sentir lo fuerte que es. Me encanta que tome el control. Me encanta que tome de mí lo que quiere.

Gruñe tras cada embestida en un tono grave y salvaje. El fuego arde tanto que estamos empezando a sudar. Las gotas le bajan por el rostro y el cabello hasta caer sobre mi espalda. Me penetra más y más fuerte. No tengo suficiente.

—Sigue... —jadeo.

Es imposible que pare. Su cuerpo choca contra el mío, su polla se introduce tanto como puede. Me da una última embestida hasta el fondo y estalla dentro de mí. Siento la corrida hirviendo, llenándome por dentro. Cuando saca el pene, también desbordan sus fluidos, que me gotean por los muslos.

Me dejo caer en la alfombra de lado. Mikolaj se tumba junto a mí y me abraza. Quepo perfectamente en la cuenca de su cuerpo. Me envuelve con sus brazos esbeltos y fuertes.

—¿Cuándo nos vamos a casar? —le pregunto.

—Ya.

—¿No quieres esperar al verano?

—No —gruñe—. No quiero esperar un minuto más.

33

MIKO

Quedo con Geo Russo en la puerta del Brass Pole para hacer la entrega de llaves. El pago llegó a mi cuenta esta mañana; será el nuevo dueño de todos mis clubes de estriptis (salvo el que Nero Gallo incineró).

Russo aparca su Bentley. Es un hombrecillo pequeño y robusto, totalmente calvo y con unas manos hinchadas como si llevara guantes. Parece tan satisfecho como receloso con nuestro trato.

—Ahora que está finiquitado —dice metiéndose las llaves en el bolsillo—, ¿por qué no me dices el motivo real por el que querías vender? ¿Qué pasa? ¿A los hombres ya no les gustan las tetas? —dice, al tiempo que suelta una risa de perro viejo.

—No —respondo con rigidez—. Simplemente me voy a dedicar a otra cosa.

—Madre mía. —Sacude la cabeza asombrado—. Me dijeron que habías perdido la cabeza por una chica, pero no… —Se interrumpe al ver mi expresión. Traga saliva y la nuez le sube y le baja por la garganta.

—¿Vas a terminar esa frase? —le pregunto con frialdad.

—No —masculla mirándose los zapatos—. Perdona, Mikolaj.

—Ya puedes darle las gracias a esa chica por tenerme de tan buen humor —le digo—. Si no, ya te hubiera partido el puto cuello.

Vuelvo caminando al coche, donde Olie me está esperando para llevarme a la Jungle.

—¿Algún problema, jefe? —pregunta cuando me siento en la parte de atrás.

—No —respondo—. Pero hay gente que se olvida de cuál es su sitio en el mundo. A ver si voy a tener que dar ejemplo con alguien.

—Russo sería un buen comienzo —gruñe Olie—. Se ha venido arriba.

—Ya me he dado cuenta.

No me da pena abandonar los clubes de estriptis. Hay muchas cosas que vender en el mundo; ya no me apetece vender mujeres como si fueran mercancía.

Pero no pienso deshacerme de la Jungle. Fue el primer sitio en el que vi a Nessa. Y no me he reformado tanto como para no querer vender alcohol. De hecho, quiero abrir seis discotecas más, tanto aquí como en Saint Louis. Todavía queda sitio para expandirme en Chicago y en las ciudades vecinas que nadie ha reclamado aún.

También planeo reformar la casa. Nessa no quiere que cambie nada, pero le digo que al menos deberíamos tener una calefacción decente.

—¿Por qué? —replica—. Me da igual si hace frío. Nos acurrucamos juntos.

—Eso nos vale a nosotros, pero ¿y los niños?

Me mira con los ojos verdes abiertos de par en par.

—¿Quieres tener hijos? —pregunta en voz baja.

Antes no quería. Pero con Nessa lo quiero todo. Quiero vivir todas las experiencias que hay en la vida, siempre y cuando sea con ella.

—Puedo esperar —digo—. Pero sí, en el futuro.

—Yo también quiero —dice ella.

—¿Estás segura? —sonrío—. ¿Sabes que tener mellizos es hereditario?

Se echa a reír.

—Contigo no hay nada sencillo, ¿eh?

—No —respondo—, la verdad es que no.

Para nuestra luna de miel, quiero llevarla a Agra, a que vea el Taj Mahal. Nessa quiere ir a Varsovia.

—Quiero ver dónde te criaste.

—Es un sitio feo —le cuento—. Y peligroso.

—¡No toda la ciudad es fea! —protesta Nessa—. Hay palacios, parques, museos…

—¿Cómo sabes eso?

—¡La he buscado en Tripadvisor!

Sacudo la cabeza ante el optimismo infinito de Nessa. Siempre encuentra la parte bonita de todo. ¿Por qué no va a hacer lo mismo con Varsovia?

—¡Venga, vamos! —me insta—. Quiero verla, de verdad. Y ahora hablo polaco…

—Más o menos.

—¿Qué quieres decir con eso?

—Eeeh… —Me encojo de hombros.

Pone las manos en las caderas y me mira con el ceño fruncido.

—¿Cómo hablo polaco? Dime la verdad.

No quiero herir sus sentimientos, pero tampoco quiero mentirle.

—Como un niño de cuarto de primaria —le digo.

—¡Qué! —chilla.

—Un niño de cuarto de primaria muy listo —me apresuro a añadir.

—¡Eso no arregla nada!

—Un poco sí —digo—. Es un idioma muy difícil.

—¿Cuánto tardaste tú en aprender mi idioma?

—Como una semana. —Eso no es verdad, sabe que me estoy metiendo con ella.

Intenta hacer una mueca burlona, pero yo soy más rápido. Le cojo la mano y le doy un beso en la palma. Luego la envuelvo con mis dedos.

—¿Vamos a ir a Polonia o no? —exige saber.

La vuelvo a besar, esta vez en la boca.

—Sabes que te llevaré donde tú quieras.

34

NESSA

Es el día de mi boda.

Una se imagina este día desde que es niña. Se imagina los colores de la decoración, los regalitos que va a dar. Planea hasta el más mínimo detalle.

Ahora que ha llegado el día, todo eso me importa una mierda.

Lo único que tengo en mente es el hombre que me espera en el altar.

Ya estoy atada a él, en mente, cuerpo y alma. Lo único que falta es decir las palabras en voz alta.

Mi madre me ayuda a prepararme por la mañana. Intenta adoptar una expresión alegre, pero sé que todavía está preocupada por este tema.

—Eres tan joven —vuelve a decir por enésima vez.

—La abuela era más joven que yo cuando se casó —le recuerdo, y levanto la mano izquierda para mostrar el precioso anillo antiguo.

—Lo sé —suspira mi madre.

Mi abuela era la pequeña de la familia, como yo. Era de familia adinerada, estaba consentida y accedió tácitamente a casarse con un banquero que le sacaba veinte años. Luego se le pinchó la rueda de la bici cuando iba por el paseo fluvial. Empujó la bici hasta el taller más cercano. Un hombre joven salió de debajo de un coche: sucio, sudado y vestido con un mono manchado de grasa.

Ese era mi abuelo. Se escabullían para verse cada vez que tenían la oportunidad. Ella contaba que, la primera vez que quedaron en el parque, no estaba segura de que fuera él, porque le costó reconocerlo estando limpio.

Al final, los pillaron, y su padre la amenazó con cortarle el grifo si volvía a ver a ese chico. Se fugaron juntos al día siguiente. El anillo que llevaba el día de su boda solo era una banda barata de níquel. Mi abuelo le compró el diamante diez años después, cuando se convirtió en sicario de los Callaghan.

Mi abuela no volvió a dirigirle la palabra a sus padres.

Mi madre conoce la historia. Por eso me dio el anillo al final. No quiere que nos pase lo mismo a nosotros.

Me da un beso en la frente con ternura.

—Estás preciosa, Nessa.

Riona me trae mi ramo de rosas blancas. No he querido tener damas de honor, así que mi hermana se ha puesto uno de sus típicos vestidos de tubo, apretado y liso, como una armadura. Lleva el pelo rojo suelto, reluciente sobre los hombros.

—Me gusta cuando llevas así el pelo —le digo.

—Yo detesto tenerlo en la cara —replica—. Pero hoy quería estar guapa.

Deja las rosas en el tocador que hay a mi lado.

—¿Cuándo acabarás con el siguiente ballet? —me pregunta.

—Dentro de unos meses.

—¿También es un cuento de hadas?

—No lo sé —río—. Todavía no sé lo que es. Estoy experimentando.

—Eso está bien —dice Riona asintiendo—. Es admirable.

—¿En serio? —digo sorprendida.

—Estás buscando tu propio camino. Eso es bueno.

—Riona —digo sintiendo un poco de culpa—. ¿Tú no querías el anillo de la abuela?

—No. —Frunce el ceño—. Ya te lo dije; no quiero casarme.

—¿Cómo estás tan segura?

Niega con la cabeza.

—Sé cómo soy. No soy una romántica. Apenas soporto vivir con mi propia familia.

—Nunca se sabe… Podría sorprenderte quién llama tu atención en el futuro.

Riona niega con la cabeza.

—Crees eso porque tú sí que eres una romántica.

Aida viene a verme la última, me trae un par de zapatos suyos; los que llevó en su propia boda hace menos de un año. Parece que ha pasado una vida.

—Aquí los tienes —afirma. Mira mi anillo, mi ramo y sus zapatos—. Ahora ya tienes algo viejo, algo nuevo, algo prestado y… ¿Tienes algo azul?

Me ruborizo.

—Mi ropa interior es azul —contesto.

Se echa a reír.

—¡Perfecto!

Me ayuda a ponerme los zapatos y a abrocharlos. Es difícil agacharme hasta abajo con este vestido. Es blanco puro con mangas ajustadas de encaje transparente, espalda abierta y falda larga de tul. Cuando me miro en el espejo, veo a una mujer adulta por primera vez. Veo a quien debo ser.

—Mis padres no están muy contentos —le digo a Aida.

Esta se encoge de hombros.

—Tampoco estaban contentos el día de mi boda.

—Al menos fue idea suya.

—Da igual —repone Aida con fiereza—. Cal y yo nos odiábamos. Miko y tú estáis locos el uno por el otro. Lo único que importa es la pasión. Los matrimonios sufren y mueren por la apatía. La pasión los mantiene con vida.

—¿Entonces no te parece que fueron unos casamenteros de la leche? —suelto de broma.

—¡Ni de coña! —ríe Aida—. Fue pura suerte que no nos matáramos el uno al otro. No puedo darles el mérito a tus padres.

Sonrío.

—No estoy nerviosa. Nunca he estado más segura de nada.

—Lo sé —dice Aida dándome un abrazo—. Vamos. Cal tiene tu abrigo.

Camino por la planta baja hasta la puerta trasera.

Estamos en la casa de Mikolaj. Vamos a casarnos en su jardín. No importa que sea febrero; no podría casarme con él en otro sitio, bajo las ramas desnudas y oscuras, bajo el cielo abierto.

Mi hermano me cubre los hombros con la gruesa capa de color blanco. Se extiende a lo largo de mi cuerpo, tanto como la cola de mi vestido.

Salgo al jardín y piso el césped.

No siento nada de frío. Está nevando, creando un manto suave y tupido. Hace que el jardín esté completamente silencioso, pues la nieve amortigua todos los sonidos que se producen más allá de los altos muros de piedra.

Mi familia me está esperando, junto a una decena de hombres de Mikolaj. Veo a Klara junto a Marcel, sonriendo con emoción. Lleva un abrigo largo y, debajo, el vestido negro que encontramos en el desván: está absolutamente espectacular.

Mikolaj me espera debajo del arco de una celosía vacía. Lleva un traje negro y sencillo, y el pelo peinado hacia atrás. Es delgado y fuerte, está guapo a rabiar. El corazón me late nada más verlo.

Cuando llego a su lado, me coge las manos entre las suyas.

No hay cura ni sacerdote. A mis padres no les gusta un pelo que no lo hagamos por el rito de la Iglesia católica, pero Miko no es religioso y no quiero que nadie pronuncie nuestros votos, salvo nosotros. Mikolaj y yo nos casamos porque queremos, sin más razón que esa y bajo la autoridad de nadie más.

Miko me sostiene las manos con firmeza y me mira a los ojos.

—Nessa, te amaré cada segundo de mi vida. Te amaré tal como eres ahora y como puedas ser en el futuro. Te conseguiré todo lo que quieras. Jamás seré un lastre para ti. Siempre te diré la verdad. Te mantendré a salvo y feliz, cueste lo que cueste.

Trago saliva, no sé si voy a poder hablar. Noto la garganta prieta de la emoción.

—Mikolaj, te quiero con toda mi alma. Te prometo que serás el único hombre en el mundo para mí. Seré tu amante y tu mejor amiga. Pasaremos por lo malo y por lo bueno. Tomaremos las decisiones juntos, para el bien de los dos. Siempre te pondré por delante de todo lo demás, para que nada se interponga entre nosotros.

Miro de reojo por última vez a mis padres. Estoy renunciando a su aprobación, a su influencia. Lo he dicho en serio: Mikolaj es ahora mi prioridad.

Aun así, me alegro de verlos sonreír, aunque sea un poco. Quieren que sea feliz.

Vuelvo la mirada a Mikolaj, y estoy feliz. Total y absolutamente.

Cuando se acerca para darme un beso, el resto del mundo desaparece.

Estamos creando un mundo nuevo, y nosotros estamos en el centro.

SOBRE LA AUTORA

Sophie Lark escribe sobre personajes inteligentes y fuertes a los que se permite ser imperfectos. Vive en el oeste, en las montañas, con su marido y sus tres hijos.

Love Lark Letter: geni.us/lark-letter
Love Lark Reader Group: geni.us/love-larks
Página web: sophielark.com
Instagram: @Sophie_Lark_Author
TikTok: @sophielarkauthor
Contenido exclusivo: patreon.com/sophielark
Obras completas: geni.us/lark-amazon
Listas de reproducción de libros: geni.us/lark-spotify

Este libro se terminó de imprimir
en el mes de mayo de 2025.